Tod oder Leber

Robert Bauer

Tod oder Leber

Bibliografische Information der Deutschen
Nationalbibliothek: Die Deutsche Nationalbibliothek
verzeichnet diese Publikation in der Deutschen
Nationalbibliografie; detaillierte bibliografische Daten sind
im Internet über dnb.dnb.de abrufbar.

Der Autor lebt als PR-Berater und Unternehmer in Wien.
bauer.at@aon.at

Herstellung und Verlag: BoD – Books on Demand, Norderstedt

ISBN: 9783751933179

1

Sektparty bei Börningers. Ich beobachte Marlene, PR-Drachen eines internationalen Farben- und Lackherstellers (hochprofitabel), bei dem, was sie am besten kann: Gänseleberbrötchen versenken. An sich ist sie da Vollprofi, doch vermutlich hat sie sich gerade deshalb dieses eine Mal zu sehr auf ihre Routine verlassen.

Kauend nimmt sie eine Zeitung zur Hand und liest irgendwas Aufregendes, das Horoskop vielleicht. Oder die Kontaktanzeigen, Rubrik „Bin Schweinchen, mache alles", das einschlägige Interesse traue ich ihr ohne Weiteres zu. Was immer sie liest, es muss atemberaubend sein, denn jetzt hat sie sich verschluckt. Sie ringt um Luft, wedelt mit der Hand vor dem Mund und winkt zugleich ab, krächzt: Nein, sie braucht keine Hilfe und kein Mitleid. Aber sie ringt weiter und ist bald recht färbig im Gesicht. Ihr Sektglas rollt über den Teppich (Fell vom Gnu, hübsch). Und dann rollt auch Marlene selbst, hustet, glüht. Alle rufen nach einem Arzt.

Und da kommt er schon: Dr. Gottfried Konrad Kronabrenner, Chirurg und Oberarzt am Universitätsklinikum, Lockenkopf, Figurtyp kerniger Sumo-Ringer – voluminös, aber gar nicht so arg schwabbelnd. Er ist rundum einzigartig, unüberhörbar humorvoll und daher bei Society-Anlässen heißbegehrter Gast. Dampft aus allen Poren, bahnt sich den Weg zu Marlene, reißt sich das XXL-Sakko vom Leib und legt dann los mit einer saftigen notfallmedizinischen Behandlung, einfach hinreißend schön fürs Auge: Sichere, rhythmische Bewegungen, kompetenter Griff der behaarten Pranken, aber zugleich unendlich zart. Und so lässig, wie er da die

Krawatte lockert, über den Kopf zieht und in perfektem Bogen wegschleudert, weil sie bei der Mund-zu-Mund-Beatmung immer wieder dazwischenbaumelt. Alles ganz souverän, elegant, wohldosiert leidenschaftlich: Ein Genuss für alle Anwesenden. Zwei, drei der Umstehenden wagen einen spontanen Applaus.

Sowas kann nur gut ausgehen. Und tatsächlich sitzt Marlene kurz danach halbwegs beruhigt mit angezogenen Knien am Gnufell und versucht sich den Doktor vom Leib zu halten. Was will er denn noch von ihr? Inzwischen sind etliche Gäste schon ganz unrund, weil sie dringend Selfies mit dem beeindruckenden Mediziner brauchen. Der sucht aber seine Krawatte, und Marlene murmelt: „Wo ist denn jetzt diese Zeitung?" Doch die bleibt ebenso verschwunden wie der Schlips.

Was gab es so Verstörendes zu lesen, möchte Kronabrenner jetzt wissen. Sie zögert: Sie weiß es nicht mehr … irgendetwas Komisches, Verrücktes, Medizinisches, und dann hat sie sich verschluckt, und nun ist die Erinnerung ebenso wie die Zeitung weg. Ihr Retter muss das widerwillig hinnehmen, hätte ihn wirklich interessiert, der Artikel. Ist wenigstens bei Marlene alles wieder in Ordnung? Das ist es, und so verteilt sich der Auflauf rasch in mehrere Räume und Grüppchen.

Ich überlege grade, ob Gnus überhaupt ein Fell haben – wobei: was sonst? –, als einer der anderen Gäste zu mir sagt: „Wirst du dich eigentlich gar nicht um Marlene kümmern?"

Spontan will ich diese Idee abwehren. Aber nachdem sie ja doch irgendwie meine Schwester ist, nun gut, da sollte ich sie wohl im Auto heimbringen.

2

Bitte keine Missverständnisse: Ich liebe Marlene. Ja, echt. Marlene ist laut. Marlene ist rund. Marlene ist reich an Oberfläche. Keine lacht wie Marlene. Keine brüllt wie Marlene. Keine stimmungsschwankt wie Marlene. Keine süffelt Champagner und versenkt Gänseleberbrötchen so professionell wie sie. Sie ist als PR-Drachen erstklassig. Sie ist als Schwester perfekt. Und für ihren Arved Brömsler ist sie noch mehr als das. Er weiß, was er an ihr hat.

Besser gesagt, er wusste es, als er noch ganz direkt unter uns war. Es ist nämlich so: Dr. Arved Brömsler, Nachwuchs-Chirurg am Universitätsklinikum und der – wie auch immer man taktvoll zu dem sagt, was er für sie ist – meiner einzigartigen Schwester, ist weg. Er hat neulich an einem Dienstagmorgen seinen uralten Golf bestiegen, ist in Richtung Klinik abgezuckelt und das war's dann. Niemand hat ihn mehr gesehen. Nicht mal seine eigentliche Gattin Agnieszka weiß was, egal wie nüchtern oder besoffen sie jeweils gerade ist.

Wir kommen also von Börningers daheim an. Marlene zwar noch leicht beeinträchtigt, aber doch weitgehend wieder intakt. Und was beschäftigt sie? Kronabrenners Krawatte!

„Es war so ekelig, dieser rote Schlips, klatsch, mitten ins Gesicht. Allerbilligste Kunstseide, und dazu das abartige Muster."

Her mit solchen Sorgen, und mein Leben wird ein Traum.

„Nun komm schon", dränge ich, „dein Auftritt war großartig. Aber wozu das Theater?"

„Kein Theater, war alles echt."

„Und wieso das Ganze?"

„Mir ist was aufgefallen, und dann ist mir plötzlich was eingefallen. Hab's aber leider wieder vergessen."

„Vergiss lieber die Krawatte. – Waren da nicht blaue Leberblümchen drauf?"

Marlene dreht sich ganz langsam zu mir. Mund bleibt offen, Augen aufgerissen wie bei Japanern, wenn sie bei geselligen Zusammenkünften abgefüllt mit Sake und unter brüllendem Gelächter die Europäer und ihre absurden Kugelaugen nachäffen.

„Leberblümchen. Das war's", murmelt sie.

„In dieser Zeitung da ... irgendwas hab ich da gelesen, es war nicht über Leberblümchen, aber doch auch ... ich weiß nicht mehr."

„Für Gedächtnislücken gibt's einen Lebensabschnitt, den sie Rente nennen. Und du warst ja nicht bewusstlos. Höchstens ein paar Sekunden benebelt. Vielleicht auch von Kronabrenners unwiderstehlichem Lächeln? Ich meine, so rein als Frau?"

Jemals den Finger in ein Soufflé gesteckt? Dann gute Ahnung, wie Marlene jetzt eingeht. Und wie der Abend ausgeht: Tränen quellen, sie sinkt ins Sofa und flüstert:

„Du gefühlloses Bruderschwein, ich wäre fast krepiert, und keine Stunde später herrschst du mit mir herum wie ein – na wie ein Staatsanwalt."

Bruderschwein, aha. Staatsanwalt, aha.

Krepiert, aha – was, krepiert?!?

„Kann sein, dass ich nicht alles gesehen hab. Aber so ganz tot hast du nicht gewirkt, und Kronabrenners intensive Nähe war wohl nicht gerade unangenehm. Ich sag dir, du hast es sogar genossen. Zumindest unbewusst."

„Wie?"

„Du ganz ehrlich, ich versteh total, wie gut du dich da gefühlt hast."

Ein recht perfekter Mann wie beispielsweise ich: Verständnisvoll und sensibel, wie es auf Erden nur möglich ist – doch manchmal nützt alles nichts. Die heulende Schwester im Selbstmitleid rauscht ab, ohne ein weiteres Wort. Da ich bin wie ich bin, kann es nur an ihrer Hyperempfindlichkeit liegen.

Ich gestehe, meine Gedanken kreisen auch nach ihrem Abgang nur um Kronabrenner: Weil seit Kurzem ist er nicht mehr so ganz die funkelnde Sonne der ansässigen Chirurgie. Wolken haben sich vor ihn geschoben, seit ihm eine Patientin unter dem Messer weggestorben ist. Klar, es gab sofort eine strenge Untersuchung durch Klinik und Staatsanwaltschaft. Musste so sein, ganz wichtig wegen den Medien und wegen dem nervösen Bürgermeister, der zugleich im Verwaltungsrat der Klinik sitzt und seine dringend nötige Wiederwahl gefährdet sah. Der Doktor wurde auf Urlaub geschickt. Doch schon am Nachmittag happy end für alle, außer natürlich für die arme vormalige Patientin: Restlose Wiederherstellung des kurzfristig getrübten Rufes von Arzt, Klinik und Stadt. Denn keine ärztliche Kunst hätte da noch etwas retten können. Und die an der Operation beteiligten medizinischen Kollegen waren sich ganz einig: Dr. Arved Brömsler, der bei dem unseligen Eingriff kurzfristig als Kopilot eingesprungen war, und die OP-Schwester Uschi Franz. Beide volle Entlastung für Kronabrenner. Hat niemanden überrascht. Trotzdem Windstärke beim Aufatmen vom Bürgermeister ausreichend für lebensgefährliche Segelregatta.

Ganz raus aus dem Zwielicht hat es Kronabrenner seither dennoch nicht mehr geschafft. Böse Zweifel geistern durch die High und auch die Low Society der Stadt. Nur geflüstert, und selbst das bloß hinter vorgehaltener Hand und ausschließlich gegenüber wirklich verlässlichen Freunden. Weil: So charmant Kronabrenner auf Partys sein kann, so unerbittlich würden er und seine Anwalts-Meute seit der öffentlichen Reinwaschung jeden verfolgen, der ihn mit ärztlicher Fehlleistung in Verbindung bringt.

Vor ihrer Sektparty hatte uns Louisa Börninger extra noch jauchzend angerufen: Kronabrenner hat uns fix zugesagt! Frohlocket und freuet euch! Seid unbedingt dabei! Und dann – um dreißig Dezibel leiser gehaucht: Aber um Himmels Willen, ja keine Anspielung auf die Operation, ihr wisst schon welche. Kein einziges Wort aussprechen, das mit „Ku" beginnt und mit „nstfehler" endet! Nur unverfängliche Themen anschneiden! Und wenn sich jemand doch im Gespräch mit euch verplappert: Ablenken, ablenken, ablenken! Während der Party stellt sich im vertraulichen Smalltalk mit anderen Sekttrinkern heraus: Alle sind gewarnt worden, und alle haben bedingungslosen Gehorsam gelobt. Genau wie wir.

Das alles spaziert mir nun durch den Kopf, nachdem Marlene in ihr brömslerfreies Bett abgerauscht ist. Bei einem Glas Weißburgunder rufe ich mir die Wiederbelebungsszene am Gnufell ins Gedächtnis: In Totale und Closeup völlig unauffällig. Marlene lacht, Marlene isst, Marlene trinkt, Marlene liest. Sie verschluckt sich, als sie gerade irgendeine dumme Zeitungsmeldung studiert.

Kronabrenner kommt, drückt und siegt. Ende der Vorstellung.

Das einzige querstehende Detail ist diese Krawatte. Billige Kunstseide auf der Wange von Marlene. Roter Schlips mit blauen Leberblümchen drauf. Um Himmels Willen, welchem kranken Gehirn fällt solch ein Muster ein? In welcher trostlosen chinesischen Polyesterfabrik wird ein solcher Straftatbestand am Fließband hergestellt und in alle Reiche der Erde exportiert? Was sehen chinesische Polyesterfabrikarbeiterinnen beim Schlafengehen, wenn sie die müden Augen schließen, nachdem sich ihnen dieses und hundert vermutlich noch schlimmere Krawattendesigns tagsüber stundenlang in die chinesischen Netzhäute gebrannt haben? So besehen ist es ja geradezu eine Wohltat für die Menschheit, dass wenigstens ein Exemplar davon auf der Party verschwunden ist, hoffentlich auf ewig den Blicken der Society entzogen. Ich bilde mir vorübergehend fest ein, dass jemand sie vorsätzlich entwendet und lustvoll vernichtet hat. Muss einfach so sein, bei dem Muster.

Aber jetzt wieder ganz ernsthaft, und das lasse ich mir nicht ausreden: Diese verschwundene Krawatte bleibt vorläufig ein Rätsel.

Nicht zuletzt, weil Kronabrenner eine Woche später am Cocktail-Empfang bei Hammersteins exakt diese Krawatte trägt. Zwei gleiche von der üblen Sorte wird ja nicht mal er besitzen.

3

Die Affäre von Marlene mit Arved Brömsler: Gleich noch so ein Rätsel. Wie kamen der Doktor und meine Schwester bloß zusammen? Aufpassen, weil jetzt wird's saftig: Brömsler und Marlene kannten sich schon seit den Urzeiten ihres Studentenlebens. Doch es wurde nie was Ernstes draus. Brömsler war dann schon einige Zeit mit seiner Agnieszka aus Polen verheiratet und brachte sie auch zu Partys mit. Attraktiv war sie. Unterhaltsam. Und peinlich. Agnieszka griff gerne am Buffet zu, und das nicht nur bei den Crackern. Wie soll man sagen … sie war halt noch mehr für's Flüssige. Je später der Abend, desto lockerer die Zunge, und bald kannte die höchst interessierte Party-Society diverse pikante Details aus dem engeren Zusammenleben der beiden.

Agnieszka konnte bald in Einladungen kraulen.

Marlene, üppiger Single, immer aufgeschlossen, immer noch an Arved interessiert, horchte auf. Er erschien nun in ganz neuem, erregendem Licht. Aber warum nur aus zweiter Hand hören, was man selbst in die erste Hand nehmen kann, vor allem wenn die eigentliche Ehegattin auf hochprozentig-feuchten Abwegen wandelt? Marlene klopfte wieder an der alten Bekanntschaft an, und diesmal ging die Tür auf. Sie forschte. Sie nahm in die Hand, was er ihr gerne zum Begreifen überließ.

Es tat ihr gut. Vorübergehend erkannte ich meine Schwester nicht mehr: Marlene wurde leiser. Marlene ging früh schlafen. Marlene kaufte sich medizinische Zeitschriften, die in unserer gemeinsamen Wohnung den Couchtisch zierten. Wo sich bisher Vogue und Cosmopolitan geräkelt hatten, lagen nun gastroenterologische und ähnliche Fachblätter mit unaussprechlichen Namen. Google-Suchverläufe enthielten plötzlich höchst komplizierte Ausdrücke. Marlene kommentierte Fernsehwerbung für Präparate gegen Sodbrennen und Magenkrämpfe mit Interesse und Fachkenntnis, die laufend zunahm, während sie selbst laufend abnahm.

Arved wurde zuerst zum regelmäßigen Hausgast bei uns, und im Laufe weniger Monate wurde er dann bei sich daheim zum Hausgast, während er bei uns nun zum Inventar zählte.

Klar: Als sie sich Arveds sicher war, glitt Marlene rasch in den normalen Betriebsmodus zurück. Sie wurde wieder laut. Keine Nachtruhe vor Mitternacht. Die medizinischen Postillen verschwanden im Altpapier. Vogue, Cosmopolitan und früherer Marleneumfang feierten eine fröhliche Rückkehr. Und Arved blieb – bis er dann kurz nach der entgleisten Operation auf Dauer verschwand.

Marlene wartete geduldig auf ihn. Nach zwei Tagen wurde sie unruhig, als ihr eine gemeinsame Freundin von Ehefrau Agnieszkas Sorgen um Arved erzählte.

„Anscheinend ist die aber nicht zur Polizei gegangen, sondern hat einen Privatdetektiv engagiert."

„Na bitte, da sieht man, was Arved seiner Gattin wert ist. Die Polizei hätte ihn gratis gesucht."

„Wenn seine Alte ihn suchen lässt, dann stimmt doch was gröber nicht", so Marlene. „Ich dachte, er macht bloß mal wieder ein paar Stunden taktischen Innendienst bei ihr."

„Hat er etwas angekündigt?"

„Nein, er war beim letzten Abschied wie immer."

Ich nahm sie in den Arm.

„Jetzt geht mir schon wieder jemand verloren", jammerte sie. Und dann ab ins Prinzipielle:

„Bring ich den Menschen um mich nur Unglück? Gehen alle unter, wenn sie mir zu nahe kommen?" Flott steigerte sie sich ins Selbstmitleid hinein:

„Ich darf nicht glücklich sein. Und wer mich kennt, darf auch nicht glücklich sein."

„Stopp kurz", sagte ich mit sanftem Streicheln am Arm, „hör mal, Marlene, ich bin ja da. Ich kenn dich und bin trotzdem recht glücklich."

Gut, dass sie nicht so ganz genau zuhörte.

„Zuerst Joana und jetzt Arved. Alle gehen sie mir verloren. Alle, die ich liebe."

Und dann unverdiente, zarte Geschwisterliebe:

„Pass bloß auf dich auf, Bruder. Weil sonst bist du der nächste. Nach Arved und Joana."

Joana?

Stimmt, das hätte ich wahrscheinlich schon vorhin erwähnen sollen: Die Frau, die Kronabrenners Operationskünste nicht überlebt hat, das war Joana. Bis zuletzt Werbetexterin und eine der besten Freundinnen von Marlene.

4

Fein, wenn man sich auf jemanden wirklich verlassen kann. Da macht's auch nichts, wenn dieser jemand ausgerechnet Uschi heißt. Unglücklicher Name: Es rauscht und raschelt in Mund und Rachen, wenn man „Uschi" sagt. Kann man ernsthaft bei Kaminprasseln, schöner Musik etc. den Arm um eine Frau legen und ihr wohldosiert romantisch-maskulin ins Ohr säuseln: „Uschi, oh Uschi, dein preiswerter Plastikfaser-Pullover … schick ihn doch in Feierabend, der hat schon genug gearbeitet heute"? Trotzdem: Wenn man sich auf wen verlassen kann, kriegt selbst der schönste Name nur den Oscar für die beste Nebenrolle. Weil eben lieber Uschi, aber verlässlich, als Aurelie, Jolantha oder Ardeline, dafür völlig unberechenbar.

Super, wie sich der Dr. Kronabrenner nach der dummen Operation auf Schwester Uschi Franz verlassen kann. Die ist wirklich eine Kämpferin für ihren Herrn, ohne Kompromisse, eine virtuose Borderlinerin über alle Schamgrenzen: Wie ein veganer Antialkoholiker am Oktoberfest, oder eine Zeugin Jehovas beim Atheistenkongress, oder auch ein Klimaschutz-Demonstrant beim Formel-Eins-Rennen in Monte Carlo oder Monza. Braucht maximale Portion Selbstverleugnung, damit man die spitzen Bemerkungen und den Spott und das kaum unterdrückte Gelächter rundherum nicht ernstnimmt und nicht dran zerbricht. Die Schwester Uschi Franz jedenfalls ist nie zerbrochen, die hat das ganze Getuschel und Gezischel der Spitalsbelegschaft nur stärker gemacht, wenn sie durch die Gänge geschwebt ist. Weil alle in der Klinik haben es gewusst, dass sie dem Dr. Kronabrenner nicht nur beim Operieren zur Hand gegangen ist. War ja auch nichts dabei: sie ledig, er schön und ledig, alles gut und grünes Licht und Vollgas voran. Gleich nach der missglückten Operation, die Kronabrenner, Brömsler und Uschi Franz zusammengeführt hatte, gab es eine ganz kurze Zeit, einige wenige kostbare Stunden nur, in denen alle im Spital den Atem anhielten und der endlose Krankenpflegertratsch in den Teeküchen vorübergehend nur ein Thema kannte: Wird sie gegen ihn aussagen? Wird sie ihn retten? Oder wird sie die Aussage verweigern? Das Ergebnis war keine Überraschung. Und komisch, nach ihrer fanatischen Verteidigung des Oberarztes besucht sie nun auch die Partys der Stadt-Society, wenn er dabei ist. Als ob er es ihr zur Belohnung endlich erlaubt hätte.

Aber noch komischer: Niemand hat beobachtet, dass sie bei diesen Auftritten auch nur ein Wort miteinander gesprochen oder sonstwie Kontakt hergestellt hätten. Dass sie ihm zum Beispiel ein Taschentuch reicht oder er ihr die Uhrzeit zuflüstert oder sowas, oh nein. Niemals händchenhaltend, klar, aber auch kein einziges Mal gemeinsames Eintreffen oder Abgehen, und doch stets im selben Raum:

Montags ist Kronabrenner bei Hammersteins Geburtstagsfeier lässig auf einen Fauteuil im Wintergarten ausgebreitet, humorige medizinische Anekdoten von sich gebend, und Uschi Franz blättert drüben beim Bücherregal sittsam in einem Bildband über das Mekong-Delta. Dass sie Kronabrenner sehr genau kennt, errät man nur daran, dass sich an genau den richtigen Stellen seiner Anekdoten ein leichtes Lächeln auf ihren Lippen kräuselt, und zwar immer drei Sekunden, *bevor* die Pointe ausgesprochen ist. Am Mittwoch ist Uschi Franz mit Louisa Börninger ins Gespräch über die Risiken bei der Entfernung von Polypen im Dünndarm vertieft, und keine zehn Meter entfernt steht Kronabrenner, in die Betrachtung einer Schandmaske aus Uganda versunken (Börningers und ihr lächerlicher Afrika-Wahn! Dabei besteht ihre ganze Erfahrung mit dem Schwarzen Kontinent aus einem Besuch im Club Med Hurghada.

Und selbst von dort kamen sie schon am dritten Tag wieder zurück, weil ihnen das unübersehbare Vorspeisenbuffet zu wenig Auswahl bot). Als Uschi F. am Freitag in Haymerles Salon mit einem Finger eine harmlose Melodie am Flügel klimpert, krault ihr Idol gleich gegenüber am Sofa einer wertvollen Perserkatze den pelzigen Nacken, schaut aber raus in den herbstlich-fruchtlosen Obstgarten statt zum Klavier.

Und wenn er sonntags mal meine Schwester wiederbelebt, muss man damit rechnen, dass Schwester Uschi hereintrippelt und sich ohne Seitenblick auf das Geschehen flüsternd erkundigt: Ob sie wohl noch eines, wirklich nur eines dieser umwerfend köstlichen Canapees mit hauchdünn geschnittenem Leberkäse-Carpaccio bekommen könnte, oder eventuell doch zwei?

Moment mal, aber genau das habe ich ja vor ein paar Stunden erlebt, denke ich, als ich mit meinem Weißburgunder noch immer dasitze. Also auch heute war sie mit ihm da. Im Trubel um Marlene ist mir die unverschämte Person und ihr unglaubliches Ansinnen gar nicht bewusst aufgefallen, nur im Aug- und Ohrwinkel ist mir das Unsagbare hängengeblieben: Meine Schwester an der Schwelle des Todes, und die auf gesellschaftsfähig aufgetunte OP-Schwester verlangt nach Leberkäse. Bin vor nachträglicher Empörung kurz außer mir.

Während ich wieder in mich zurückkehre, geht die Tür von Marlenes Schlafzimmer auf. So plötzlich, wie sie vorhin ins Bett abgerauscht ist, rauscht sie nun heraus zu mir. Wobei: Genau genommen tröpfelt sie eher als sie rauscht. Bleich, zitternd, schreckgeweiteten Auges. In der Hand das Mobiltelefon. Display noch hell, also ist mit breaking news zu rechnen. Und tatsächlich:

„Helena war grade dran. Meine Freundin, die Agnieszka kennt, Arveds eheliche Promilleziege."

Marlenes Momente von Frauensolidarität sind wie Diamanten. So schön. Und so selten.

„Und ihre Schlagzeile lautet?"

„Der Privatdetektiv hat Arveds Auto gefunden. Den weißen Golf. Rat mal wo."

„Noch in unserer Galaxie?"

„Werbeagentur GKK. Dort steht er am Firmenparkplatz. Natürlich ohne Arved."

„Natürlich."

„Arveds Wagen parkt auf einem Stellplatz, der für eine Mitarbeiterin von GKK reserviert war."

„Und?"

„Diese Mitarbeiterin war Joana."

„Naja, er wird ja nicht mehr gebraucht."

„Arveds Golf?"

„Joanas Parkplatz."

5

Marlene hat Joana seit dem Studium gekannt. Joana ging nach der Uni in die Werbebranche und wurde dann bei der Agentur GKK rasch ein Star. Mit flotten Sprüchen und knackigen Slogans. Mit witzigen Ideen, die verkauften. Und mit einem sicheren Gefühl für starke sprachliche Bilder, egal ob für Freiland-Eier, Lebensversicherungen oder die neue Fitness-Center-Kette, von der immer noch mehr Leute reden als sie aufsuchen.

Allzu viel hat mir Marlene nicht weitererzählt von ihren Gesprächen mit Joana. Vielleicht weil ich ihr klar machen konnte, wie minimal mich das interessiert? Ich weiß aber zumindest, dass sie immer neidisch auf ihre Freundin war: Als meine Schwester noch im Range einer PR-Volontärin dahindümpelte, rotierte Joana schon zwischen Präsentationen, Feiern und Preisverleihungen. Und als Marlene sich nach einem halben Jahr im ersten richtigen PR-Job zum ersten Mal eine verschämte Drei-Tage-Auszeit am nächsten Baggersee gönnte, kam Joana einmal mehr vom Wochenend-Shopping in L.A. zurück – kalifornisch kichernd, abgefüllt mit Hauben-Food und überglücklich vor lauter Jetlag. Sie war gerade erst elf Monate bei GKK, doch dieses dekadente Transatlantik-Gehüpfe in der Business Class gehörte bereits so selbstverständlich zu ihrem Allwoch wie für andere Menschen Zahnbürste und Hämorrhoiden-Creme zum Alltag.

„Ich überlege ernsthaft, ihr die Freundschaft aufzukündigen. Oder zumindest eine Auszeit zu fordern", so Marlene, als sie mir atemlos und bebend vor Zorn zum ersten Mal von dieser Ungerechtigkeit berichtete.

„Ich arbeite zehnmal mehr als sie, und Joana verdient zehnmal mehr als ich."

„Wieviel verdient sie denn?", wagte ich mich zu erkundigen, aber sie winkte ab:

„Es geht mir nicht nur ums Geld. Das Ganze ist so ungerecht."

Dann das wahre Anliegen etwas präziser:

„Und wenn mal ich nach L.A. zum Shopping will?"

„Heißer Tipp: Buch einen Flug."

„Sehr witzig, kann ich mir ja doch nicht leisten."

„Dann pump Joana an."

„Niemals."

Tatsächlich war nicht das Geld das Problem. Für Marlene ist ein Wochenende in L.A. aus ganz anderen Gründen so unerreichbar wie ein Saturnring: Sie leidet unter panischer Flugangst, die sie Fremden gegenüber mit schwerstwiegenden ökologischen Bedenken gegen den Flugverkehr und seine Emissionen tarnt. Ihr erster und einziger Flug – sie war damals sechzehn – endete in einer Katastrophe, als sie trotz mehrmaliger Aufforderung vor der Landung die Bordtoilette nicht und nicht verlassen wollte (aus lauter Angst, auf den Vordersitz zu kotzen, war sie unmittelbar nach dem Start dorthin aufgebrochen und geblieben). Den Sperrriegel verklemmte sie mit ihrem Reisenecessaire aus Edelstahl, sodass nicht einmal der herbeigerufene Kopilot die Klotüre von außen öffnen konnte. Dann versuchte er psychologische Spielchen durch die Türe hindurch. (Ha, der kennt meine Schwester nicht!) Das Flugzeug verbrachte während des sinnlosen Zuredens eine bange Stunde in Warteschleifen. Dann erzwang das absehbare Ende der Kerosinvorräte eine umgehende Landung. Marlene saß zu diesem Zeitpunkt immer noch auf der Unterdruck-Schüssel, gegen alle Regeln der Zivilluftfahrt, und suchte dort vergeblich nach einem Gurt.

In der Woche danach trudelten dann die ersten Anwaltsbriefe ein: Geschäftsleute hatten wichtige Termine versäumt, Jungehepaare die Anschlussflüge für ihre Tropen-Hochzeitsreisen, eines stand deshalb knapp vor der Scheidung seiner zuvor so stimulierenden Beziehung. Und die Fluglinie wollte von uns den zusätzlichen Treibstoffverbrauch ersetzt bekommen.

War aber völlig aussichtslos, lauter Spinner! Wurde damals alles der Rechtsschutzversicherung übergeben, für die Joana übrigens später dann den Slogan erfunden hat, den die heute noch verwenden.

Marlene und Joana. Erst als meine Schwester in der Lackfirma einmarschierte, entspannte sich das beruflich überschattete Verhältnis der beiden wieder. Ihre Freundschaft litt auch nicht unter den Männern, mit denen sie sich abgaben. Im Gegenteil, manchmal gingen die Sympathien auch überkreuz. Zum Schluss verstand sich Arved Brömsler mit der sprachgewaltigen Joana recht gut, und Joanas Verlobter Gerd Henzke konnte sich über Marlene durchaus amüsieren. Aber nicht jetzt an Partnertausch denken oder noch ärgere Abartigkeiten zu viert, pfui, aufrichtig schämen, die ekelhaften Bilder sofort wieder aus dem Kopf verscheuchen, durchatmen und lieber an tief empfundene Viererfreundschaft denken. Weil auch die beruflichen Linien liefen parallel: Die Frauen beide in Kommunikations- und Marketingberufen, die Männer beide im Medizinbetrieb: Gerd Henzke ist Verwaltungsdirektor an der Klinik, wo Brömsler zeit- und ortsgleich mit Uschi Franz und ihrem Gottfried Konrad K. werkte.

Henzke ist ein sanfter, recht angenehmer Mensch. Er spielt Schlagzeug in einer Amateurband, die man sich für Weihnachtsfeiern und Altenheim-Kränzchen ausborgen kann. Er besucht gelegentlich eine Adventistenkirche, die weder besonders konservativ noch atemberaubend liberal ist. Manchmal wandert er durch die umliegenden Weinberge oder gibt sich mit Maß dem Genuss ihrer vergorenen Ernte hin. In den Jahren, seit ich ihn kenne, hat er sich ein Wohlstandsbäuchlein und eine Beiwagenmaschine zugelegt, was nicht direkt zusammenhängen muss.

Gern stelle ich mir wieder diese zwei Paare vor: Beide Männer recht unauffällig, mehr im Hintergrund, ausgeglichen, schön normal. Und die Frauen ganz anders – aber hallo: Sichtbar, hörbar, intelligent, manchmal erdrückend präsent, meistens im Vordergrund, mehr mit sich selbst beschäftigt, haben sie viele Blicke auf sich gezogen. Und leider auch viel Unglück.

6

Cocktail-Empfang bei Hammersteins, eine Woche nach der verhusteten Börninger-Party. Da feiert die unsägliche Krawatte also ihr Comeback. Sie baumelt von Kronabrenners Hals, kunstvoll geknotet und kunstseidig schimmernd im Schein der kostbaren Art déco-Lampen: Denn Hammersteins sind für den guten Geschmack beim Interieur ihres Hauses ebenso berühmt wie für den guten Geschmack der Speisenfolgen, die sie hier reichen lassen. Kein Wunder, dass Marlene und ich da gerne aufkreuzen. Der chronisch nervöse Geiger Rolf zeigt sich, und sogar Agnieszka Brömsler ist anwesend, derzeit Strohwitwe, aber der Durst nimmt keine Rücksicht auf den Familienstand. Sie denkt sich wahrscheinlich – und da hat sie ja wirklich Recht: Vom Nicht-Saufen kommt Gatte Arved auch nicht wieder.

Kronabrenner hat sich malerisch auf eine Chaiselongue drapiert, das Cocktailglas in der rechten Hand. Zwölf Schritte entfernt leistet Uschi Franz ihren Präsenzdienst, streicht mit den Fingern über eine weiße Statuette, die wohl aus Porzellan sein muss und einen erstarrten Eiskunstläufer beim Toeloop zeigt.

Marlene erstarrt ebenso.

„Das hässliche Ding da", stammelt sie leise und deutet auf die Chaiselongue.

Ich frag mich noch: Meint sie damit das Möbelstück? Oder gar den darauf thronenden Doktor?

Doch da sagt sie schon: „Die Krawatte. Die Kunstseide. Die Leberblümchen."

„Willst du wieder gehen?"

„Nein … ich spür, dass mir jetzt gleich wieder was einfällt von voriger Woche bei Börningers. Komm mal."

Sie wankt kurz, schließt die Augen. Packt mich dann beim Arm und zieht mich in einen Nebenraum voller Saiteninstrumente – ah, klar, der berühmte Musiksalon der Hammersteins.

Der Raum ist menschenleer. Unter Violen, Gamben, Balalaikas und gleich neben einer Harfe eröffnet mir Marlene halblaut Folgendes:

„Achte auf die Leber, echt!"

„Ja gut", sage ich, „das hättest du mir ruhig auch draußen vorschlagen können. Ich wollte heute ohnehin nicht so viel trinken, weil wir ja mit dem Auto da sind und – "

„Nein, jetzt halt doch mal den Mund und hör zu. Achte auf die Leber, echt – das hat Arved ein paar Mal zu mir gesagt."

„Na eben, er wollte dich vor den Alkoholexzessen warnen, die deine Generation demnächst ausrotten werden."

„Mensch, willst du jetzt hören, was mir eingefallen ist, oder mich zu Milch und Gletscherwasser bekehren?

Also: Nach der Operation, bei der Joana gestorben ist, hat Arved mir eingeschärft, dass ich auf die Leber achten soll. Nicht auf ‚meine' Leber, sondern allgemein auf ‚die Leber'."

„Aha."

„‚Ich kann dir nicht mehr dazu sagen', hat Arved gesagt, ‚Vielleicht ist es ja egal. Aber vergiss das nicht, falls mir etwas Unerwartetes geschieht.' Habs nicht ernst genommen, und nachdem Arved verschwunden war, hab ich nicht mehr dran gedacht. War zu durcheinander, weil er tags darauf weg war."

„Klar."

„Achte auf die Leber, echt. Na und dann waren wir bei Börningers."

„Ja, ich erinnere mich dunkel. War da nicht irgendein kleiner, unbedeutender medizinischer Zwischenfall mit so einer Partygans, die sich verschluckt hat?"

„Schweig. Ich weiß jetzt wieder, was ich da gelesen hab. Und wieso mich das so erschreckt hat. Du weißt ja, bei Börningers ist eine Zeitung herumgelegen. Ich hab drinnen geblättert. Dann bin ich auf einen Artikel über einen Arzt in England gestoßen. Der hat bei einer Operation der Patientin seine eigenen Initialen in die Leber hineingelasert, einfach so zum Spaß."

„Echt lustig, diese Engländer."

„Mit so einem Laser, mit Argon-Ionen. Den verwendet kein vernünftiger Mensch bei Leberoperationen."

„Stimmt, ich verwende den auch nie, wenn ich zwischendurch mal wieder die eine oder andere Leber so richtig vernünftig lasern will."

„Ich lese das, und da fällt mir wieder Arveds Warnung ein: Achte auf die Leber, echt."

„Und?"

„Da hab ich mich verschluckt. Weil das kann doch kein Zufall sein – Arveds Mahnung und dieser Artikel. Über die Leber."

„Tja. Echt der Mega-Zusammenhang, ehrlich."

„Und dann beugt sich Kronabrenner über mich und mir baumelt dieser Leberblümchen-Alptraum ins Gesicht."

„Ja, richtig. Das auch noch."

„Leberblümchen!"

Betonung wie um einen Fünfjährigen zu belehren.

„Also nochmals Leber."

Nein, doch eher einen Zweijährigen.

„Na und wie es dann weiterging, weißt du ja."

Oh ja, ich weiß es. Ich verschlucke mich auch gerade fast tödlich, und zwar wegen Marlenes atemberaubender Naivität, die sie ansatzlos einknipsen kann wie andere das Licht über der Kellerstiege. Leber – Laser – Leberblümchen. Eine Kaskade der Dummheit. Ihre sonst so präsente Klugheit lässt manchmal irgendwie aus, geht auf Krankenstand, Urlaub, Zeitausgleich, wer weiß.

„Na, was sagst du dazu?", will sie noch mit herausforderndem Unterton von mir wissen.

Na, was sagt man dazu wirklich in einem solchen Moment zur geliebten Schwester, ohne verletzend zu sein?

Ich schaue Marlene an und erkläre, leicht stockend, aber nicht zu sehr, damit es besser wirkt: „Ich weiß gar nicht – was ich sagen soll." Ich weiß es echt nicht.

Dazu langsames Kopfschütteln, nicht mehr als 15 Grad nach links und rechts, und die Lippen betroffen nach innen ziehen und den Blick abwärts zu Boden richten.

Da donnert die Tür zum Musiksalon auf. Melinda Hammerstein erscheint uns in ihrer ganzen Pracht und Glorie. Entscheidung von Fußball-WM-Finale durch Meteoroideneinschlag ins Tor von Brasilien öde Alltäglichkeit dagegen, und sie verkündet: „Da seid ihr beiden ja. Los, los, sonst versäumt ihr noch das Beste. Unsere Perle, Frau Hofstetter, hat ihre unvergleichliche Suppe gebraut. Rindsuppe mit Leberknödel!"

Hoppla, ausgerechnet Leberknödel.

Marlene sinkt mir mit einem Seufzen in die Arme. Ein bisschen leblos, ja schon, aber gar nicht so sehr tot.

Vielleicht passt hier jetzt zur Beschreibung einmal „entseelt", so ein altmodisches Wort aus Wagner-Opern und so. Das hab ich nie verstanden, was damit gemeint sein könnte. Aber jetzt weiß ich es.

7

„Falls mir etwas Unerwartetes geschieht", hat Arved zu meiner Schwester also gesagt. Abseits von all dem Unfug mit Leber, Leberblümchen und Leberknödelsuppe bleibt es eine unbestreitbare Tatsache, dass ihm tatsächlich etwas sehr Unerwartetes geschehen ist: Er ist verloren gegangen. Irgendetwas muss er also geahnt, geradezu erwartet haben.

Und irgendwer muss noch sein Auto von der Klinik zu Joanas Stellplatz bei der Werbeagentur GKK gefahren haben. Böser Verdacht: Doch er selbst? Denn vielleicht hat er ja seinen Ausstieg lange geplant, hat noch den Golf umgeparkt und dann das Weite gesucht – und lebt bereits mit neuem Pass und neuem Namen irgendwo, zum Beispiel unter den letzten dementen Naziverbrecher-Greisen in Südamerika? Mit einer blondbezopften teutonischen Walküre als herber Gespielin für schtrrramme Stunden, einer Ortrud vielleicht oder einer Gerhild oder eventuell auch einer Nothburga?

„Schwachsinn", urteilt Marlene am Loungesessel neben mir auf der Terrasse. „Arved war glücklich hier. Arved war voller Pläne. Arved war, ach ich rede schon in der Vergangenheit von ihm, als ob alles vorbei wäre. Nach so kurzer Zeit. Es ist zum Heulen."

Marlene ist oft zum Heulen zumute, aber hier hat sie mal wirklich guten Grund dazu. Ich tröste sie im Sonnenschein des ungewöhnlich milden Herbsttages und taste mich langsam und wieder mal höchst sensibel vorwärts.

„Aber wenn er so glücklich war, wieso hat er dann gleichzeitig damit gerechnet, dass ihm etwas Unerwartetes geschehen könnte? Und das heißt ja wohl: Dass ihm jemand etwas antun könnte."

„Wieso?"

„Na wenn er nicht absichtlich untergetaucht ist, dann wurde er von jemand untergetaucht."

„Du meinst, man hat ihn ertränkt?"

Tief durchatmen.

„Nein, aber irgendjemand hat dafür gesorgt, dass er verschwindet."

„Und dieser jemand hat ihn – "

„Vorerst einmal beseitigt, sagen wir entführt oder so." Ich hätte es geschickter formulieren sollen, und ergänze darum rasch: „Er lebt aber sicher noch."

„Noch", heult sie auf, „das heißt doch: nicht mehr lange."

„Doch … sicher, viele Jahre noch, Jahrzehnte lang", aber das kommt dann doch schon etwas zu spät und auch die entscheidende Spur zu wenig überzeugt.

Jetzt hilft nur mehr eine entschlossene Vorwärtsstrategie.

„Weißt du was: Ich werde mir Arveds Auto mal näher ansehen. Vielleicht finde ich irgendeinen Hinweis."

Naiv gehe ich davon aus, dass der Golf noch immer auf Joanas Parkplatz bei der Werbeagentur GKK steht. Was ich mir von dem Besuch dort erwarte, weiß ich auch nicht, außer dass meine geplagte Schwester zumindest für den Moment Hoffnung schöpft.

„Du bleibst hier auf der Terrasse, und ich schau mal dort vorbei."

Sie nickt und versucht tapfer zu lächeln.

„Danke, Bruder."

Am Weg zur Agentur geht mir Einiges durch den Kopf. Mir selbst wird jetzt erst klar, was ich da vorhin gesagt habe: Arved wurde entführt, und er hat davor etwas geahnt. Es erscheint mir zugleich völlig absurd: Wer entführt einen unauffälligen, nicht gerade reichen, mäßig schönen Nachwuchsdoktor, der gleich zwei Frauen hat, dafür aber keine nennenswerten Perspektiven und Ambitionen? Wegen Lösegeld kann es nicht sein. Andererseits, etwas wirklich Böses kann der biedere Tropf nicht verbrochen haben, wofür er die Beseitigung verdienen würde, dazu ist er viel zu mittelmäßig.

Was dann? Etwas Dunkles aus der Vergangenheit? Ein im jugendlichen Hormonstau gezeugtes Kind, dessen

Mutter nun mithilfe angeheuerter Schläger Papis Zuzahlung für die Anstalt des schwer erziehbaren Bengels erzwingen möchte? Oder wurde Arved am Heimweg nach dem letzten Nachtdienst zufällig Zeuge einer Fehde im Mafia-Milieu und musste zum Schweigen gebracht werden? Hat er einen geheim beauftragten kleinen „Kunstfehler" irrtümlich am falschen Patienten begangen, wofür sich die Bis-Auf-Weiteres-Doch-Nicht-Erben des eigentlich projektierten Opfers nun gerächt haben, weil ihr zum Abscheiden vorgesehener Geldonkel munter-geizig weiterlebt? Hat ein schläfriger Arved im Nachtdienst auf der Geburtenstation Babys vertauscht? Hat er Muttermale vergrößert statt verkleinert? Krampfadern aufgebläht statt verödet? – Leider habe ich diesmal keinen Weißburgunder dabei, um solche Spekulationen zu verscheuchen.

Davon abgelenkt und daher voll aufs Wesentliche konzentriert bin ich erst, als der weiße Golf meines unehelichen Schwagers in Sichtweite kommt. Null Ahnung, wonach ich suchen soll, und wie ich finden soll, wonach ich nicht suche, weiß ich auch nicht. Immerhin: Ich versuche erfolgreich, professionell auszusehen und stelle schon nach wenigen Minuten Kennerblick fest: Das Auto ist versperrt. Ich lasse mich auf die Knie nieder und schaue unter das Fahrzeug. Nichts – denn was soll dort auch schon sein? Dann lege ich die Hände zu einer Röhre geformt auf die Scheibe der Beifahrerseite und prüfe das Wageninnere. Keinerlei Auffälligkeiten. Am Beifahrersitz liegt etwas Weiß-Gelbliches. Genauer Blick: Ein Wattebausch, naja, kein Wunder im Auto eines Mediziners.

„Hallo Sie da", ruft eine kräftige Männerstimme. „Was machen Sie denn da?"

Wo kommt die Frage her? Na aus der weißen Villa im Tudor-Stil, die offenbar der Werbeagentur GKK als pompöser Firmensitz dient! Die Immobilie wirkt in unseren Breitengraden komplett deplatziert, und das links aufgesetzte Türmchen sieht ganz besonders albern aus. Da ist sicher das Chefbüro untergebracht: Denn erfolgreiche Top-Werbefunzen halten sich selbst für das Piercing am Nabel der Welt und wollen – wie jedes Piercing – auffallen. Und offensichtliche Geschmacksverirrung ist einfach sicherster Weg um aufzufallen.

Ein kurzer Kiespfad führt vom Parkplatz direkt zu einer Freitreppe, die sich zum Portal hochringelt. Und im ersten Stock darüber steht ein Fenster offen.

„Also, was soll das werden?", fragt es mich aus dem haarlosen Schädel mit grellrot eingefasster Brille, der aus diesem Fenster ragt. Wer ist der Glatzkopf, gar nicht unfreundlich, aber doch energisch? Fragen wir mal nach.

Auf knirschendem Kies flott zu ihm hin, rauf die Treppe. Stolz prangen die Buchstaben GKK, eingraviert auf einer goldenen Tafel, neben dem Portal – und da fällt mir zum ersten Mal auf, dass das ja auch die Initialen von Dr. Gottfried Konrad Kronabrenner sind. GKK. Tja, die Natur ist sparsam und darum gibt's hierzulande bloß 26 Buchstaben, da muss sich natürlich Manches wiederholen. Glatzkopf aber hat jetzt Anderes im Sinn, er muss rasch den Mann verhören, der sich so auffällig für das weiße Auto interessiert. Er zieht den Kopf rein, rennt drinnen die Treppe runter und öffnet mir unten die Tür. Ich trete ein in das Reich der Imageanzeigen und Werbeflights, der Tausend-Kontakte-Preise und Staffelrabatte, der Copytexte und Slogans – und zugleich in die Welt Joanas, die hier Woche für Woche an den fünf Werktagen zwischen ihren kalifornischen Kreditkarten-Massakern ihre werbetextlichen Triumphe gefeiert hat.

8

Art Director in einer Werbeagentur – wow, muss das ein schöner Beruf sein, mal abgesehen von der Architektur des Firmensitzes. Art Director klingt so nach Kunst und nach Schule, aber ohne mühsame Künstler und eitle MuseumsdirektorInnen. Und ohne freche Schüler samt Schnösel-Eltern, die schon mit dem Anwalt drohen, wenn ihrer Brut bei der Mathe-Schularbeit auch nur ein Punkt abgezogen wird. Ein Art Director dirigiert sozusagen die Kunst in einer Werbeagentur, und das ist konkret die Kunst, den Kunden möglichst viel Geld für möglichst wenig greifbare Leistung herauszulocken.

Denn wenn den Grafikern für das tausendste Inserat eines Kunden nichts mehr einfällt, zeigt der Art Director was er kann. Er zieht überlegen lächelnd eine rote Linie durch eine schmutzig-weiße Fläche, Zeitaufwand dafür netto knapp fünf Sekunden. Die eigentliche Arbeit ist dann die Erstellung der Präsentation, in der auf 50 Slides haargenau argumentiert wird, wofür Schmutzig, Rot und die Leere stehen, so in etwa: Das dreckige Weiß ist nicht einfach dreckig, sondern eine ausgefeilte Mischung aus 18 verschiedenen arktisch-sibirischen Weiß-Abtönungen. Denn jedes Weiß ist ein anderes Weiß, aha! Und die rote Linie – ebenso sorgfältig gemixt aus noch mehr Rot-Tönen – hat eine genau durchdachte Dicke, Schräge und ist zudem links geringfügig dünkler als rechts, oho! Und der nicht vorhandene Text ist nicht einfach nichts – das Fehlen jeglicher Worte ist eine besonders impactstarke Intensitätslücke, die in ihrer ,verschwiegenen Granulatur' subtil auf die Stärken des Immobilien-Hauses verweist.

All das: Keine Verlegenheitslösung! Keine Willkür! Hat tiefsinnige, tiefenpsychologischst verschlüsselte Bedeutungen, quasi Sigmund Freud plus Umberto Eco plus Prophezeiungen des Nostradamus! Nur nicht zweifeln, dann macht's irgendwann Klick im Konsumentenhirn und wirkt wahre Umsatzwunder!

Genau dafür braucht man den Art Director, damit all das definiert, argumentiert und abgesichert ist. Den Kunden, die bei der Präsentation ratlos dreinschauen, sagt man gleich vorweg: „Das hat unser Art Director persönlich für Sie entwickelt. Er war zwanzig Jahre in den führenden Agenturen in New York engagiert." Na, wer wagt da noch zu zweifeln?

Der jeweilige Art Director steht lässig lächelnd daneben, quasi ,subtilst verschwiegene Granulatur' im schwarzen Rollkragenpulli. Er schaut so kreativ drein, dass man unwillkürlich irgendwie an New York und seine unendlichen kreativen Weiten denken muss, selbst wenn man's lange nicht auf einem Globus finden würde.

Glatzkopf, der offizielle Art Director bei GKK, tanzt hier angenehm aus der Reihe: Er ist sowas wie ein Allround-Manager der Agentur, muss daher wirklich arbeiten und wirkt darum recht bodenständig. Sein Deckname im Reisepass lautet Hellmuth, wie er mir verrät, und in der Werbebranche ist an sich jeder per Du wie wir alle bei Ikea, ich bleibe aber vorläufig einmal beim realistischen „Sie Glatzkopf". Er ist jetzt wieder tiefen-entspannt, nachdem ich ihm zu 95 % wahrheitsgetreu erklärt habe, was ich bei Arveds Auto zu suchen hatte. Als Joanas Chef ist er eine prima Informationsquelle: Ja, von einem Dr. Arved Brömsler hat er schon etwas gehört, den Namen kennt er, hatte auch irgendwas mit Joana zu tun. Dem gehört also dieser weiße Golf, der da schon seit Längerem auf Joanas Platz steht? Vorläufig wollte man noch abwarten und demnächst Anzeige erstatten, na das hat sich jetzt erübrigt.

Über Joana kann er mir viel mehr erzählen. Sie hat ihr Talent für die verschiedensten Kunden ausgepresst wie andere die Zitronen für den Fünf-Uhr-Tee. Doch Ergebnisse bei ihr nicht sauer, sondern köstlich! Aber dann dieser tragische Todesfall, ausgerechnet im Kran-kenhaus, wo sie doch wegen der Gesundheit hinmusste. Es war natürlich ein Schock für das ganze Agentur-Team, für die Kunden, für alle. So viele Projekte waren offen, so vieles hat auf Joanas Schreibtisch und in ihrem Mail-Eingang auf ihre Rückkehr von der Operation gelauert. Aber dazu kam es dann nicht mehr.

Glatzkopf sinniert jetzt ganz kummervoll vor sich hin. Weil Job ist das Eine, doch noch dramatischer ist vor allem der menschliche Verlust! Die Freundschaften! Die Agenturkollegen! Die arme Familie! Gott sei Dank keine Kinder, kein Ehemann, die Eltern glücklicherweise schon beide früher verstorben. Also natürlich nicht glücklicher-weise, weil sie schon gestorben sind, korrigiert er hastig, sondern weil ihnen so eben die Trauer um eine Tochter erspart blieb. Muss ja furchtbar sein, wenn einem jemand stirbt, und selber lebt man weiter. Andererseits – naja, wenn nun mal schon von zwei Leuten einer sterben muss und einer der zwei ist man selbst: Dann ist es für die eigene Zukunft tendenziell besser, wenn man der ist, der weiterlebt. Da greift dann Floriani-Prinzip und jeder ist sich selbst der Nächste, und das ist dann ja auch irgendwie Nächstenliebe, wenn man zunächst einmal sich selber liebt. Hm.

Er plaudert weiter, ich frag mich inzwischen, warum hat sich Joana eigentlich operieren lassen? Die hat doch immer kerngesund ausgesehen mit ihrer kalifornischen Sonnenbräune? Das muss ich Marlene fragen, wenn ich wieder daheim bin, weil diese Diagnose würde mich echt interessieren.

Glatzkopf kommt nun nochmals auf Joanas Arbeit und ihre Kunden zu sprechen. Ich dachte ja immer, in einer tollen Werbeagentur geht es nur um internationale Großkonzerne und Top-Marken, weltweite Schokoriegel und interkontinentale Jogginghosen und so. Und entsprechend beeindruckend und global auch die Mitarbeiter, Rastafari, Tuareg, Polynesier, der eine oder andere Inuit, vielleicht sogar einer von Helgoland oder aus Idaho oder so. Aber nein, das sind ausnahmslos lokale Zweibeiner, die Leute bei GKK, und die müssen sich auch um ganz banale Sachen kümmern, also sozusagen Job wie jeder andere, wie Straßenkehrer oder Buschauffeur: Zu Joanas Kunden gehörte zum Beispiel die Gewerkschaft der Bibliotheksangestellten, gähn, oder der Verband der privaten Altersheime in der Region, und auch ein Hersteller von grässlichen Zimmerspringbrunnen und Bewässerungssystemen für Topfpflanzen. Ah und da war auch eine internationale Farben- und Lackfirma, Familienbetrieb in der 4. Generation, hochprofitabel. Klingt erschreckend nach Marlenes Arbeitgeber, auf dessen Marke sie „wie ein Raubtier aufpasst" (ihr O-Ton, kein Scherz!). Marlene war also nicht nur Joanas Freundin, sondern zusätzlich ihre Auftraggeberin? Auch dazu werd ich sie mal bei Gelegenheit fragen und wieso sie mir nie etwas davon erzählt hat.

Ein Kunde, an dem Joana intensiv dran war und der sie besonders gefordert hat, war das Imperium des Immobilien-Tycoons Bauer von Elsberg. Ich kenne den Mann natürlich von einigen Partys, aber was braucht der von einer Werbeagentur?

Glatzkopf blinzelt und zweifelt (nämlich an meiner Intelligenz) und erklärt mir nachsichtig, dass es um Imagewerbung im Allgemeinen und natürlich um den Verkauf von hochpreisigen Wohnungen, aber auch von Anteilen an den vielen Immobilienfonds des Elsberg-Konzerns ging.

„Von Elsberg" klingt so traditionsreich und gediegen. Nicht glauben, perfekte Täuschung! Ursprünglich hieß der Mann wie so viele andere Wolfgang Bauer und war ein mäßig erfolgreicher Immobilienmakler. Mit 44 verfiel er auf einem Ball den Reizen der tugendhaften Rita von Elsberg, die recht wenig Mühe mit der Tugendhaftigkeit hatte, weil sie damals erst zarte 11 Jahre alt war. Optische Reize können es nicht gewesen sein – denn der Ball war ein Maskenball, und Rita hatte ein Ganzkörper-Kostüm als Tiefseetaucherin gewählt. Ihr wichtigster Reiz war ihr Nachname, aber das kapierten Ritas entzückte Eltern nicht. Die sahen nur sein Geld und seine Zukunftsaussichten und ganz fern am Horizont das eine oder andere finanziell gut gestellte Enkelkind.

Nach sieben geduldigen Jahren erfolgte im Morgengrauen von Ritas 18. Geburtstag die Hochzeit. Bauer war am Ziel, und schöner Doppelname ist heute Minimalprogramm, weil ja Riesen-Schande, wenn Frau den Namen vom Mann nimmt. Emanzipation ist höchste Pflicht, und bester Ausdruck für Pflichterfüllung: Eigener Name durchgesetzt, selbst wenn sie Scheiswohl heißt und er Güldenberg. Oder eben zuindest Doppelname. Wolfi Bauer hieß nun schlagartig „Bauer von Elsberg" und verschwieg ab sofort wo immer es ging seinen Vornamen, der eitle Spinner.

Bittere Enttäuschung aber für alle, die in dieser Beziehung auf waghalsige Erotik quer über die Generationsgrenzen hinweg spekulieren. Denn Bauer von Elsberg war und ist in dieser Hinsicht so wie seine Spekulationsobjekte selber Immobilie, sprich: Tote Hose, ganz buchstäblich. Böse Zungen – zum Beispiel die in meinem Mund – behaupten daher, er hätte sie auch geheiratet, wenn am Ende des Maskenballs statt einer gleich drei pickelreiche Nasen aus Teenie-Ritas Taucherbrille gequollen wären.

Minderjährige lesen ja heutzutage keine wertvollen, gelungenen Bücher mehr. Darum können wir an dieser Stelle ohne jede Gefahr noch mehr ins pikante Detail gehen: Eine irgendwie lustvolle körperliche Begegnung zwischen den beiden ist nicht restlos auszuschließen, aber kaum vorstellbar. Dass Elsberg ein entsprechendes Interesse (irgendwo könnte es in ihm friedlich schlummern) klar und freundlich und ohne urologische Fachausdrücke äußern will und kann – undenkbar. Dass er jemals seine gediegene Garderobe zu anderen Zwecken abgelegt hat als zur Körperreinigung oder zu einer

Darmspiegelung – kann nur ein Märchen sein. Dass er zumindest ein halbes Dutzend romantische Worte kennt oder wenigstens weiß, wo im Internet man solche rasch und gratis zum Download findet, dass er lächelnd eine Kerze anzünden kann, dass er sanfte Musik als solche erkennt, dass er gar einmal einen roten Stringtanga oder etwas noch Schlimmeres für seine jugendliche Rita erwirbt – all dies ist ebenso wahrscheinlich wie dass ein schwuler Japaner aus Grönland der nächste Papst wird. (Schade, denn wie charmant wäre ein Papst Kenzaburo Nanuk I.). Bauer von Elsberg ist Geschäftsmann, ein eleganter, schlauer, knallharter Geschäftsmann. Mehr nicht. Ein absoluter Profi, aber nur ein relativer Mann.

Was Art Director Glatzkopf davon weiß – keine Ahnung, ist auch egal. Zum Abschluss darf er mir noch Joanas früheren Arbeitsplatz zeigen. Inzwischen werkt dort ihre Nachfolgerin, die sich nun anstelle von Joana die Worte zu den Kampagnen für Kunden wie Marlenes Lackfirma aus dem armen Hirn wringen muss. Der Tischkalender auf diesem Platz ist noch auf der Woche ihrer Operation aufgeschlagen, und dort steht am Freitag, dem 16.: „EFB fertig machen."

Glatzkopf folgt meinem Blick.

„Ja, so war Joana. Sie wollte immer am Freitag noch alles fertig machen. Nur nichts ins Wochenende mitnehmen, war ihr Leitspruch."

Mir fällt aber etwas anderes auf:

„Wissen Sie noch, wann sie zum letzten Mal hier war?"

Er lächelt wissend.

„Ja, ja, das muss wohl genau in dieser selben Woche gewesen sein, ganz richtig. Die tragische Operation war für diesen Dienstag angesetzt, und sie hätte offenbar am Freitag wieder im Büro sein wollen. Aber – naja."

„Das heißt, sie konnte dann doch nicht mehr alles fertig machen."

Aber da hört er mir schon nicht mehr zu, hat mich geistig bereits rausbegleitet. Wahrscheinlich muss er gleich wieder eine glänzende werbliche Heldentat von kosmischem Impact verüben, zum Beispiel für eine transatlantische Hornhautcreme oder ein epochales Magermilchjoghurt oder etwas ähnlich Menschheitsrelevantes.

9

Als ich vom Werbe-Glatzkopf zurück nach Hause zu Marlene komme, ist sie ganz aufgeregt. Aber nicht wegen mir und was ich ihr erzählen könnte an Erkenntnissen aus der letzten Stunde, das interessiert sie gar nicht, nein: Ein Fahrradbote hat in der Zwischenzeit eine Einladung gebracht.

„Niemals errätst du, von wem sie kommt."

„Von Börningers?"

„Da waren wir doch erst."

„Agnieszka Brömsler?"

„Verrückte Idee."

„Gerd Henzke?"

„Der trauert noch um Joana."

„Das solltest du auch. Also?"

„Das errätst du nie."

„Du wiederholst dich."

Marlene, plötzlich ganz ernst und beinahe düster, leichter Stimmungsumschwung:

„Einladung von ihm selbst."

„Sag schon."

„Von Kronabrenner."

Große Pause. Wirklich große Pause.

„Und wozu lädt er uns ein? Vernissage einer Krawattenausstellung?"

„Das war leider kein Punktgewinn."

„Medizinische Privatorgie, mit kleinem Kunstfehler als heiterer Mitternachtseinlage?"

„He, denk an Joana!"

„Gesetztes Essen mit Dragqueen-Streichquartett und OP-Cabaret? Ohne mich."

„Du bist ohnehin nicht eingeladen."

„Was?"

„Hier steht ganz klar: Gilt nur für eine Person."

„Gib mal her."

Tatsächlich: Anders als ihr Absender ist die Karte äußerlich unauffällig. Auf edlem Karton steht außer der feinen Adresse bloß in Schnörkelschrift, dass „Oberarzt Dr. Gottfried Konrad Kronabrenner sich beehrt", drunter eine punktierte Linie, auf der von Hand der Name meiner Schwester eingesetzt ist, „zu einer exclusiven Verkostung von Weinen aus der Lombardei und dem Piemont (absolute Geheimtipps!) einzuladen. Achtung: Diese Einladung gilt strikt nur für eine Person."

Hoppla, sogar „Achtung" und „strikt" – damit keinesfalls ein zusätzlicher Trinkbruder wie ich aufkreuzt.

„Exclusiv mit c, sehr hochwertig", finde ich. „Und es kam keine eigene ‚strikte' Einladung nur für mich?"

„Nein. Und schau mal wie kurzfristig: Das Ganze findet morgen statt."

„War ihm sogar einen Boten wert, dich in letzter Minute noch dazu zu holen."

Marlene ist inzwischen gar nicht mehr heiter. Sie sagt mal nichts, denn sie denkt nach, also richtige Reihenfolge, weil sonst heißt es ja auch immer: zuerst denken, dann reden.

Aber dann eben doch:

„Wieso lädt er mich ein?"

„Wieso nicht? Immerhin hat er dir auf Börningers Gnufell deiner Meinung nach das Leben gerettet."

„Und die Einladung ist der Dank dafür?"

„Dank dir war er der Held des Abends."

„Aber was will er von mir?"

„Na er wird dich eben nett gefunden haben, mit den vielen Farben im Gesicht unter ihm. Er ist ja auch nur ein Mann, und da hat er gedacht, ein Wiedersehen wäre …"

„Ich habe ihm keine Visitenkarte gegeben, meinen Namen nicht genannt, keine Adresse, nichts."

„Dazu warst du damals auch nicht in der Lage, Schätzchen."

„Ich bin kein Schätzchen."

„Stimmt. Aber er hat dich schon öfters auf Partys gesehen, neulich erst bei Hammersteins, als er wieder die süßen Leberblümchen umhatte."

„Vom Sehen allein weiß man keine Kontaktdaten."

„Marlene, er kennt mich, er hat uns zusammen gesehen, also weiß er, wem er welche Fragen stellen muss, um herauszufinden, wer du bist."

„Dann hätte er auch gleich dich direkt anrufen können. – Er hat ja nicht?"

„Nein, er hat nicht. Hätte ich dir nicht verschwiegen."

Luftig-leicht frage ich etwas später, so sachte wie ein Blatt an einem windstillen Spätsommertag langsam vom Baum heruntersegelt, so als würde es mich überhaupt nicht interessieren: „Und – gehst du hin?"

Ich hätte sie auch zu einer lustigen Hexenverbrennung mit Geflügelbuffet, Schokobrunnen und ausgelassener Abschluss-Polonaise einladen können, Marlenes Blick wäre wohl nicht entsetzter gewesen.

„Nein, natürlich nicht, wie kannst du nur glauben, dass ich … ich meine, was soll ich dort?"

„Wein trinken."

„Mit Kronabrenner als fürsorglichem Sommelier? Wirklich ein einzigartiger Genuss, vielen Dank."

„Ich mein ja nur – wegen Arved."

„Was hat das mit Arved zu tun?"

„Kronabrenner war sein Kollege im Spital. Vielleicht hat er dort irgendeine Idee, irgendeinen Hinweis, eine Vermutung, ein Gerücht über Arveds Verbleib gehört. Du könntest ihn ins Gespräch verwickeln, aushorchen, abklopfen …"

Ihr Blick wird schärfer, interessierter.

Ich weiter: „So ein Spital ist wie ein Eintopf. Da dickt sich jede Erfindung, jede Story so richtig ein, wenn man dem Ganzen nur etwas Zeit zum Köcheln lässt. Denk mal so: Ein Pfleger hört was über Arved, wirft es in die Runde, es verbreitet sich auf der Station, wird in der Gynäkologie mit glaubwürdigen Details angereichert, sammelt auf der Kardiologie ein wenig Kraft, dann nimmts in der Unfallabteilung zusammen mit anderen Gerüchten wieder Fahrt auf. Jemand von der Kinderambulanz erzählt diese Version nun den Dermatologen. Eine Hebamme hört zufällig mit und bespricht alles beim Nachmittagskaffee mit dem Haustechniker, der trägt es mit in die Orthopädie .... Nein, da bleibt nichts geheim. Und wenn irgendwer dort was von Arved weiß oder ahnt, weiß Kronabrenner es sicher auch."

Marlene wird weich, ich merke es deutlich.

Gut so, denn ich will, dass sie zu dieser „exclusiven" Weinverkostung geht. Nicht wegen der norditalienischen Fusel. Sondern weil ich ein Gefühl habe, dass es gut wäre Kronabrenner auszuhorchen, was er so zu den letzten Ereignissen denkt. Offenbar steht er auf meine Schwester, aus mir unerfindlichen Gründen. Dieses Interesse muss ausgenutzt werden, bevor er sie näher kennen lernt und dieses Interesse daher zwangsläufig wieder erlöschen wird.

„Ich geh dort nicht hin. Ich kann unmöglich mit ihm reden. Ich halte seinen Blick nicht aus, seine Stimme, sein Gelächter. Wenn er nun doch an Joanas Tod schuld war? Dann plaudere ich mit dem Mörder meiner Freundin."

Spontan, nur so aus dem Bauch heraus, würde ich ihr gerne den Unterschied zwischen Vorsatz und Missgeschick erklären. Aber eben: Zuerst denken, dann reden.

Und das macht man so:

„Marlene, ich versteh dich total."

Uff, gut gegangen. Bin selbst überrascht, wie leicht sich das sagt.

„Denk doch an Arved."

Jetzt ein genialer Schachzug:

„Joana ist tot, das ist nicht mehr zu ändern. Aber Arved lebt! Es geht um ihn!"

Sie wird wieder weicher, ich spüre es, und es fühlt sich gut an.

Doch dann friert ihr Gesicht erneut ein. Stellt sie sich gerade vor, Kronabrenner an der Haustür zu begegnen, ihm die Hand zu schütteln, sich artig für die Einladung zu bedanken, egal welche Krawatte er trägt?

„Nein, auf gar keinen Fall. Ich geh dort nicht hin."

Also gut. Dann muss es sein. Letzter Trumpf.

„Ich komm mit."

„Hallo, du bist nicht eingeladen."

„Ich komm mit."

„Kronabrenner schmeißt dich raus."

„Ich komm mit."

„Es stand ausdrücklich: Achtung – nur eine Person!"

„Ich komm mit."

„Es ist mega-peinlich, wenn du trotzdem aufkreuzt."

„Ich komm mit."

„Willst du wie ein Aufpasser immer an mir kleben?"

„Ich will und werde mitkommen."

„Der lässt uns beide nicht rein, wenn du dabei bist."

„Dann geh allein. Für Arved."

„Was fällt dir ein? Ich geh auf keinen Fall allein hin."

„Eben und genau darum: Ich komm mit."

10

Ich erkenne nicht sofort die Stimme, die da noch am selben Abend aus dem Telefon sprudelt. Aber dann taucht vor meinem geistigen Auge eine grellrot gefasste Brille auf, und jetzt klar, Art Director Glatzkopf ist am Rohr. Hat meine Nummer von der Visitkarte, die ich ihm ja vorhin dagelassen hab.

„Es gibt ein paar Dinge, die ich Ihnen noch sagen wollte."

„Fein, kann schon losgehen."

„Zuerst zu Joanas Kalender. Sie erinnern sich, dass da stand ‚EFB fertig machen'. Mir war das so klar, dass ich Sie gar nicht gefragt habe, ob Sie wissen, was die Abkürzung bedeutet."

„EFB?"

„Was sonst?"

„Hm, vielleicht: Einkäufe für Börningers fertig machen."

„Wie kommen Sie darauf?"

„Weil man am Freitag oft den Einkauf fürs Wochenende macht. Und wenn Joana vielleicht am Samstag den 17. eine Party bei Börningers besuchen wollte, musste sie am Freitag den 16. ihre Einkäufe dafür fertig machen."

„Ich kenne keine Börningers. Aber ich weiß, dass Joana an diesem Wochenende wohl zu keiner Party oder sonst wohin gehen wollte."

„Nicht mal ein kleiner Ausflug nach L.A.?"

„Nein, ich denke sie wollte sich nach der Operation auskurieren. Plus: Wenn Sie bei einer Party eingeladen sind, kaufen Sie wohl nicht dafür ein, oder? Und die schräge Formulierung ‚Einkäufe fertig machen' hätte sich die Sprachkünstlerin Joana sicher nicht erlaubt."

„Dann meinte sie vielleicht, Moment mal, ja; ‚Eigenen Facebook-Beitrag fertig machen.'" Hm.

„Lassen Sie's, ich sag's Ihnen."

„Nun?"

„Bauer von Elsberg. Der Immobilien-Konzern."

Hoppla.

„Aber muss die Abkürzung für Bauer von Elsberg nicht eher BVE sein?"

„Sehen Sie, so war Joana eben. Sie hat immer um die Ecke gedacht."

„Und Ecke heißt in diesem Fall?"

„EFB steht für Elsberg, früher Bauer."

Weil ich am Telefon den Beistrich nicht hören kann, muss ich nachfragen.

„Na ich meine: EFB steht für Elsberg, der früher Bauer hieß. Ganz einfach. War ein Running Gag in der Agentur. Wir haben von ihm immer nur als EFB gesprochen, auch wenn er dabei war, und er hat's nie begriffen. Dann war's besonders lustig."

Verstehe, haha. Spezieller Humor bei diesen Agenturleuten. Ganz ähnlich wie bei gewissen Engländern, die lustvoll Leuten Lebern lasern.

„Also gut. Der Eintrag bedeutet also: Sie wollte am Freitag noch etwas für den Bauer von Elsberg-Konzern fertig machen. Ein Inserat texten oder einen Radiospot oder sowas. Nicht ungewöhnlich für eine Werbetexterin, würd ich sagen."

„Doch ungewöhnlich für eine Werbetexterin. Speziell in dieser Agentur."

„Weil?"

„Weil Elsberg kurz vorher den Vertrag mit GKK mit sofortiger Wirkung im Zorn gekündigt hatte. Joanas Eintrag ist deshalb sinnlos. Es gab nichts mehr fertig zu machen, alle Projekte waren storniert und wurden abgebrochen, weil er alle Zahlungen an uns eingestellt hatte. So gesehen bedeutet EFB auch ‚Endlich frei für Besseres.‘"

„Sie wollte also offenbar etwas für ihn fertig machen, obwohl es nichts mehr fertigzumachen gab. Korrekt?"

„Korrekt."

„Und was sagt Ihnen das?"

„Dass sie vorhatte, kurz nach ihrer Operation etwas für einen Ex-Kunden zu erledigen. Doppelt ungewöhnlich."

„Schlussfolgerung?"

„Keine. Es ist mir jetzt erst bewusst geworden, wie widersinnig der Kalendereintrag ist. Deswegen rufe ich ja an."

Sehr scharfsinnig, diese Art Directoren. Und ihre Brillen sind so einprägsam. Marlene kommt grade atemlos von einem Spaziergang zurück, will dringend wissen mit wem ich rede, muss aber warten. Harte challenge, weil Glatzkopf hat noch mehr auf Lager.

„Gut, das war erstens. Zweitens?"

„Zweitens wollte ich noch was zu der missglückten Operation nachreichen."

Ja genau, Joanas Operation! Fast schon vergessen. Unverzeihlich, aber momentan habe ich einfach zu viele Teller kreisen. Natürlich Metapher vom Zirkus mit Elefanten, die besser kopfrechnen können als all die smartphonesüchtigen Maturanten heutzutage; brennende Tiger, die durch Reifen springen; minderbekleidete Damen, die sich dankbar zersägen lassen; und eben Teller, die auf langen Stangen kreisen.

„Diese Operation war nämlich nicht ihre Idee, sondern ihr Arzt hatte sie ihr dringend nahegelegt. Joana war da recht zugeknöpft, aber sie hat ein paar Mal angedeutet, dass sie selbst den Eingriff nicht wollte, zumindest nicht so bald. Aber klar, wenn es ein persönlich nahestehender Doktor sagt ...“

„Und dieser Arzt war Dr. Kronabrenner, der sie dann zu Tode operiert hat?“

„Nein, wieso? Es war ein anderer Arzt, der sie zum Routinecheck in die Universitätsklinik empfohlen hat. Dann dort lange Beratungen, und am Ende die Empfehlung des Spitalsarztes: Operation möglichst bald.“

„Dieser Arzt heißt kein bisschen Kronabrenner?“

„Nein, und da ist mir eben wieder eingefallen, woher ich den Namen Brömsler kannte, dem dieses weiße Auto gehört. Joana hat kurz vor der Operation erzählt, dass ein Doktor Brömsler sie operieren soll. Sie kannte ihn wie gesagt privat. Er ist oder war, glaub ich, der Liebhaber von Joanas total durchgeknallter Freundin. Mara oder Lene oder so heißt dieses verrückte Huhn.“

Hoppla Glatzkopf, niemals wieder so über meine Schwester reden! Sonst umgehend erneuter Besuch meinerseits und dann grellrote Brille ganz schnell nur mehr grellrote Krümel und nur mehr als Deko-Streusel für Schwarzwälder Kirschtorte zu verwenden oder für sozialistisches Wandmosaik in der Lobby von Gewerkschaftszentrale.

„Aber warum hat dann Kronabrenner statt Brömsler sie operiert, und Brömsler durfte nur assistieren?“

„Woher soll ich das wissen?" Frage berechtigt.

„Aber eigentlich rufe ich wegen etwas Anderem an."

„Drittens also."

„Der Parkplatz vorm Haus hier ist wieder frei, das weiße Auto ist weg."

Sehr hoppla.

Glatzkopf schildert mir fröhlich, wie super er das findet: Dass Joanas Platz endlich entgolft ist und somit nun von ihrer Nachfolgerin beopelt werden kann.

Ich frage: „Vermute, dass Sie nicht beobachtet haben, wer den Golf weggefahren hat?" und vermute damit richtig, wobei:

„Wird wohl der Eigentümer gewesen sein, eben dieser Doktor Brömsler, oder?"

Kurzes Staunen – aber stimmt, Glatzkopf kann wohl kaum wissen, dass Arved verschwunden ist. Stand nicht in der Zeitung, und es wurden auch keine Flugblätter mit Infos dazu über der Stadt abgeworfen. Von mir bekommt er dazu auch kein Update.

Was er dagegen bekommt, ist eine Frage, die ich mir seit meinem Besuch bei GKK stelle.

„Sagen Sie mal, wieviel verdient man als Art Director eigentlich so?"

Jetzt gratis wertvolle Lebensweisheit: Frage niemals einen Werbefunzen nach seinem Einkommen. Glatzkopf lässt die Rollbalken runter und fährt Igelstacheln aus, stechen durch Telefonleitung hindurch, ehrlich. Stimme wie aus dem Kühlwaggon, Tundra-Eisorkan in Sibirien im Vergleich dazu heiß wie Dampf über einem Teller frischer Leberknödelsuppe von Melinda Hammersteins Koch-Perle Frau Hofstetter:

„Finger weg von diesem Thema. Ist sehr unerfreulich."

Schade, das hätte mich nun wirklich interessiert, trotz oder gerade wegen all der Teller, die ich gerade kreisen habe – egal ob mit oder ohne dampfender Suppe drin, und unabhängig von der Suppeneinlage.

11

Marlene besteht dann am nächsten Tag darauf, dass wir per Taxi zu Kronabrenners „exclusiver" Wein-Degustation fahren. Na gut, warum auch nicht – ist mir lieber als selbst am Steuer zu sitzen. Öffentlicher Verkehr ist sowieso keine Option in dem Outfit, in dem wir unterwegs sind. Jeder würde uns für Faschingsnarren im Herbst halten (also doppelte Narren), weil: Marlene hat sich aufgedonnert, als ob sie heute noch den Job der Königin von Großbritannien und aller Gegenden, die vorläufig noch dazugehören, übernehmen sollte.

Beim Anlegen der Kronjuwelen vorher hab ich es nicht lassen können, die höchst bürgerliche Reserve-Queen zu fragen:

„Aber wenn er nun doch ein bisschen Schuld war an Joanas Tod – "

Marlene wischt das weg.

„Wenn es so war, ist er ein Schwein und wird bestraft. Aber wenn nicht, kann uns ein besserer Kontakt zu ihm nur nützen, hast du selber gesagt. Wer weiß, wofür es gut war, dass es mich am Gnufell gerettet hat."

„Wofür es gut war? Hm, zum Weiterleben vielleicht?"

„Ja, das auch. Er war wirklich gut."

Mann, ging das wieder schnell und gründlich mit diesem Meinungsumschwung, fast so schnell und gründlich wie beim Umweltminister während den paar Schritten von der geliebten Kerosinschleuder a.k.a. Regierungsjet zur Klimakonferenz, wo man sich wohlig miteinander im Hass aufs Erdöl suhlt.

„Aber denk an die Leber. Arveds Warnung. Du warst so sicher, dass er Kronabrenner meint."

„Nöö, war ich nicht. Mir kam das nur alles komisch vor bis hin zu den Leberblümchen. Momente der Schwäche. Das ist aber jetzt vorbei."

Nein, Umschwung bei Marlene doch noch schneller und auch gründlicher als beim Umweltminister.

„Unter Umständen hast du ja Recht und er weiß was über Arved. In so einer Klinik kocht sich jedes Gerücht ein, sag ich dir. Das ist wie so ein Eintopf." Aha.

Nun holt sie ihre enorm stylischen Schuhe her.

„Und wenn er doch absichtlich gepfuscht hat damals bei Joana …"

Sie schlüpft in die enorm stylischen Schuhe rein. Zuerst rechts.

„… dann mach ich …"

Nun links.

„… den Wichser fertig."

Und zieht die Riemchen an den enorm stylischen Schuhen lustvoll stramm. Gerade so, als würde sie eine Klaviersaite um Kronabrenners Hals schlingen, um ihn zu einem lückenlosen Geständnis zu zwingen, während er auf Knien röchelnd um Luft und Gnade fleht.

„Leberblümchen, ha!"

Wir sind echt fertig zum Gehen.

Im Taxi. Nein, meinerseits kein Frack – war nie ernsthaft überlegt, besitze gar keinen. Ich fühl mich im Slimfit-Coolwool-Anzug auch noch gewaltig over-dressed. Wein aus dem Piemont könnte man auch in Jeans verkosten.

Das Taxi kurvt eine Anhöhe hinauf, immer weniger Häuser weit und breit. Der Fahrer wird unsicher. Hier wollen wir echt hin? Aber ja: Vorher auf Google Maps die Lage von Kronabrenners Haus checken lohnt sich mehrfach. Man weiß den Weg und ist dann nicht ganz so überrascht und geblendet. Denn ich verabscheue das Geprotze und kann doch die Bewunderung nicht unterdrücken.

Eindruck des Anwesens: Widerlich traumhaft und schmerzend perfekt, erhöhte Solitärlage, im Norden der Stadt, somit bietet die südseitig ausgerichtete Terrasse einen Blick über alles. Jetzt kann ich's ja verraten: Diese Terrasse hab ich auf Google Maps mit dem Lineal abgemessen, als Marlene grad nicht im Zimmer war, zu große Versuchung, innerer Widerstand zwecklos. Weil die weiß verflieste Fläche hat da am Bildschirm aus der grünen Umgebung rausgeleuchtet wie sonst nur die Vorfelder der ganz großen Flughäfen dieser Erde, Heathrow oder JFK oder … naja, was auch immer diese verflixten chinesischen Krakel-Zeichen im Nordosten von Peking bedeuten. Wenn ich mich beim Maßstab nicht gröber verrechnet hab, lässt sich auf dieser Terrasse problemlos ein Poloturnier spielen oder die Schlacht von Waterloo weitgehend realistisch nachstellen.

Grüne Umgebung hab ich grade gesagt, kein Zufall: Das Objekt selbst ist umgeben von, du meine Güte, das sind ja Weinstöcke, ein ganzer Weingarten. Kredenzt uns

Kronabrenner etwa doch seine eigenen Rebensäfte und will sehen, ob's alle überleben und er das Zeug der Lebensmittelkontrolle für die Zulassung zum Handel vorlegen kann?

„Das Grünzeug darfst du nicht überbewerten", beruhige ich jetzt Marlene, die aufgeregt abwechselnd auf allen Seiten Blicke rausschießt. „Ja, ist Wein, aber heutzutage macht fast jeder auf Hobby-Winzer. Ärzte, Kanalräumer, Latein-Lehrer, Pfarrer. Jeder winzt. Jeder gärt. Jeder weint. Reiner Hype. Schau gar nicht hin."

Sie schaut hin.

Selbstverständlich macht der weitläufige Weingarten den Doktor nicht gerade kleiner, nicht uninteressanter, und das tut auch die wunderschöne pseudo-toskanische Zypressen-Allee nicht, die sich hinaufschlängelt und die wir nun andächtig entlangtuckern.

„Hier war ich noch nie", brummt der Taxifahrer.

„Premiere!", gluckst Marlene und kichert überdreht. Sie ist wirklich sehr aufgeregt, wie eine Fünfjährige vor der Kindergeburtstagsparty. Aber wie wird sie sich erst nach der Verkostung von 20 italienischen Weinen aufführen?

Oben, vor dem Portal, fahren wir vor wie Zeus im Olymp. Säulen stützen ein Vordach, spontan fällt mir das Weiße Haus in Washington ein, das sieht auch so aus, ist nur vielleicht etwas kleiner. Hier schimmert jedenfalls alles mehr cremefarben, wahrscheinlich wollte Kronabrenner nicht auch noch beim Heimkommen das sterile Spitalsweiß sehen, verständlich. Das Ganze wirkt sehr gediegen, stimmig, echt.

„Ich glaube, wir sind da", glaubt der Taxichauffeur, und ich bezahle.

Erst als das Auto sich wieder zwischen den Zypressen talwärts verliert, merken wir, wie still und einsam es hier ist.

„Marlene, ich glaube, die Verkostung ist wirklich sehr exclusiv." (Ich spreche es so aus, dass man möglichst hört, dass das k ein c ist.)

Wir sehen uns mal ganz exclusiv um. Zwei Krähen rangeln umwabert von Nebelschwaden um einen Regenwurm. Vom Baum da drüben fällt eine verdorrte Quitte in die einbrechende Dämmerung und landet mit leisem Ploppen auf feuchtem Moos. Ein Eichhörnchen flitzt mit einer halben Nuss im Mäulchen quer über die Stufen, die zum Portal unter dem Vordach mit seinen Säulen führen, bleibt kurz stehen, glotzt uns so von der Seite an, huscht weiter.

Also mal rauf zur Tür, wobei: Diese Tür ist mehr Tor wie bei gotischer Kathedrale, wo Schild sagt „Eingang durch die Seitentür um die Ecke", weil eigentliches Tor sechs Meter hoch und wahnsinnig schwer, und ungläubige Selfie-Touristen keine ausreichende Rechtfertigung für Muskelkater beim Pastoralassistenten vom ständigen Auf- und Zumachen.

So wie bei der Agentur GKK hängt auch beim Doktor GKK eine Tafel beim Eingang. Hier aber nicht aus Gold, nur Acrylglas, nicht viel größer als eine Visitkarte. Darauf eingraviert – klein, unauffällig und gerade dadurch irgendwie edel: „Ein Projekt der BVE Immobilien-Gruppe." Ein Weberknecht hängt zitternd – Recht hat er, es ist ziemlich frisch geworden – über der linken Hälfte der Tafel. Schade nur, ihm fehlt ein Bein.

Hat sich der Doktor also sein Häuschen von Bauer von Elsberg planen und errichten lassen. Beides schillernde Typen, so verschieden sie sonst auch sind.

Marlene sucht inzwischen nach einer Klingel oder sowas in der Art.

„Meinst du, dass er eine Wohnung im Erdgeschoß oder doch im ersten Stock hat? Da ist gar nichts angeschrieben. Nicht mal Briefkästen für die Mieter, wo man seine Türnummer ablesen könnte."

Hoppla, da ist sie wieder, diese auftrumpfende Dumpfheit ihrerseits, mit der ich so gar nicht kann.

Und zugleich dieser Beschützerinstinkt meinerseits, mit dem ich so gar nicht will. Marlene, gib doch Acht mit deiner Naivität in einer grausamen Welt von Kronabrenners und Elsbergs.

„Scherz, haha! Dachtest du im Ernst, ich halte das für eine Mietskaserne?" Gut getäuscht, PR-Drache. Wir finden jedenfalls nichts, womit wir die da drinnen auf uns aufmerksam machen könnten.

Darum kurze Lagebesprechung: Was nun? Steinchen vom Kiesweg (auch das wie bei der Agentur GKK) ans Schlafzimmerfenster werfen? Sehr romantisch, aber das Haus hat viel mehr Fenster als ein Adventkalender, also müssten wir den Kies händeweise um uns schleudern. – Einfach die Nummer anrufen, die auf der Einladung stand? Sehr intelligent, aber die Einladung hat es leider vorgezogen, faul daheim liegen zu bleiben, danke Schwester für deine Umsicht. – Sonst Ideen?

Ich gehe die Stufen wieder runter und wage es, den makellosen Rasen zu betreten. Der könnte genauso gut vor einem englischen Lustschloss liegen oder am Privatgolfplatz des Emirs von Katar, saftig, dicht und perfekt geschnitten. Von dort aus taste ich die Fassade mit den Augen ab, ob in irgendeinem Raum, hinter einem Fenster ein Lichtschein oder eine Regung oder ein Gesicht zu sehen ist. Nichts. Nur für einen Sekundenbruchteil kommt mir vor: Ganz am Ende der Fensterreihe hat sich ein Vorhang bewegt, vielleicht rasch zugezogen worden. Optische Täuschung in dieser Dunkelheit aber wesentlich wahrscheinlicher.

Marlene hat inzwischen versucht, das Haus in ihren enorm stylischen Schuhen zu umrunden oder zumindest ans Ende der Front zu gelangen und um die Ecke zu schauen. Aber das ist, als ob man einen dieser Mammutbäume im Yosemite-Nationalpark umarmen will: Umfang einfach zu groß. Missmutige Rückkehr.

„Kein einziges Auto zu sehen. Wo sind die Gäste? Wo sind die Weine? Hier ist gar nichts los. Über Arved werden wir so auch nichts erfahren."

Sie hat Recht, und man hört auch außer unserem Atem keinen menschlichen Laut. Minutenlang lauschen wir angestrengt der Stille. Den vielleicht rasch zugezogenen Vorhang verschweige ich ihr. Sie ist schon missmutig genug, wie gesagt.

„Und jetzt?"

„Jetzt", entscheidet sie, „gehen wir heim, schauen auf der Einladung seine Mobilnummer nach und rufen ihn an, was der Witz soll. Hierbleiben hat keinen Sinn."

Bravo, Schwester!

Der Heimweg: Echt mühsam, denn ihre Schuhe waren wirklich nur stylisch, und mein Slimfit-Coolwool-Anzug für die Jahreszeit etwas zu cool. Fröstelnd und leidend stolperten wir zwischen Zypressen und durch den Weingarten die Anhöhe hinunter. Und dann noch eine reizende Stunde durch die ganz normale Welt halbwegs artgerecht lebender Stadtmenschen.

Nur der Gedanke daran, daheim auf der Einladung sofort Kronabrenners Telefonnummer nachzusehen und umgehend bei ihm nachzufragen, „was der Witz soll", hielt uns aufrecht.

Guter Plan, aber leider nicht gut genug: Auf der Einladung war keine Nummer drauf (er hatte ja nicht mal um Zu- oder Absage ersucht, war sich wohl sicher, dass Marlene sowieso kommt), und auch online war dazu nichts zu finden.

„GKK, Geh' kaka, eine eindeutige Aufforderung scheißen zu gehen", schmollte Marlene, „und die Abkürzung heißt bei Kronabrenner anscheinend ‚Gibt Keine Kontaktdaten.' Aber das wird ihm nichts nützen. Bei der nächsten Party mach ich ihm eine fürchterliche Szene, das schwör ich dir. Und dafür brauch ich keine Kontaktdaten. In sein Gesicht bekommt er ein paar Kontakt-Taten, die er nicht so schnell vergessen wird."

12

Nach dem Ausflug auf den menschenleeren Weinberg samt erfrischendem Heimweg ist Marlene am nächsten Tag krank. Trotzdem ganz tapfer ab zur Arbeit! Denn die Marke ihrer Farben- und Lackfirma duldet keine längeren Abwesenheiten. Dem Außenstehenden mag diese Marke wie eine robuste Eiche erscheinen, saftig, sicher, stark. In Marlenes Augen aber handelt es sich um ein schwaches Pflänzchen. Es muss täglich neu (von ihr) begossen, gedüngt und beschützt werden vor all dem, was ihm in der rauen Wirtschafts-Wildbahn droht. Es sind die vielfältigsten Gefahren, denen Marlene sich in ihrer PR-Funktion entgegenstemmen muss:

Da ist einmal die böse Konkurrenz, sprich andere Farbenfirmen, die es dummerweise nicht und nicht lassen können, auf ihre eigenen Marken und Produkte hinzuweisen. Überall springen Marlene die Werbesprüche und Aktionen dieser Mitbewerber unangenehm ins Auge. Ideal für ihre Firma wäre natürlich ein staatliches Farbenmonopol mit festgesetzten Wucherpreisen für ein schmales Sortiment zwischen olivbraun und schlammgrün. Weil aber leider freier Markt, muss marleneseits kräftig gegen den Wind der anderen Farbenfirmen gepustet werden. Laufend erfindet sie eigene Initiativen, damit ihre Firma mindestens genauso sichtbar bleibt. Diese „visibility", dieser „share of voice", dieses „thought leadership" und noch mehr solcher Unsinn beschäftigt sie den ganzen Tag, während normale Erwachsene sinnstiftenden Tätigkeiten nachgehen, in den Schulen, Krankenhäusern und Paintball-Studios zum Beispiel.

Dann sind da die Fachzeitschriften, die sich mit Farben, Lacken, Lasuren und solchem Zeug beschäftigen. Ganz wichtig, in diesen Magazinen möglichst oft vorkommen, und möglichst positiv, und möglichst so, dass die Lobeshymnen eben nicht nach Werbung klingen. Auch wenn dafür hinterrücks etwas Geld an den Zeitungsverlag überwiesen werden muss. Macht nichts, ist OK, denn die Fachredakteure wollen vom Verlag

Gehälter bekommen, und das Geld dafür wächst ja nicht von selbst am Fachmagazinkonto; die meisten Fachredakteurskinder verlangen regelmäßig neue Smartphones; manche Fachredakteursgroßeltern leben in teuren privaten Seniorenresidenzen; und jeder süße Fachredakteurshund braucht früher oder später ein neues Flohband, aber bitte nicht den billigen China-Ramsch vom Amazon Marketplace mit den gefakten Jubel-Bewertungen.

Nicht zuletzt gibt es auch noch die eigenen Mitarbeiter in der Firma, die Marlene jeden Tag auf Kurs bringen muss: Sie sind ja „Botschafter" des Unternehmens, ob sie wollen oder nicht. Schließlich bekommen sie einen üppigen Lohn, also sollen sie auch gefälligst die richtigen Botschaften über ihren heiß geliebten Arbeitgeber absondern. Aber so Mitarbeiter sind eine Schar kleiner, dummer Küken – leicht abzulenken, nie ganz auf Linie, und ständig schnattern sie eigenmächtig, was ihnen gerade in den Sinn kommt. Echtes Beispiel, selbst erlebt: Gegen jeden Anstand streicht jemand aus der Belegschaft sein Carport zuhause mit dem Lack eines anderen Herstellers. Wenn die Nachbarn dann neidisch nachfragen, woher er den tollen Lack hat, sagt der ehrliche Dummkopf die Wahrheit und: schwupps, schon macht der eigene (!) Mitarbeiter gratis Propaganda für den Geschäftsfeind. Dann ist es zu spät, und darum muss Marlene schon im Voraus konsequent gegensteuern. Sie organisiert interne Argumentations-Workshops, trichtert den Abteilungsleitern ein, wie sie unter ihrem Teams „message control" umsetzen können, überlegt Anreize, damit die Bediensteten jeden Monat mindestens einmal bei einem Außenstehenden gut über die Firma reden. Und manchmal denkt sie sich Strafen für Verstöße aus. Natürlich werden diese Strafen dann nie verhängt, wegen Betriebsrat, Gewerkschaft, Menschenrechtsdeklaration der UNO – aber allein schon das Ausdenken der Strafen macht so viel Freude wie eine kleine Gehaltserhöhung.

Das allergrößte Problem für jede Firma in jeder Branche sind aber natürlich die Kunden, die einfach machen, was sie wollen, und die man auch nicht zu ihrem Glück zwingen kann. Dafür braucht selbst eine Marlene Hilfe von außen, heißt konkret: Werbeagentur GKK, hieß bis vor Kurzem ganz konkret: Joana.

Warum hat Marlene mir von dieser Zusammenarbeit, die der Art Director am Rande erwähnt hat, nie etwas erzählt? Und umgekehrt: Was muss ich ihr aus den letzten Tagen alles noch erzählen, was sie noch nicht weiß? Ich rufe sie darum im Büro an, trotz all ihrer To-Dos, Agendas und Jours fixes. Und siehe da, sie hebt sofort ab.

„Was ist denn?", brüllt sie ungnädig. „Du weißt doch, wie dicht mein Tag ist. In fünf Minuten hab ich eine Telefonkonferenz mit unseren Vertriebsleuten in Chicago und Chile."

„Vielleicht ist Nachmittag besser?"

„Nein, da tanzen im Stundentakt neue Werbeagenturen zur Präsentation an. Geht gar nicht."

„Wieso neue Werbeagenturen?"

„Seit wann interessieren dich unsere Firmeninterna?"

„Seit ich weiß, wer früher eure Werbeagentur war. Und wer dort für dich gearbeitet hat."

Wäre ich an ihrer Stelle, wäre jetzt ein hoppla fällig.

„Du meine Güte, das war doch ideal" ist, was sie dann wirklich sagt. „Joana und ich waren seit Uni-Zeiten Freundinnen, und klarerweise hab ich sie engagiert, als mir die Firma endlich das Budget für eine Agentur gegeben hat. Du weißt selbst, dass sie eine der besten Kreativen am Markt war."

Kein Widerspruch meinerseits, ist ja auch nichts Böses dabei.

„Und klarerweise hat sich Joana erkenntlich gezeigt für den großen Auftrag."

Marlene eröffnet mir, dass Joana bzw. GKK – gedeckt von einem gewissen Vorgesetzten ohne Haare, aber mit Brille – sämtliche Rechnungen an Marlenes Firma deutlich überhöht stellen durfte. Sie selber gab sie immer zur Zahlung frei. Den so ergaunerten Zusatzbetrag hat GKK nach Erhalt an Joana als „Prämie" ausbezahlt. Und die hat das Geld dann jedes Mal mit Marlene fein säuberlich geteilt: Die eine Hälfte fand ihren Weg nach L.A. und wurde dort vershoppt, die andere Hälfte blieb hier daheim und wurde mit Arved Brömsler außerehelich verbraten.

Ich verspreche ihr feierlich, das ganz sicher niemandem zu verraten, auch nicht schriftlich zu verwerten, Grab im Vergleich dazu Megaphon. Aber ab heute hat ihre Selbstbezeichnung als „Raubtier" im Blick auf ihren Job doch eine ganz neue, doppelbödige Bedeutung für mich.

„Ich muss jetzt wirklich auflegen, Chicago und Chile sind schon im Call."

„Marlene, warte, da war noch dieses Auto."

„Welches Auto?"

„Arveds weißer Golf."

„Ja ich weiß, er ist von Joanas Parkplatz wieder verschwunden, hat dir ja dein neuer Werbefreund letztens erzählt. Und?"

Offenbar versteht sie die Brisanz nicht ganz.

„Marlene, hier geht etwas vor. In den letzten Tagen häufen sich die großen und kleinen Merkwürdigkeiten. Und nach wie vor ist Arved wer weiß wo."

„Er fehlt mir so." Ganz leise.

„Ich weiß, Schwester." Auch ganz leise.

Marlene ist dann so ungewöhnlich still, dass es irgendwo tief drinnen weh tut. Sehr weh. Wie gerne würde ich sie jetzt in den Arm nehmen. Telefonisch schwierig.

„Und da ist noch was."

Marlene bleibt still.

„Ich will wissen, was du über Joanas Operation wirklich weißt."

„Bis bald."

„Bis bald. Pass auf dich auf."

Zu viele Minuten sind vergangen, Chicago und Chile haben schon wieder aufgelegt. Kein Problem, die Welt der Lacke und Lasuren dreht sich auch ohne eine verkühlte Marlene weiter.

13

Society-Kreise haben schon länger befürchtet, dass es eines Tages wieder dazu kommen muss. Und für den heutigen Abend ist es Renata Haymerle nun leider tatsächlich gelungen, das geigende Nervenbündel Rolf zu einem Privatkonzert in ihrem Salon zu überreden. Aber welchen Sinn soll das haben? Schon ein leises Fauchen einer ihrer kostbaren Perserkatzen beim Stimmen des Instruments hat ihn einmal für einige Wochen aus dem Takt geworfen. Applaus – aber ebenso das Ausbleiben von solchem – ist eine sichere Wette für eine Unterbrechung, vielleicht sogar den Abbruch einer solchen Darbietung. Genug, dass Rolf seinen Namen auf einer Einladung liest oder sich die Sekunden ausmalt, bevor er den Bogen zum ersten Mal über die Saiten streicht, schon werden die Knie weich, auch wenn er gerade in der Badewanne liegt oder mit der Straßenbahn unterwegs ist.

„Sind im Publikum auch keine Musikkenner dabei?" ist seine geflüsterte Standardfrage im Nebenzimmer, bevor er vor die immer gleichen Zuhörer tritt. „Aber auch keine Banausen?"

Denn beide Gruppen setzen ihn unter Paralyse: Die Kenner, weil sie bemerken könnten, wo er sich über schwierige Passagen drüberschummelt, mühsame Doppelgriffe auslässt und bei schnellen Läufen bewusst – und gegen die ausdrücklichen Anweisungen des Komponisten – das Tempo dehnt. Die ahnungslosen Banausen dagegen sind verachtenswert, weil sie auch mit dreißig Minuten „Alle meine Entchen" zufrieden wären und dann das ganze Üben, Studieren und Fürchten völlig umsonst war. Bei den Banausen vergrämt ihn das vergnügte Klatschen, bei den Kennern die minutenlange Stille nach dem letzten Ton. Die Banausen hasst er für ihre Zwischenrufe („Bravo!", „Jetzt mal Vollgas!", „Uj, das war jetzt aber zu tief, oder?"), die Kenner für ihre atemlose Ruhe, die er als arglistiges Lauern auf Fehler interpretiert. Bei den Banausen wirft ihn schon das Rascheln beim Auspacken eines Hustenbonbons aus der Bahn und dass sie so desinteressiert sind, auch schon mal nebenher in einer Zeitung blättern, wenn er ein ruhiges Adagio sicherheitshalber noch langsamer nimmt. Bei den Kennern irritiert ihn, dass sie wie erstarrt vor ihm sitzen, ihn und das Instrument fixieren, nicht mal blinzeln.

Weil sich aber in der Zuhörerschaft immer Vertreter beider Gruppen – und vieler Abstufungen dazwischen – finden, kann ein solches Vorspielen eigentlich nie gut ausgehen.

Und trotz all dem findet also heute wieder eine solche „soirée musicale" statt. Das heißt so, weil Haymerles sind frankophil und ernähren sich und ihre Gäste ausschließlich von Produkten aus dem Land der Guillotine, körperlich ebenso wie geistig. Ihre arme Tochter heißt Hedwig – schlimm genug, aber jeder wird auch noch angehalten, sie nur als „Ehdwiesch" auszusprechen und anzusprechen. Das Kind selbst hat bis heute (sie ist 17) strengste Strafen zu erwarten, wenn es auf „Hedwig" auch nur die leiseste Reaktion zeigt. Insider behaupten, dass das Ehepaar Haymerle mit dem Mädchen in seinen jüngeren Jahren grausame Übungen abgehalten hat: Ohne Vorwarnung rief der Vater streng und betont germanisch „Hettwick!" ins Spielzimmer, und wenn das Kind ganz unbeeindruckt mit seiner geliebten Jeanne d'Arc-Puppe weiterspielte, wurde es zur Belohnung mit Petit fours überhäuft. Ebenso führte eine sofortige Reaktion auf die Anrede „Ehdwiesch" zu Mousse au chocolat und Creme brulée. Aber oh weh, wenn sich die Kleine nicht ganz unter Kontrolle hatte und kurz aufblickte, wenn sie „Hettwick!" gerufen wurde. Dann nahmen sie sich die Eltern vor, und wie! Angeblich wurde der Kleinen anschließend tagelang als einzige Nahrung Pfälzer Saumagen serviert, zu jeder Tageszeit.

Zugegeben: Für all das gibt's keine Ohrenzeugen, alles nur Gerüchte. Aber sehr glaubwürdige „Gerüschde", soweit ich weiß.

„Ehdwiesch"s jüngerer Bruder hatte übrigens mehr Glück. Er wurde gleich Jerôme getauft und darf bloß keine Slawin wie Agnieszka heiraten, die ja dann immer etwas ganz Unfranzösisches wie etwa Jaromir zu ihm sagen würde. Nicht auszudenken, wie erst die armen Kinder aus einer solchen Verbindung heißen würden.

Weil ich mich lange nicht zwischen zwei leberblümchenfreien Krawatten entscheiden konnte, kommen wir spät an und huschen gerade noch rechtzeitig in den Salon, bevor Renata Haymerle den Abend hochoffiziell und hocherregt eröffnet.

„Bon soir, mes amis", säuselt sie stolz in ihrem unvergleichlich lokal gefärbten Französisch. „Quelle honneur."

Wir suchen inzwischen recht weit hinten zwei Plätze und sehen uns diskret um, während es dort vorne aus Renata heraus weiterfranzöselt.

Links in der ersten Reihe thront Kronabrenner, offenbar als Ehrengast, eingerahmt vom Ehepaar Haymerle auf der einen Seite sowie von dessen Erzeugnissen „Ehdwiesch" und Jerôme auf der andern. Zerstreut blättert er in dem vielseitigen Programmheft, das Renata sicher wieder mit Aquarellen sowie mit selbstverfassten Haikus und Sonetten des Hausherrn aufgehübscht hat.

Wir erspähen Louisa Börninger samt Gemahl, ebenso Knut und Melinda Hammerstein. Der schwarzgelockte Pferdenarr, der auf jeder Party von seinem „reinstrassigen" Turniergaul faselt, ist eingeritten und sitzt neben einem schweinsgesichtigen „Ingenieur": Dieses Technik-Genie kennen alle, seit es sich einmal bei Börningers freiwillig für die Reparatur einer defekten Stehlampe gemeldet hat („no problem, kenn mich aus") und, halbseitig verkohlt, beinahe an einem Stromschlag verendet wäre.

Ganz rechts am Rand steht Uschi Franz und filmt den Eröffnungswortschwall von Renata mit. Die Aussprache der Hausherrin ist die einer Nichtfranzösin, die so tut, als wäre sie eine Französin, die so tut, als wäre sie eine Nichtfranzösin, was etwa so klingt:

„… ünd da dachtö isch mir: Eute sollt ihr etwas ganze Besonderes ören. Ünser lieber ami Rolfe hat sich wie jedes Mal très longtemps gewehrt. Es waren viele grässliche Wochön. Wir aben gebettelt. Wir aben gedroht. Wir aben ünderte Male telephonnée ünd immer nür Absagen innehmen müssen. Aber wir aben finalement reüssiert – ünd eute ist der große Tag. Beaucoup d'applaus für notre ami müsical Rolfe!"

Pflichtgemäß regen sich die Hände, einige der knapp vierzig Gäste im Raum husten noch ein letztes Mal. Rolf in seiner ganzen Unsicherheit bemerkt man nicht mal eintreten. Er ist einfach irgendwie auf einmal da, so wie ein Pilz nach einem Regenguss vor sich hin aus dem Boden herausexistiert, still und unspektakulär: Wo eben noch nichts als grüne Wiese war, prangt nun vorübergehend ein Bovist. Und genau wie bei einem Bovist genügt auch bei Rolf die kleinste Berührung, eine minimale Irritation, um ihn zum Platzen zu bringen: Paff, weg ist er wieder, als wäre er nie da gewesen.

Mit dem zerzausten Haar und seinem hektisch herumirrenden Blick wirkt er ja schon irgendwie künstlerisch, zugegeben. Was er im richtigen Leben tut, wovon er lebt, weiß ich nicht. Sein Geigenspiel kann es nicht sein, da wäre er schon verhungert. Immer wieder habe ich aber Rolfs Namen in Verbindung mit dem Wort „Erbschaft" erwähnt gehört. Wenn das stimmt, verplempert er das ihm zugefallene Vermögen mit so sinnlosen Abenden wie diesem heute. Denn natürlich zahlen ihm die Veranstalter keine Gage. Böse „Gerüschte" besagen im Gegenteil, dass Renata Haymerle eines Tages Rolf recht unverschämt auf die Kosten eines solchen privat finanzierten Konzertabends hingewiesen hat. Mit ihrer Direktheit trieb sie ihn in eine solche Enge, dass er nur mehr mit der fixen Zusage einer Kostenbeteiligung entkommen konnte. Ich war nicht dabei, ich weiß nicht ob es stimmt. Tatsache ist, dass seit damals auf schwerem Büttenpapier gedruckte Programmhefte verteilt werden, jedes Mal wenn Rolf in diesem Salon auftritt. Genau solche wie das, in dem Kronabrenner da vorne in der ersten Reihe immer noch blättert.

Es braucht zwar einige Geduld, bis nun der erste Ton erklingt, doch dann geht ein paar Minuten lang alles recht gut. Rolf ist natürlich kein Paganini, aber wirklich schlecht geigt er auch wieder nicht.

Da läutet inmitten einer stillen, recht simplen Passage plötzlich ein Mobiltelefon: Laut und schrill schmettert die Marseillaise durch den Raum. Rolf vorne mit der Geige bremst wie ein Fahrschüler auf nassem

Herbstlaub und schlittert sofort unaufhaltsam in einen Abgrund.

Etliche Gäste greifen reflexartig nach ihren Geräten – aber Marseillaise als Klingelton bedeutet natürlich: Telefon gehört einem Mitglied des gallien-geilen Haymerle-Clans. Und tatsächlich springt vorne die junge Hedwig auf und rennt hinaus. Ihr Vater ruft ihr entsetzt nach: „Hettwick, wie kannst du nur – ", doch sa femme Renata brüllt ihn an: „Sie heißt Ehdwiesch!"

Verblüfft lässt Rolf Instrument und Bogen sinken. Seine Augen funkeln kurz ins Publikum und dann zischt er: „Banausen, alles Banausen. Ich hätte es wissen müssen." Grollend verlagert er sich ins Nebenzimmer.

Nun müsste man ins Innere der Ehepaare Börninger und Hammerstein springen können: Man würde in Ozeanen von seligem Glück und Wonne versinken. Denn zwischen den drei Familien tobt ein nicht erklärter, etwas lächerlicher Krieg um die Gastgeber-Vorherrschaft in der Society der Stadt. Und mit diesem soeben so eindeutig missglückten Abend – und das noch dazu durch die Schuld eines Familienmitglieds, heißa! – sind Haymerles eindeutig wieder auf Platz drei abgesunken. Börningers, durch den unappetitlichen Zwischenfall mit Marlene am Gnufell zuletzt doch etwas beeinträchtigt, rutschen wieder einen Platz hinauf. Hammersteins behalten vorerst die Pole Position.

Ich persönlich kann mir gut vorstellen, dass Louisa Börninger irgendwie Hedwigs Nummer herausgefunden hatte und darauf spekulierte, dass das junge Ding sein Telefon gedankenlos nicht auf lautlos stellt. Dann hat sie kaltblütig im perfekten Moment von ihrem Sessel drei Reihen weiter hinten angerufen. Klarerweise so, dass niemand es bemerkt und mit unterdrückter Nummern-anzeige.

Das Konzert ist jedenfalls zu Ende. Rolf ist bis auf Weiteres erledigt und wird durch den Personaleingang an der Rückseite des Hauses abziehen, das weiß hier jeder. Frühestens in drei Monaten ist an einen neuer-lichen Auftritt vor anspruchsvollerem Publikum als seinen Kanarienvögeln zu denken. Renata Haymerle hingegen fasst sich rasch wieder und bittet routiniert zum Souper.

Es ist natürlich kein Zufall, dass später beim Tortenbuffet Marlene auf einmal direkt neben Krona-brenner steht und ihm schmaläugig den Heber reicht. Sie wollte ihn ja zur Rede stellen und ihre Wut spüren lassen. Aus der Deckung hinter einem Buchsbäumchen beobachte ich, wie sie miteinander sprechen, minuten-lang. Was auch immer Marlene sich an Grausamkeiten für den Oberarzt ausgedacht hat als Rache für die missglückte Weinverkostung, es kommt nicht dazu. Kronabrenner geht pfeifend mit einem Kuchenberg am Teller weg, und Marlene bleibt verdattert stehen. Ihr Blick geht ins Leere. Wenn man die Augen zusammen-kneift und ein wenig an etwas Anderes denkt, erinnert sie an Rolf in den Sekunden an der Kippe, vorhin, bevor er das Konzert abgebrochen hat.

„Es ist sehr merkwürdig", sagt sie langsam, als ich nachfrage.

„Na hat er sich wenigstens für die unnötige Einla-dung entschuldigt, wie es sich für einen Gentleman gehört?"

„Er weiß von nichts, er hat mich überhaupt nicht eingeladen."

Jetzt natürlich ein paar Hopplas fällig. Und Fragen über Fragen: Wer hat uns auf sein Anwesen bestellt? Und wozu? Wer hat dann in seinem Fenster den Vorhang zugezogen, denn ich bin jetzt sicher, dass es so war? Was hatte man mit Marlene vor, dass man sie mit „Achtung – strikt nur für eine Person!" eingeladen hat?

Mir wird heiß und kalt zugleich vor Schreck. Wenn ich mir ausmale, was mit Marlene geschehen hätte können, wäre sie wirklich wie auf der Einladung gefordert alleine dort hingefahren, bricht mir eisiger Schweiß auf der Stirn aus.

Wie praktisch, dass da auf einem Mahagoni-Tischchen ein weiß-gelblicher Wattebausch liegt. Ohne nachzudenken nehme ich ihn und tupfe mir damit die Stirn ab. Und denke mir: Komisch, der Wattebausch ist genau so einer wie der in Arveds Golf am Beifahrersitz, als ich das Auto auf Joanas Parkplatz höchst fachmännisch inspiziert habe.

14

Nach einer Nacht mit üblen Träumen voller grandios scheiternder Rolfs und Wattebäuschen wird mir klar: Zu viele Fragen sind nach den letzten Tagen offen. Und das ist schlecht, denn jede offene Frage ist wie ein zusätzlicher kreisender Teller. Wie gerne würde ich nur in der Zirkusmanege vor hunderten aufgeregten Kindern stehen, deren größtes Problem die Verdauung von Unmengen billiger Zuckerwatte ist, die sie der Pause von Großeltern und Taufpaten erbettelt haben. Aber aktuell stehe ich vor der Realität, dass mir bekannten Menschen äußerst Übles widerfährt – eine tot, einer verschwunden, eine akut bedroht – , und ich brauche daher dringend Antworten.

Ich werfe mich also in die Schlacht und treffe keine zwanzig Minuten später am Sitz der Bauer von Elsberg Immobilien Holding ein. Er war ja angeblich der beste Kunde von GKK und von Joana, für den sie in ihrer letzten Woche noch etwas fertig machen wollte, obwohl er da gar kein Kunde mehr war.

Beeindruckend, während bei der Werbeagentur nur ein Firmenschild hängt, sind es hier weit mehr als ein Dutzend. Hunderte Mitarbeiter müssen hier wohl täglich ein- und ausgehen, etwa bei der BVE Immofonds One GmbH, bei der BVE Immobilien-Gruppe, bei der Bauer von Elsberg Liegenschaftsverwaltungs GmbH&CoKG oder der von Elsberg Real Estate AG.

Drinnen erwartet mich eine freundliche junge Dame am Empfang, der ich artig meinen Namen nenne. Und auch sie ist artig: Zu Herrn von Elsberg persönlich? Ein dringendes Anliegen? Kein Problem, ein kurzer Anruf, ein paar geflüsterte Worte, und schon darf ich mit dem Aufzug in den 1. Stock fahren. Erstaunlich unbürokratisch geht es hier zu, erstaunlich ruhig ist es am Sitz so vieler Unternehmen, und erstaunlich wenige Stockwerke hat dieses Bürohaus. Kein Pfahlbau, darum das unvermeidliche Erdgeschoß, und darüber hinaus nur noch ein weiteres, nämlich das 1. Entsprechend kurz ist die Reise hinauf.

Oben lerne ich schon wieder jemand Neuen kennen: Diesmal einen strahlenden Endzwanziger, Marke Zahnpastawerbung, weil strahlendes Lächeln zwischen strahlend weißen Zähnen. Kurzhaarschnitt, blitzblauer

Anzug, strahlend weißes Hemd, schmale Krawatte in der Trend-Farbe, die gerade alle so schick finden. Darauf kein einziges Leberblümchen. Spricht für ihn.

„Willkommen!", heißt er mich willkommen – strahlend, wie sonst?

„Mein Name ist Lindolf Matlschweiger, ich bin der Privatsekretär von Herrn Bauer von Elsberg. Was auch immer Ihr Anliegen ist, es liegt bei mir in den besten Händen."

Und zwischen besten Zähnen, ergänze ich bei mir.

„Was kann ich also für Sie tun?"

„Es ist so – ich habe ein mehr privates Anliegen an Ihren Chef."

Uj, jetzt Klimawandel auf zwei Beinen, aber umgekehrt, sprich Erdverkühlung. Stirnrunzeln, Strahlen verblasst, schmale Augenschlitze, Stimme ziemlich … erfrischend.

„Privates Anliegen? Wir geben hier keine Spenden. Für sowas haben wir den BVE Charity Fund. Leider sind die Mittel für heuer schon erschöpft, aber – "

„Nein nein", wehre ich hastig ab, „ich muss ihn nur rasch etwas fragen. Es hat mit einem Todesfall zu tun."

Matlschweiger zieht die Augenbrauen hoch.

„Todesfall? Sind Sie – Polizei?"

„Privatdetektiv." Die Lüge kommt ganz von selbst, ohne mein Zutun aus meinem Mund. Und wie ein Sog zieht es mich weiter:

„Es ist dringend. Und sehr, sehr ernst."

Weil Elsberg ja Bauherr von Kronabrenners Anwesen war, glaube ich, dass er ihn kennen muss (und überhaupt, wer kennt Kronabrenner nicht?). Starte auf dieser Basis gleich noch einen Versuchsballon:

„Sagen Sie ihm nur: Kronabrenner schickt mich."

Lindolf räuspert sich affektiert. Es ist ein Laut wie ... naja, ich stell mir halt vor, so muss es klingen, wenn zwei Dutzend pensionierte Flusspferde gleichzeitig in den Nil furzen: schön vorsichtig, damit die Flutwelle nicht tausende süße Nilkrokodilsbabys stromaufwärts durch die Turbinen vom Assuan-Staudamm fleischwolft, aber doch mit sattem, herzhaftem Genuss.

„Ich verstehe. Sie warten hier."

Und er schreitet den Gang hinunter, geräuschlos am Hochflorteppich in den Firmenfarben des Konzerns.

Ich überlege kurz: Bauer von Elsberg kennt mich vermutlich von der einen oder anderen Party, zumindest vom Sehen. Das heißt: Sobald ich vor ihm stehe, ist Schluss mit Privatdetektiv und Kronabrenner schickt mich. Das durchschaut er sofort. Mal sehen, wie es weitergeht.

Es geht weiter, indem der eigentlich recht angenehme Matlschweiger zurückkehrt und mich sanft in ein leeres Büro dirigiert.

„Sie haben Glück. Zufällig ist soeben eine Verwaltungsratssitzung abgesagt worden. Herr von Elsberg ist dessenthalben ausnahmsweise im Haus, hat kurz Zeit und wird gleich kommen."

Solche „Zufälle" hätte ich gern öfter. Recht heiter warte ich ein paar Minuten und nutze die Zeit zum Nachdenken: Wieso sagt er „dessenthalben", wo auch „darum" reichen würde und wir ja soweit ich weiß schon 21. Jahrhundert und nicht 16.? Und wo doch Strahlemann höchstens dreißig Jahre alt und nicht neunzig, und sicher 5er-BMW statt Rollator, und Golfschläger statt Gehstock von der Krankenkasse.

Egal, das Wort will ich mir jedenfalls merken für das nächste Gefecht mit Marlene. Die Rede wird es ihr dessenthalben verschlagen, zumindest für ein paar Sekunden!

Da tritt tatsächlich ER ein. Mit einem Tuch in geschmackvollem Paisley-Muster um den welken Hals, wohl um Leberflecken zu überdecken. Auch sonst ist seine Erscheinung vollendet, ganz Mann von Welt. Wobei – eigentlich eher Männlein von Welt, denn mit seiner jungen Rita läuft ja bekanntlich nichts spezifisch Männliches.

BVE (oder EFB, wie er angeblich bei GKK immer zur Unterhaltung genannt wurde) macht keine Umwege, unnötiges Grüßen zum Beispiel, nein nein, und Reden klingt mehr wie Geknurre von Pitbull oder Rottweiler:

„Also, was soll das? Privatdetektiv, Todesfall und so?"

Von PR-Expertin Marlene hab ich gelernt: Schwieriges Gespräch immer freundlich beginnen, NLP, pacing und leading, darum:

„Zuerst einmal herzliche Gratulation."

„Was soll das werden?", bellt der Immo-Gigant mich an, hat keine Ahnung von pacing.

„Gratuliere zum Anwesen von Dr. Kronabrenner."

„Was?"

„Ein Projekt der BVE Immobilien-Gruppe", zitiere ich korrekt aus dem Text am Acrylglasschild beim Säulenportal.

„Ja und?"

„Da haben Sie ihm ein tolles Schlösschen hingestellt. Muss eine schöne Stange Geld gekostet haben."

„Geht keinen was an. Sagen Sie bloß, Sie waren schon mal dort oben."

„Sogar sehr. Leider war keiner da."

„Und wie sind Sie dann bis zum Haus vorgedrungen?"

„Mit einem Taxi."

„Blödsinn, glaub ich Ihnen nicht. Weil Friedel – "

Hoppla, so eng ist er also mit Kronabrenner! Kosenamen und wer weiß, was noch!

„ – Friedel lässt keinen reinfahren, wenn er nicht da ist. Ist alles abgesichert wie die Goldreserven der Nationalbank. Weiß ich genau. Wir haben's ja geplant."

Komisch, ich glaube ihm und weiß zugleich doch, dass das Anwesen trotz Abwesenheit bei meinem Besuch mit Marlene äußerst gut zugänglich war. Richtig einladend obwohl angeblich Nicht-Einladung.

„Bei mir wars anders. Ich bin bis unters Säulenportal gekommen und hab dort nach einer Klingel gesucht."

„Klingel? Blödsinn. Wollte er nicht eingebaut haben. Wozu auch. Lässt sowieso keinen ins Haus."

Ja, haben wir bemerkt. Und damit endet leider schon der herzliche Teil der Unterredung. Jetzt wird es eine Spur sachlicher.

„Sie behaupten, dass Friedel Sie schickt, aber wieso waren Sie dann erst ein einziges Mal bei ihm – und wieso hat er Sie nicht reingelassen? Ist doch mega-faul, Ihre Story."

Ich bin eben kein Privatdetektiv, sorry. Jetzt ist vermutlich Wahrheit dran.

„Naja, es ist nicht ganz Friedel, der mich schickt."

„Dachte ich mir. Ich kenn Sie gar nicht, und Friedel schickt mir keinen, den ich nicht kenn."

Das ist doch die Höhe! Er kennt mich nicht! Sieht mich fast auf jeder Sektparty, aber schaut anscheinend immer durch mich durch. Dabei bin ich sehr markant und unvergesslich.

„Plus: Wenn Friedel Sie gar nicht geschickt hat, wieso nennen Sie ihn dann Friedel? Und wer schickt Sie wirklich?"

„Marlene." Ups, ist mir rausgerutscht, sorry. Zuerst denken, dann reden, zu spät.

„Kenn ich auch nicht. Wer ist die schon wieder?"

„Die heiße Blonde von den Partys. Friedel hat ihr bei Börningers letztens das Leben gerettet."

„Ach die. Erinnere mich. Dick und doof in einer Person."

Auf diese Frechheit gegenüber meiner geliebten Schwester würde ich sehr gerne unmissverständlich reagieren. Zum Beispiel indem ich auf der Stelle das Paisley-Muster-Halstuch samt seinem Besitzer zu Konfetti filetiere und das widerliche Zeugs dann als neue Sorte Hundefutter in Dosen abfülle. Wäre vielleicht sinnvollste Verwendung für einen Elsberg und würde Marktlücke füllen als umgekehrtes Leckerli, also grausame Fress-Strafe für ungehorsame Vierbeiner. Aber ein paar Infos brauch ich noch von ihm. Somit Lebensversicherung für BVE, aber mit klarem Ablaufdatum. Und dann ab mit ihm in die Dose.

Er klebt weiter am vorherigen Thema:

„Was wollen Sie nun wirklich?"

„Es geht um Ihre Firma."

„Ich hab fünfzehn davon."

„Ja, die Schilder unten hab ich gesehen. Riesenkonzern, den Sie da betreiben."

„Blödsinn. Alles ineinander verschachtelt. Hat der Anwalt wegen der Steuer so konstruiert."

„Aber Häuser wie das von Friedel baut ja nicht der Anwalt. Wo sind Ihre Mitarbeiter?"

BVE seufzt – gar nicht aggressiv, eher mitleidig. Wie man in Fußgängerzone seufzen muss wegen Bettler ohne Beine, der trotzdem Tangotanzen probiert für Umsatz-plus im Joghurtbecher.

„Sind Sie wirklich schon aus dem Kindergarten drau-ßen oder haben Sie den großen Tag noch vor sich?"

„Warum?"

„Das Bauen machen alles externe Firmen. Wir planen, finanzieren und verkaufen Luxuswohnungen und öffentliche Großprojekte und Anteile an unseren Immofonds. Dazu braucht man nur eine Handvoll Exper-ten und ein paar Agenturen."

„Genau, zum Beispiel eine neue Werbeagentur."

„Wieso das denn nun?"

„Vor Kurzem haben Sie die Agentur GKK gekündigt. Angeblich im Zorn."

„Wer erzählt solchen Blödsinn?"

„Gewisse Betroffene."

„Zum Beispiel diese Marlene?"

„Sagen wir so: Sie hat es von einer Freundin."

„Welche Freundin? Und wenn es stimmt? Was geht Sie das an?"

„Marlene will's immer genau wissen. Sie sollen angeblich vor Zorn über GKK getobt haben."

Er seufzt wieder. Diesmal nicht mitleidig, sondern nur irgendwie grenzenlos genervt.

„Zorn ist eine Emotion, die ich mir nicht gestatte. Zerstört nur alles. Aber gut. Keine Ahnung wer Sie oder diese Marlene wirklich sind, was Sie wollen und wieso ich Sie nicht sofort rausschmeiße. Aber nochmals gut. Also zum Mitschreiben: Wenn man mit einer Agentur nicht mehr zufrieden ist, kündigt man den Vertrag. Punkt. Freies Land, freie Auftraggeber, freie Partnerwahl. Das können Sie den ‚gewissen Betroffenen' inklusive dieser Marlene und ihrer Freundin gerne erzählen."

Ich erinnere zur Sicherheit nochmals: Ich bin in Wahrheit kein Privatdetektiv, darum fällt mir darauf nichts mehr ein.

Und weil mir die Szene und die Gegenwart von diesem Halstuch mit darin eingelegtem Widerling wirklich reicht, murmle ich „OK" und drehe mich um zum Gehen. Das dürfte ihn verblüffen, und er fragt über meinen Rücken hinweg, aber um zwei Jahreszeiten milder: „Wer ist denn diese … diese Freundin, die das von wegen meinem Zorn gelogen hat?"

Soll ich? Soll ich nicht? Egal, ich tu's.

„Joana."

„Nie gehört."

Er lügt, ich spüre es so deutlich wie die Wut in meinem Bauch und den Druck in meiner Halsschlagader. Drehe mich um und nähere mich seinem Gesicht auf zwei Zentimeter Augendistanz. Wenn ich wollte, könnte ich ihn jetzt auf seinen Mundgeruch hinweisen und auf die Form der Körnchen auf seinen Wimpern und dass sich auf seiner linken Kontaktlinse ein kleiner Kratzer windet, der ein bisschen ekelhaft an ein Dollarzeichen erinnert. Aber ich muss ihm etwas Anderes sagen.

„Das ist die Frau, deren Werbegenie Sie viel von Ihrem Erfolg verdanken. Und die angeblich zufällig unter den ach so heilkundigen Händen von Oberarzt Friedel Kronabrenner am Operationstisch verstorben ist. Es gibt ja böse Gerüchte über so einen ärztlichen Kunstfehler, wobei man natürlich – "

Er zuckt keinen Millimeter zurück, als er wie ein Hochdruckventil dazwischenzischt: „Da seh ich aber schon überhaupt keinen Zusammenhang zwischen diesem Todesfall, der Agentur und mir, überhaupt keinen."

Hoppla, denn natürlich gab's zwar einen Zusammenhang namens Joana, aber das war's auch, Aufregung wäre gar nicht nötig.

Doch wenn Einer zwei Mal in einem Satz „überhaupt" sagt, heißt's immer Ohren spitzen, weiterreden lassen, keinesfalls bremsen, weil da kommt sicher noch was. Und tatsächlich, nochmals „überhaupt":

„Und überhaupt, Friedel ist doch kein Vollidiot, dass er so nebenbei ausgerechnet seine beste Mitarbeiterin ins Jenseits befördert."

„Was meinen? Joana hat doch nicht in der Klinik bei ihm gearbeitet."

Jetzt vorläufig zum letzten Mal sein Lieblingswort:

„Blödsinn, natürlich nicht. Aber als Eigentümer der Agentur war Friedel ja irgendwie sowas wie ihr Chef."

15

Hinterher ist man immer klüger, denn nach dem Elsberg-Gespräch ist klar wie ein Bergsee auf 3000 Meter Seehöhe (und daher ohne Sonnenölfilm von Warmschwimm-Touristen): Zwei Mal GKK in derselben Stadt kann kein

Zufall sein, beide müssen einfach miteinander zu tun haben. Ein rascher Blick ins Online-Unternehmensregister bestätigt, was ohnehin kein Geheimnis ist. Jeder kann hier gegen eine kleine Gebühr nachlesen, dass die Agentur GKK zu 90 % in Besitz des Dr. Gottfried Konrad Kronabrenner steht. Eine etwas größere Gebühr öffnet auch den Zugang zu ihren Bilanzen der letzten Jahre. Wer sie deuten kann, sieht rasch: GKK wirft ihrem Besitzer GKK einen satten Gewinn ab, wohl hauptsächlich dank Elsbergs Aufträgen. Da könnte sich der Herr Eigentümer Friedel ja eigentlich etwas höherwertige Krawatten leisten. Jedenfalls: Ein Arzt mit Werbeagentur, auch nicht gerade alltäglich.

Einiges aus der warmherzigen Plauderei mit Elsberg klingt dann noch in mir nach:

Zu Kronabrenner kann man nur vordringen, wenn man eingeladen ist – aber Marlene und ich sind ungehindert bis vor die Haustür gelassen worden, ohne Einladung von ihm, wie er behauptet? Merkwürdig.

Die Agentur gehört dem Doktor und der drängt sich vor, seine Top-Mitarbeiterin zu operieren, versagt aber leider ausgerechnet bei ihr? Merkwürdig.

Elsberg gibt ganz den Coolen, verabscheut den Zorn, aber dann will er doch wissen, wer das von seinem Zorn und der Vertragskündigung in der Welt herumerzählt? Sehr merkwürdig.

Und er behauptet, von einer Joana nie gehört zu haben, aber dann weiß er, dass sie Kronabrenners beste Mitarbeiterin war? Immer merkwürdiger.

Mir kommt vor, inzwischen kreist ein Geschirrset für einen hundertköpfigen Galaempfang über meinem Kopf, und demnächst fallen die ersten Teller krachend herunter.

Da hilft nur Pause. Am Heimweg von der einstöckigen BVE-Weltkonzernzentrale mache ich daher einen Zwischenstopp im Stadtpark und nutze eine freie Bank ziemlich so, wie es ihr Erfinder gemeint hat. Dazu Herbstsonne, Brise, Entenquaken am nahen Teich. Ideal, um Gedanken wuchern zu lassen. Aber ich komme immer wieder auf Joana und die Agentur zurück.

Joana arbeitet bei GKK für Bauer von Elsberg. Der beendet plötzlich im Zorn den Vertrag. Joana wird operiert. Joana stirbt. Operiert wurde sie von Elsbergs Freund Kronabrenner, dem zugleich auch die Agentur gehört. Bei der Operation ist auch Arved dabei, der sie eigentlich operieren sollte, doch Kronabrenner hat sich last minute vorgedrängt. Arved ist mit Marlene zusammen. Arved fürchtet nach der Operation, dass ihm etwas Unerwartetes geschehen könnte. Und tatsächlich: Arved verschwindet. Sein Auto parkt jemand bei der Agentur. Dann ist es wieder weg. Jemand tut so, als wäre er Kronabrenner, und schickt Marlene eine Einladung zu ihm. Er selbst sagt, er war's nicht.

Ich komm nicht weiter. Schnappe mir zur Ablenkung eine Zeitung, die auf der Parkbank herumliegt. Die aktuelle Ausgabe vom „Stadtblatt", die will auch Sonne tanken vorm nächsten Lebensabschnitt im dunklen Altpapiercontainer, verständlich.

Im Stadtblatt drinnen finde ich eines dieser Kurzinterviews, „3 Fragen an …". Weil die Leute heute für richtige Interviews nicht mehr die nötige Aufmerksamkeit zusammenkratzen können, darum nur 3 Fragen, und lieber kurze und einfache. Und lustig, wem stellt das

„Stadtblatt" hier 3 Fragen? Ausgerechnet dem „Erfolgreichen Bau-Unternehmer Bauer von Elsberg". Als ob ich von ihm nicht genug bekommen könnte, bäh. Nein, ich les das jetzt vorläufig nicht.

Trotzdem gute Anregung, finde ich, und stelle mir jetzt einfach auch „3 Fragen an mich selbst". Der nächste Schritt ist, mal nur auf diese drei Fragen an mich selbst Antworten zu finden. Müssen ja keine weltbewegenden Fragen sein, also nicht: Woher kommen wir? Wozu gibt es Leben auf diesem Planeten? Wieso steigt man immer wieder in einen Hundedreck, obwohl man sich geschworen hat, künftig aufzupassen?

Sondern es reichen drei kleine Fragen wie diese hier, keine Ahnung, ob die Antworten dann helfen:

Erstens: Wem gehören die restlichen 10 % von GKK, wenn Dr. K. 90 % gehören? (Bonusfrage: Wieso hab ich Trottel das nicht auch gleich nachgeschaut im Register?)

Zweitens: War Kronabrenner eigentlich nur stiller Eigentümer oder auch wirklich echter, aktiver Chef seiner Agentur?

Drittens: Woran litt die lebenslustige Joana, dass ihr eine Operation empfohlen wurde?

Die großen Fragen zu Arveds Verbleib, dem Auf- und Abtauchen seines Golfs und der merkwürdigen Einladung Marlenes zu Kronabrenner heb ich mir vorläufig noch auf. Klein anfangen, erste Erfolge genießen, dann große Fragen klären. Dem „Stadtblatt" erspare ich vorläufig den nächsten Lebensabschnitt im dunklen Altpapiercontainer, ich nehme es mal mit, dann kann ich später noch das kurze Interview mit Elsberg lesen.

Die Antwort auf meine erste kleine Frage kostet nur nochmals die kleine Gebühr. Fröhlich investiere ich sie.

Denke mir dann, Online-Unternehmensregister ist eigentlich wie Geburtstag und Weihnachten zusammen, weil große Überraschung, wer Kronabrenner den 10 %-Minderheits-Partner bei GKK gemacht hat. Ergebnis zugleich aber auch Allerheiligen, Halloween und erster Schultag, weil Suchergebnis echt tragisch und ganz großer Schreck fürs weitere Leben. Geschäftspartner von Doktor K. kann man nicht erraten, muss man wirklich gezielt herausfinden. Geburtstag und Weihnachten und alles andere aber vorläufig nur für mich, ich verrate jetzt nichts. Muss erst mal selbst den Schreck verdauen.

Die zweite Frage braucht schon etwas mehr Einsatz, aber ich weiß ja, wo Art Director Hellmuth tagsüber zu besichtigen ist. Als ich vor ihm in der Agentur stehe, erkenne ich ihn gar nicht sofort mit letzter Sicherheit. Ist er wirklich der Glatzkopf da mit der geschmackvollen blauen Brille? Ach so ja, umgekehrtes Reframing: Rahmen sprich Werbeagentur und Hellmuthkopf bleibt gleich, aber farbliches Detail anders. Seine bekannte Stimme rückt dann gleich alles wieder zurecht:

„Hm, korrekt, das stimmt natürlich, dass dem Doktor Kronabrenner die Agentur gehört."

Aha – also hier keine Kosenamen. ‚Friedel' tabu, immer schön ‚Doktor' sagen als angestellter Lohnsklave, verstehe.

„Die ganze Agentur gehört ihm?"

„Ja, ich weiß nichts Anderes. Und ja, er ist hin und wieder im Haus, er hat ja hier auch ein Büro, in diesem angebauten hübschen Türmchen."

„Ist er zufällig gerade da, kann ich mit ihm sprechen?", frage ich betont naiv. Vielleicht plant er gerade die Weihnachtsfeier für seine Mitarbeiter oder bereitet eine Kundenpräsentation vor, oder er muss die Gründung eines Betriebsrates unterbinden.

„Nein, oh nein, er arbeitet hier nicht operativ mit."

Operativ – interessantes Wort für einen Chirurgen. Im Spital jedenfalls arbeitet er, wie wir wissen, höchst operativ mit, wenn auch mit leider nicht ganz makelloser Erfolgsbilanz.

„Er kommt nur manchmal für echt wichtige Gespräche, mit dem Anwalt oder dem Steuerberater oder ganz hochrangigen Kunden."

„Wie mit Wolfi, zum Beispiel."

„Wem?"

„Na EFB, Elsberg früher Bauer."

„Ach so, genau." Glatzkopf wirkt heute zerstreut.

„Aber diese Zusammenarbeit ist ja nun leider vorbei", erinnere ich uns rasch.

Doch Wirklichkeit war noch ein wenig schneller, hat ihre Wirklichkeitsnase wie immer etwas vorn:

„Da kann ich Sie beruhigen. Alles wieder gut. Bauer von Elsberg ist kürzlich wie ein reumütiges Schäflein zurückgekehrt in den fruchtbaren, warmen Werbeschoß von GKK. Neuer Vertrag, neues Glück."

Hoppla, das hat mir Elsberg vorhin gar nicht gestanden. Da hat er wohl gute Gründe dafür.

Will ich noch etwas vom Art Director wissen?

„Waren Sie eigentlich schon einmal bei Dr. Kronabrenner privat eingeladen, zu einem Abendessen vielleicht oder zu einer Weinverkostung?"

Oje, jetzt wäre die geschmackvolle blaue Brille fast auf den geschmackvollen Agentur-Parkettboden gefallen. Weil Glatzkopf aber auch seinen geschmackvollen Kopf gar so heftig schüttelt! Wirkt ein wenig so, wie wenn man eine tibetanische Gebetsmühle ganz schnell hin- und herdreht, damit das Kügelchen am Schnürchen schön laut auf das Gehäuschen schlägt.

„Wo denken Sie hin, nein. Oh nein. Würde ihm nie einfallen. Völlig absurde Vorstellung."

Zum Abschied will ich ihm auch mal was Nettes sagen, weil er mir immer so ehrliche Antworten gibt. Muss ja selber nicht ganz so ehrlich sein, und: Schmeichelei ist nicht Schwester der Lüge, nein nein, höchstens ehe-paralleles Enkelkind von der besten Freundin der Cousine.

Also sag ich:

„Ich beneide Sie um Ihren Job. In einer Werbeagentur arbeiten, das scheint wirklich etwas Schönes zu sein."

Er seufzt.

„Ja wirklich schöner Schein. Die Fassade, die glänzt faszinierend. Präsentationen, Preise, Geld scheffeln, Business Class-Flüge und so. Aber im Alltag heißt das meistens enormer Druck und Gegendruck, wenig Dank, und viele dunkle Absprachen. Und dann die Deadlines, nehmen Sie das Wort ruhig ganz wortwörtlich. Wer hier keine Leichen im Keller hat, lagert zumindest ein paar Schwerverletzte und Todkranke ein. Wie Joana. Wobei die Arme hat's sogar doppelt hart getroffen."

„Wieso?"

„Weil die hat beides erlebt, also buchstäblich erlebt nur das eine, aber durchgemacht beides. War dank Job in Werbeagentur zuerst todkrank, und war dann auch noch Leiche."

16

Marlene und mir ist dann abends klar: An diesem Punkt führt nichts mehr an einem ernsthaften Gespräch vorbei. Weil für meine dritte kleine Frage betreffend Joanas Operation brauche ich jemanden, der Joana wirklich gut gekannt hat. Und Marlene braucht jemanden, an den sie sich in all dem Trubel anlehnen kann. Konkret im momentanen akuten Arvedmangel mich. Somit klassische Win-win-Situation, wenn wir uns zusammensetzen.

Wir machen es uns gemütlich mit Tee, Keksen und Macadamia-Nüssen. Wirkt schon fast weihnachtlich.

Als wahres Märchen zusammengefasst, kommt bei dem Gespräch ziemlich genau Folgendes heraus:

Es waren einmal zwei Prinzessinnen, die waren gut befreundet. Nennen wir sie zum Beispiel Joana und Marlene. Die beiden trafen sich beim Studium, weil sie ursprünglich beide Journalistinnen werden wollten. Im Lauf der Zeit entdeckte die eine, dass sie mit ihren finanziellen Ansprüchen doch mehr zur Werbung begabt war, die andere wollte sich eher auf PR spezialisieren. Beide waren lebensfroh, lustig und auch ein bisschen laut, wie junge Prinzessinnen so sind. Sie waren wie ein Herz und eine Seele.

Und fast auch wie eine einzige Leber, fällt mir ohne mein Zutun ein, ehrlich, aber zum Glück nur so innerlich bei mir, sonst hätte sich Marlene schon wieder wegen diesem Organ aufregen müssen.

Zwischen den beiden gab es nie einen Streit.

„Naja, das kann man so nicht sagen", meint Marlene, und sie muss es ja wissen. „Wenn ich ehrlich sein soll, waren wir sogar eine Zeit lang echt sauer aufeinander. Hab ich dir nie so im Detail erzählt."

Ein Zerwürfnis unter Freundinnen. Und was war der Anlass? Natürlich ein Mann. Somit Märchen grundlegend umschreiben, schon nach fünf Sätzen, super. Ein zweiter Hans Christian Andersen wird vermutlich nicht aus mir. Aber der hat seine Märchen ja auch erfunden, ich muss bei der Wahrheit bleiben. Wesentlich härterer Job. Also:

Zwischen den beiden kam es aber dann zu einem Zerwürfnis. Auf einer Studentenparty lernten sie beide einen schüchternen Prinzen kennen. Wahrscheinlich war es gerade dieser Unterschied zu ihnen selbst, der sie beide so für ihn einnahm: Denn dieser schüchterne Prinz (er war blond und studierte Medizin) war weder besonders gutaussehend noch besonders geistreich. Eher nachlässig gekleidet, brachte er nicht einmal jeden dritten Satz wirklich korrekt zu Ende. Seine Schlagfertigkeit beschränkte sich darauf, beim Buffet kräftig zuzuschlagen, bis er fertig war. Seine Kutsche: Ein schwachbrüstiger weißer Golf, ein paar Jahre alt. Also insgesamt keine strahlende Erscheinung, nicht einmal die Zähne.

„Wie kommst du auf ‚strahlend‘? Und was soll das mit den Zähnen?" fragt Marlene. Ups, da ist mir die Erinnerung an den Strahlemann bei Immobilien-BVE namens Lindolf Matlschweiger dazwischengekommen. Trotzdem, ganz auf die Zähne kann ich nicht verzichten:

Seine einzige Krone hatte der Prinz auf den Backenzähnen links oben. Aber er gab den Prinzessinnen irgendwie ein Gefühl von Ruhe, Unaufdringlichkeit und stiller Kompetenz. Dummerweise gab er dieses Gefühl beiden Freundinnen gleichermaßen, und beiden ganz intensiv. Dass er Arved hieß,

war für beide kein Problem. Dass er außerdem Brömsler hieß,
war zwar nicht optimal, aber der Name ist ja nicht so schlimm
wie Scheiswohl. So lustig es auf dieser Party begann, so
hinterhältig wurde bald der Streit um den Prinzen Arved.
Wartete Joana am Montag vor dem Ausgang der medizi-
nischen Fakultät mit VIP-Karten für eine Kinopremiere auf
ihn, dann lauerte Marlene am Dienstag morgens lässig mit
einem improvisierten Sektfrühstück neben seinem Golf. Joana
veranstaltete zu seinem Geburtstag eine Überraschungsparty,
zu der Marlene nicht eingeladen wurde. Doch auch Prinz
Arved erschien nicht – weil Marlene ihn zu einem „spontanen"
Candlelight-Dinner abschleppte. Und so ging es fast täglich
weiter. Der Prinz genoss wie ein Traumwandler die vielen
Wohltaten und bekam nichts von der Auseinandersetzung mit,
die dahinter tobte. Denn nach ein paar Monaten hatte Prinz
Arved auf einmal weder für Kino noch für Candlelight-
Dinners mehr Zeit. Auf einer Studienreise nach Breslau hatte
er eine junge polnische Prinzessin kennen gelernt, in die er nun
seinerseits seine Energie und sein Liebesvermögen investierte.
Als sie zum ersten Mal in die Stadt kam, stellte der naive Arved
seine Agnieszka freudestrahlend den beiden Freundinnen als
seine Verlobte vor.

„Ja, damals hat er wirklich gestrahlt, hier passt das
gut." Na also.

Die beiden schüttelten der siegreichen Agnieszka tapfer die
Hand und beteuerten mit zusammengebissenen Zähnen aus-
führlich ihre Glückseligkeit, sie endlich kennen lernen zu
dürfen. Da fegte plötzlich ein Platzregen durch das seit
Monaten verdorrte Stadtviertel, und ein Blitz fällte eine
Jahrhunderte alte Eiche. Unter diesem ehrwürdigen Baum
hatte seinerzeit der neunjährige Mozart auf der Durchreise ein

Lied über den volkstümlichen Reim „Lügen ist ein garstig Ding / o Himmel, brunz' auf den, der es beging" komponiert. Leider ist es nicht erhalten.

Marlene sieht mich eigenartig an und sagt: „Das mit dem Baum und Mozart kann ja wohl nicht stimmen."

„Im Märchen stimmt alles."

Arved heiratete Agnieszka. Joana und Marlene begruben in ihrem gemeinsamen Frust ihren Streit und schworen sich ewige Freundschaft. Joana lernte dann bei einer Vernissage den Krankenhaus-Manager Gerd Henzke kennen und wusste bald nicht mehr, was sie an Arved so anziehend gefunden hatte. Marlene dagegen vergaß es nie, und nachdem Agnieszka dem Alkohol verfiel, war Arved eine leicht zu pflückende Frucht. Die beduselte Agnieszka erzählte hin und wieder Details aus dem Zusammenleben mit Arved, die Marlenes Interesse an ihm nicht gerade dämpften. Mit Joana traf sie sich nun oft, nachdem der Wettbewerb um den jungen Mediziner ja kein Thema mehr war. Und so bekam Marlene auch mit, dass Joana immer ärgere Verdauungsprobleme hatte. Irgendetwas mit der Leber. Joana nahm es auf die leichte Schulter und half sich mit Schmerzmitteln und Diäten aus dem Internet. Doch immer wieder gab es Tage, an denen sie die Schmerzen fast völlig außer Gefecht setzten. Inzwischen war sie bei GKK als Werbetexterin eingestiegen, dessenthalben war der Gesamt-druck in ihrem Leben enorm angestiegen.

„Wieso 'dessenthalben'? Sag mal, spinnst du?" empört sich Sprachpolizistin Marlene. „Sind wir im 16. Jahrhundert oder was? Oder bist du schon neunzig, komplett mit Rollator und Gehstock von der Kranken-kasse?"

Ich wusste, das dumme Wort holt mich früher oder später ein, und schon wieder hat Lindolf M. die Szene gecrasht. Also gut:

… und DARUM war der Gesamtdruck in ihrem Leben enorm angestiegen. Aber Krankheiten kann sich eine aufstrebende Werberin nicht leisten. Der Job war mörderisch, vor allem wenn man ihn so ernst nahm wie Joana.

Ich persönlich als medizinischer Laie vermute ja, dass ihrer Leber die ständige Fliegerei nach L.A. nicht gut getan hat und das viele versalzene Kabinenessen. Aber darauf wollte sie nicht verzichten, und deswegen kein richtiger Arzt und nur Internet-Doktor, weil der verbietet einem nichts, woran man um jeden Preis festhalten will.

So biss sie die Zähne zusammen und machte weiter. Die Schmerzmittel wurden immer stärker, und die Diäten aus dem Internet wurden immer verrückter. Doch als die Schmerzen eines Tages unerträglich wurden, ging es nicht mehr anders, sie musste einen Arzt ihres Vertrauens beiziehen. Eine eingehende Untersuchung bei ihr daheim war nicht möglich, und so sorgte der Arzt dafür, dass Joana in der Universitätsklinik begutachtet wurde.

„Der Arzt muss aber gute Beziehungen gehabt haben, denn die Klinik nimmt doch niemanden einfach für eine Abklärung auf?", frage ich Marlene.

„Jetzt denk doch mal mit. Ihr Freund Gerd ist doch dort Verwaltungschef, und der Arzt ihres Vertrauens war natürlich Arved! Er hat sie dann auch selbst in der Klinik untersucht, weil er hat ja keine Ordination."

Das Ergebnis der Begutachtung war katastrophal. Wegen dem strengen Datenschutz heutzutage können selbst in einem Märchen keine Details mehr verraten werden, weil sonst droht eine Klage vor Europäischem Gerichtshof und Internationalem Strafgericht in Den Haag und nach vierzig Jahren ergeht ein strenges Urteil, vielleicht auch schon nach dreißig. Nur so viel: Arved legte Joana die unumgängliche Operation dringend nahe, auch wenn sie meinte, sich noch Zeit lassen zu können. „Zuerst muss ich noch ins Agenturmanagement aufsteigen, aber dann – " sagte sie, worauf Arved antwortete: „Dann übernehme ich keine Garantie, dass du das noch erlebst." Also willigte Joana in die umgehende Operation ein. Arved sollte sie durchführen.

„Und weiter?" fragt mich Marlene, weil wie es weiterging, konnte ihr Joana nicht mehr erzählen.

„Dann hat ja Friedel Kronabrenner die Operation in letzter Minute übernommen. Mit bekannt endgültigem Ergebnis."

„Wie sagst du zu Kronabrenner?"

„Na Friedel wie Gottfried."

Pause.

„Außerdem weiß ich jetzt mehr über Kronabrenners Zusatzeinkommen neben dem Spitalsgehalt."

„Nämlich?"

„Ihm gehören 90 % der Agentur GKK."

Pause.

„Und wem gehört der Rest?"

„Vielleicht hast du den Namen schon mal gehört."

„Sag schon."

„Dr. Arved Brömsler."

17

Wir müssen raus. Raus aus dieser Stadt. Raus aus der Verwirrung, in die wir durch all das hineingeraten sind. Denn ich bin kein Detektiv. Mir wird das alles jetzt schon zu viel, obwohl wir nur Fragen und noch keine Antworten haben. Auf den Straßen wimmelt es von weißen Golfs, und mir kommt vor, jedes zweite Haus ist von Bauer von Elsberg geplant, errichtet und verkauft worden. Ich ertappe mich, wie ich zur Bestätigung dieser Theorie nach kleinen Acrylglasschildern wie am Hause Kronabrenner suche. Wein rühre ich nicht mehr an aus Angst, er könnte von Kronabrenners Rebstöcken stammen. Erst jetzt merke ich, wie voll unsere Welt von dreibuchstabigen Abkürzungen ist wie GKK und BVE, aber auch UNO, USA, BMW, TNT, WWW, CNN, LOL, WTF und tausend weitere. Scheinbar tragen immer mehr Menschen rote Brillen und haben Glatzköpfe. Jedes Werbeplakat hat für mich mit Joana zu tun, und auch mit der Agentur, die sich Kronabrenner und Brömsler etwas ungleich geteilt haben. Jedes Eichhörnchen, jede Krähe, jeder Weberknecht ruft die Erinnerung an die nasskalte Stunde oben bei Doktor Friedels Palast wieder wach. In meinen Träumen läuten ständig Telefone während Konzerten, ich erhalte Einladungen zu den verrücktesten Events, die dann nicht stattfinden. Und was ich von Leberblümchen und missglückten Operationen träume, will ich gar nicht niederschreiben.

Weil es Marlene ähnlich geht, nimmt sie noch am selben Abend das Projekt „Auszeit" in die Hand.

„Ich hab soeben ein Wochenende auf dem Land gebucht", teilt sie mir dann ihre kurzfristige Entscheidung mit.

Ich bin begeistert und schöpfe wieder Hoffnung auf ein Durchatmen:

„Wunderbar, es gibt ja so coole Landresorts mit exquisitem Spa-Bereich. Haymerles haben letztens von einem Relais&Chateaux geschwärmt, das – "

„Nein, eben genau das nicht. Wir müssen raus. Wirklich ganz raus."

„Und das heißt?"

„Pension Gabriele."

Hoppla.

„Pension Gabriele" ist ganz großer Dämpfer für Hoffnung und Begeisterung. Weil klingt eher nach braunen Fliesen, Duschwanne mit klebrigem Plastikvorhang samt Rotalgen am Saum, Hausschuhpflicht und dringend erwünschter Bettruhe ab 21 Uhr, wozu das Pensionsbesitzerehepaar schon ab 20.45 im Stundentakt durch die Gänge schleicht: Selbstverständlich keine Kontrolle, ob in allen Zimmern das Licht aus ist, aber nein! Nur Sorge um das Wohl der Gäste und ein klein wenig natürlich auch, ob wirklich niemand Haustiere oder Drogen oder gar vom Gewohnten abweichende Lustgeräusche mitgebracht hat. Zum Frühstück (laut Wirtin „keinesfalls später als um halb sieben runterkommen!") befürchte ich schlappe Semmeln vom Vortag und eine asthmatische Hauskatze, die als Morgengabe im Frühstücksraum mit gurgelndem Maunzen auf den Teppich kotzt.

„Also Minki, das ist schon das dritte Mal heute!" ruft die Pensionswirtin in meinem Alptraum, eindeutig mehr stolz als entsetzt, bevor sie mir das weiter würgende Untier auf den Schoß knallt und meint: „Man muss sie einfach liebhaben, unsere Minki. Jetzt schmusen Sie doch mit ihr, na los, sie kuschelt ja so gern. Lassen Sie sie auch unbedingt von Ihrem Teller naschen, schadet ihr gar nicht. Wenn sie's wieder nicht behalten kann, halten Sie ihr die Hand drunter, dass es Ihnen ja nicht nochmal auf den Teppich fällt. Weil diese Kunstfasern sind nicht sauber zu kriegen. Wir putzen den schon seit Jahren nicht mehr, der war am Anfang blütenweiß."

„Sch-sch", stoppt mich Marlene, „du hast da ganz falsche Vorstellungen. Pension Gabriele bedeutet gute Landluft, kernige, unverdorbene Menschen, gesundes Essen, Tapetenwechsel. Das werden sehr erholsame Tage, die uns auf andere Gedanken bringen."

Pension Gabriele, also gut, letzter lahmer Widerstand lautet nur noch:

„Eine Pension Uschi hast du nicht gefunden?"

„Wenn du immer an Schwester Uschi Franz und die OP erinnert werden willst, bitte, ich buch noch um."

„Nein danke, passt schon. Ich freu mich ja so gut es geht. Wo ist denn diese Gabriele daheim?"

„In Oberach am Untersee."

Wir kommen am nächsten Tag wie mehrfach angekündigt spät an, erst nach Einbruch der Dämmerung. Merkwürdig, unsere Zimmer sind trotzdem noch nicht fertig. Na gut, dann eben ein erster Rundgang durch den Ort. Kühler Nebel weht von den trüben Fluten des Untersees her. Das Krächzen schwarzgefiederter Vögel verbreitet Friedhofstimmung. Auch die Gassen von Oberach fügen sich nahtlos in diese Stimmung ein. Kein einziger der von Marlene angekündigten „kernigen, unverdorbenen Menschen" ist im Zwielicht der wenigen Straßenlaternen zu sehen, und auch kein verdorbener. Zwei Mal bewegt sich was, als Vorhänge vor Fenstern ruckartig zugezogen werden, aus denen vorher bläuliches Fernsehbildschirmlicht flackert, rasches Zucken von Hell-Dunkel-Kontrasten: Aha, Oberach dröhnt sich abends mit Actionfilmen zu. An der Bushaltestelle hängt das Werbeplakat einer Partei, sieh da, es ist nicht beschmiert. Der abgebildete Kanzlerkandidat allerdings ist schon seit drei Jahren tot. Von einem verfallenen Häuschen, umgeben von wild wuchernder Wiese, bröckelt die Fassade ab, man erahnt noch die Aufschrift „Kindergarten". Der Mülleimer an der Haltestelle quillt über, darunter ein Haufen von bereits halbverwestem Irgendwas. Die Tore am örtlichen Fußballplatz haben keine Netze. Die wohl wurmstichige Holztribüne ist behördlich gesperrt, wenn ich die rot-weißen Bänder richtig interpretiere. Drei weiße Gartensessel am Spielfeldrand dienen als Ersatz und reichen offenbar für den Publikumsandrang. Es bläst eisiger Wind. Nein, hier erinnert nichts an eine glanzvolle Sektparty, eine „Soirée musicale" oder den blitzblauen Anzug des drahtigen Lindolf Matlschweiger.

Wir sind wirklich raus, ganz raus.

Aber noch geschehen Wunder: Pension Gabriele entpuppt sich als freundlich-warme Oase an diesem Ende der Welt, es gibt keine Hauskatze, und die Wirtin setzt uns auf unsere Bitte hin noch ein Kilo Dampfendes vor. Die Zimmer sauber, das Bett nicht durchgelegen, das Bad mehr als ordentlich. Ich trete mutig auf den knarrenden

Holzbalkon. Nebelschwaden gibt es auch hier, und ich ahne mehr als ich sie sehe die leeren Blumenkästen am Geländer. Kein Wunder, denn: Oberach, 16. Platz beim Wettbewerb um das schönste Blumendorf Europas 1982, wie ich vorhin einem unverwüstlichen Aufkleber am Pensionsportal entnommen habe. (Die Wirtin erzählt stolz, was sie von ihrer Ur-Omi weiß: Eigentlich sogar 15. Platz damals, denn der Sieger in Südtirol wurde später nachträglich disqualifiziert wegen Bestechung der Jury und unerlaubtem Geranien-Doping mit Kunstdünger. Das machen sie alle, aber jedes Jahr dasselbe: Wer nachher am wenigsten an die Jury zahlt, fliegt auf.)

Nach einer erholsamen Nacht ohne bedrückende Träume trete ich wieder auf denselben Balkon und erlebe eine 180-Grad-Wende: Strahlende Sonne kitzelt die Nase, schon um neun am Morgen locken wohlige 15 Grad, obwohl der Abreißkalender im Frühstücksraum korrekt einen Tag im November anzeigt. Der ganz leicht gekräuselte See funkelt wie ein Smaragd. Fröhliches Hühnergackern nebenan klingt wie eine Symphonie ohne Geiger Rolf, und selbst die Kondensstreifen geben heute dem leuchtenden Himmel erst das gewisse Etwas. Da drüben sehe ich den Neubau des Kindergartens, schmuck und fröhlich. Die Müllabfuhr ist fleißig am Werk. Der Kanzlerkandidat am Wahlplakat ist immer noch tot, klar, aber immerhin: Das Plakat leuchtet im Sonnenschein, so schön war der Mann zu Lebzeiten nie. Meine Stimme hätte er sofort, egal für welche Funktion, auch posthum. Pension Gabriele beschert uns ein köstliches Frühstück mit gezählten 8 Sorten Marmelade.

Und dann ab in den Wald, mit Marlene.

Ausgerechnet dort, im Wald, erkennen wir recht rasch: Einfach raus, wirklich ganz raus ist leicht gesagt, aber schwer geschafft. Denn natürlich drehen sich die Gespräche bald wieder um das, was wir in den letzten Tagen erlebt und gehört haben, zum Beispiel:

„Dein Schatz Arved hat dir wirklich nie erzählt, dass er Kronabrenners Geschäftspartner ist? Glaub ich nicht."

„Dann glaub es eben nicht. Ich bin genauso überrascht wie du."

„Ich weiß ja nicht, wie er als Mediziner war. Aber als Geschäftsmann kann ich ihn mir gar nicht vorstellen."

„Da bist du nicht allein. Es passt nicht zu ihm."

„Und es heißt ja somit auch, dass zwischen Arved und Kronabrenner nicht nur die Beziehung im Spital bestand, sondern auch die Geschäftspartnerschaft bei GKK."

„Wie kam es dazu? Warum gerade mein Arved? Warum hat er das verschwiegen? Und wieso lässt Kronabrenner ihn nicht suchen?"

„Siehst du, all das würden wir Arved jetzt fragen – wenn er hier wäre."

„Und vielleicht ist er genau deswegen nicht hier: Damit ihn keiner was fragen kann."

Marlene überlegt.

„Aber wer hat dann die Agentur geführt? Das kann man doch nicht vom OP aus machen."

„Der Art Director sagt, dass Kronabrenner selten da war, nur manchmal wichtige Gespräche geführt hat. Aber die tägliche Arbeit …"

„… hat offenbar er selbst, also dieser Hellmuth geleitet. Das hat mir aber Joana nie gesagt, ich hatte ja immer nur mit ihr zu tun. Für mich war sie GKK."

Wir kommen auf einer Lichtung an. Schon wieder hungrig. Also Proviant auspacken. Harte Eier, intensiver Käse, Äpfel. Die Brote hat uns die freundliche Pension Gabriele mit grober Leberpastete bestrichen. Derbes kann solch ein Genuss sein. Und was für ein Kontrast zu daheim: Ich glaube, ein Luxusgeschöpf wie Melinda Hammerstein weiß nicht einmal mit hundertprozentiger Gewissheit, an welchem Ende man ein Streichmesser wirklich halten muss. Braucht sie auch nicht, sie hat ja ihre Koch-Perle namens Frau Hofstetter für derlei Herausforderungen.

Da bemerke ich: Die Brote habe ich gedankenlos in der Ausgabe des Stadtblatts von daheim eingepackt, in der die Rubrik „3 Fragen an Bauer von Elsberg" erschienen ist. Jetzt kann ich gemütlich inmitten von Kuhfladen und halb verschimmelten Pilzen am Waldrand nachlesen, was man Wolfi gefragt hat und was seine Antworten waren.

Zuvor aber fällt mir – zwischen Fettflecken von den Leberpastetenbroten – noch ein anderer Artikel auf, weil gleich auf Seite 2:

„Abschied von Else Meer. – Es geschieht Gott sei Dank nicht oft, dass man als ganze Redaktion von einem Kollegen oder einer Kollegin Abschied nehmen muss. Heute ist ein solcher trauriger Tag. Else – oder Elsie, wie viele von uns sie liebevoll genannt haben – war nicht einfach nur eine Redakteurin, sie war eine Journalistin im besten Sinne. Sie hatte den Riecher für starke Geschichten und krumme Touren. Wie viele Enthüllungen verdanken wir ihr, wo sie mutig wie keine zweite gegen Korruption und Vertuschung Stellung bezogen hat. Ganz klar, dass sie sich damit nicht nur Freunde

gemacht hat. Aber für uns als ihre Kollegen war sie gerade damit ein leuchtendes Vorbild."

Es folgen ein paar Highlights aus ihrem Leben, aber der letzte Absatz ist dann wieder aufschlussreich:

„Erst im Nachhinein wird uns bewusst, dass sie in den letzten Wochen irgendwie nicht mehr sie selbst war. Das war schon länger so, bevor sich der Verlag und Else Meer vor Kurzem einvernehmlich getrennt haben. Sie hatte wohl keine anderen Pläne für ihr Leben und hat die neue Ausrichtung, die der Eigentümer für das Stadtblatt plant, für sich nicht mitvollziehen wollen. Sie hat diese Pläne aber nicht in Frage gestellt, sondern sich selbst. Dafür gebührt ihr tiefer Respekt. Als Kollegen und als Menschen bedauern wir unendlich, dass sie in ihrem Leben wohl keinen Sinn mehr sah und einen letzten Schritt gesetzt hat. Elsie, wir werden dich vermissen und denken an dich, wo auch immer du jetzt bist."

Ich reiche die Zeitung zu Marlene hinüber, die gerade an einem Apfel kaut. Hübsch, ein Bild des Friedens. Marlene, die Wiese, der Apfel, das Herbstlaub, alles schimmert irgendwie golden.

„Kanntest du die?", frag ich sie, weil Marlene kennt ja viele Journalistinnen von ihrer PR-Arbeit.

Sie nimmt und liest und antwortet nicht.

„Hast du das auf der Seite gegenüber auch gelesen?", will sie dann wissen.

„Was?"

„Die 3 Fragen und Antworten von deinem neuen Freund, dem Baulöwen. Sehr aufschlussreich."

Ich schnappe mir das Stadtblatt wieder und studiere jetzt, was ich eigentlich schon vorher lesen wollte. Recht lange brauche ich für die wenigen Sätze.

Und bin dann leider wieder echt drinnen, wirklich voll drinnen. Mehr Teller denn je kreisen über mir. Es wäre zum Heulen, wenn nicht der spätherbstliche Laubwald gerade jetzt für einen Moment zum Niederknien schön wie ein Flammenmeer aufleuchten würde. Dann ist die Sonne plötzlich weg, der Wald wirkt wie abgestorben, und mir wird schlagartig ganz kalt.

18

Wolfgang Bauer von Elsberg gab in seinem Kurzinterview im Stadtblatt auf „3 Fragen an ..." folgende Antworten zum Besten:

Frage 1: Sie sind einer der erfolgreichsten Unternehmer unserer Stadt. Was ist Ihr Geheimnis und Ihr Business-Tipp?

Bauer von Elsberg: Demut und harte Arbeit. Immer bereit sein, sich Freunde zu machen. Durch Fleiß, Freundlichkeit und Ehrlichkeit. Und immer bereit sein, sich Feinde zu machen. Durch Konsequenz, Mut und Werte, für die ich kämpfe.

Frage 2: Welchen Beruf würden Sie ergreifen, wenn Sie nochmals wählen könnten?

Bauer von Elsberg: Ganz klar – Journalist. Da kann man Gerüchte in die Welt setzen, ohne selbst etwas leisten zu müssen. Etwas aufbauen ist unendlich mühsamer als eine Existenz zu zerstören, da braucht es nur ein paar kritische Artikel ohne große Recherche, und trotzdem kann einen niemand zur Rechenschaft ziehen. Aber ich glaube auch an die ausgleichende Gerechtigkeit, ganz bestimmt.

Frage 3: Was war rückblickend Ihr größter Fehler?

Bauer von Elsberg: Ich habe lange Zeit, bis vor Kurzem, einer sehr begabten Frau vertraut, dass sie weiß, wo ihre

Grenzen liegen. Aber ich habe mich getäuscht. Da musste eine endgültige Trennung sein. War sehr schmerzhaft. Und hat mich viel gekostet. Auch emotional.

Ehrlichkeit! Demut! Freundlichkeit! Ausgerechnet er! Und er glaubt an die ausgleichende Gerechtigkeit, der alte Gauner. Ausgleichende Gerechtigkeit wäre, dass sich ihm das Paisley-Halstuch um dem Hals zusammenzieht oder ein Blitz ihn wie eine Eiche fällt, so wie im Märchen von Joana und Marlene im Moment der ärgsten Lüge. Faselt von Werten und Mut, der impotente Popanz. (Marlene wertet dieses letzte Adjektiv als „unsachlich", aber das ist mir egal. Er IST impotent. Popanz sowieso.)

Dann die sachliche Sofort-Analyse: Unverhohlene Bereitschaft zur Bestechung spricht aus seiner ersten Antwort, Verbitterung aus seiner zweiten. Mit der dritten kann ich noch nicht so viel anfangen, weil mit Frauen bringe ich den widerlichen Knöterich nur schwer in Verbindung. Rita von Elsberg, seine junge Nachnamens-Spenderin, hat er mit der „sehr begabten Frau" wohl nicht gemeint, zumindest ist mir nichts von einer Trennung im Hause Elsberg zugetragen worden. Vielleicht war die enttäuschende, begabte Frau ja auch eine Reinigungskraft im Büro, die als Grenzüberschreitung einen Zuschlag zum Hungerlohn wollte: Wolfi zahlt seine Leute ganz sicher miserabel, den strahlenden Matlschweiger vermutlich ausgenommen.

„An einen beruflichen Zusammenhang glaub ich bei der Trennung nicht, war sicher was Privates", widerspricht Menschenkennerin Marlene.

„Du hast Recht: Weil dann wäre er nicht enttäuscht gewesen, sondern hätte die Begabte einfach emotionslos gefeuert."

„Mich wundert viel mehr: Was hat er gegen Journalisten?", fragt sie, und weiter: „Ich mag sie auch nicht alle, hab ja beruflich genug mit ihnen zu tun. Aber so ein Hass?"

„Hast du die gekannt, auf die der Nachruf gleich daneben steht? Diese Else Meer?"

„Ja, leider. Die war wirklich eher von der mühsamen Sorte."

„Soll heißen?"

„Sie verstand sich als sowas wie das aufrechte Gewissen der Stadt. Bei den Pressekonferenzen penetrant kritische Fragen, Interviews prinzipiell aggressiv, Tonfall der Artikel meistens angriffig und von oben herab."

„Und persönlich mit dir?"

„Sie hat unsere Firma einmal mit einem Skandal in Verbindung gebracht, wo ein Bürgermeister den Großauftrag für Fassadenfarben an den Bestbieter vergeben hat."

„Ist doch normal, dass der Bestbieter den Zuschlag kriegt?"

„Nicht, wenn man unter Bestbieter den versteht, der dem Bürgermeister den besten Südsee-Urlaub bietet."

„Und – war das eure Firma?"

„Nein, natürlich nicht!"

Und etwas leiser, obwohl hier keiner zuhört:

„Bei uns hätte er sich damals den Flug selber zahlen müssen. Beim Bestbieter war auch der inkludiert. Also waren wir draußen."

Pause. Dann ich:

„Aber jetzt ist sie tot, die Else Meer."

„Klingt so."

„Anscheinend hat sie selbst – "

„So schreiben ihre bestürzten Kollegen."

„Sie war in Medienkreisen beliebt?"

„Aber nein. Journalisten – vor allem die kritischen – sind Gecken und Primadonnen. Harter Kampf um die besten Geschichten und Skandale, da ist wenig Platz für Nettigkeiten. Die Zeilenhonorare sind zum Heulen, und kaum einer ist so wie früher Else Meer beim Stadtblatt fest angestellt. Darum muss jeder versuchen, erste Geige zu spielen."

„Heißen nicht alle zufällig Rolf?"

„Nein. Sind aber meistens genau so mühsam und empfindlich wie der. Denn Journalisten kritisieren gerne, aber selber Kritik einstecken – auweia, Fehlanzeige. Hat unangenehme Nebenwirkungen für den, der's probiert."

„Du klingst schon fast so journalistenfeindlich wie Elsberg. Willst du auch einmal die drei Fragen im Stadt-blatt beantworten?"

„Blödsinn." Auch dieses Wort erinnert verdächtig an dem Immo-Primus.

Eines muss man BVE jedenfalls lassen: Er schafft es, drei simple Fragen so zu beantworten, dass man nachher noch mehr Fragen als vorher hat. Und er ist Meister darin, selbst in Abwesenheit Zwietracht zu säen. Denn ohne es zu wollen, rutschen Marlene und ich am Rück-weg in einen Streit über seine Antworten. Dabei sehnen wir uns in Wahrheit nach Frieden. Und wo findet man am Land, und somit auch in Oberach am Untersee, wirklich tiefen Frieden? Natürlich am Friedhof, dazu gibt es ihn ja, Name sagt alles. Also hin. Das schwarze schmiedeeiserne Tor quietscht in den Angeln. Eine uralte Frau wankt da hinten in der Dämmerung zwischen den Gräbern, gebückt, mit Gießkanne, grober Mantel, Kopftuch, dicke Beine, schwere Schuhe. Bei jedem Schritt schwappt etwas Wasser aus der Kanne. Praktisch, so wird das Ding immer leichter. Zwischen den vielen steinernen Deckeln, Grabsteinen und Laternen herrscht Friede, und wir werden ganz ruhig.

Ein wenig ist so ein Friedhof aber immer auch Show und Blendwerk, denn: Über die Grabsteine toben lauter Engelsfiguren, Kreuze und fromme Sprüche und so. Man könnte meinen, all die Toten hier wären zu Lebzeiten rasend gläubig gewesen. Stimmt wahrscheinlich nicht ganz. Also sind in Wahrheit die Hinterbliebenen so fromm und sorgen deshalb für all diese Leichen-Deko? Stimmt wahrscheinlich auch nicht. Ich glaube, die meisten betreiben diesen Aufwand nach dem Motto: Gehört sich irgendwie, und wenns nichts nützt, schadet es zumindest nicht. An gar nichts glauben ja doch die wenigsten (sogar Elsberg glaubt an etwas, nämlich „die ausgleichende Gerechtigkeit", das ist sparsam, weil da kommt man ganz ohne Deko aus). Kenne ein paar Leute, die ziemlich konkret an ein irgendwie positives höheres Wesen à la Bibel oder so glauben. Sind nicht die bösartigsten, muss man ehrlich sagen. Eine Bekannte von mir wollte sich sogar mal umbringen, wurde aber plötzlich gläubig und lebt laut ihrer eigenen Aussage nur deswegen heute noch. Andererseits kenn ich keinen, der gläubig war, sich umbringen wollte, dann aber plötzlich den Glauben aufgegeben hat und vor lauter Freude darüber doch lieber am Leben geblieben ist. Zugegeben, schwieriges Thema, fast so wie die Frage „Warum steh ich am Flughafen immer genau in der einen Gepäck-Aufgabeschlange, wo nichts weitergeht?"

Aber durch diese Gedanken wird mir jedenfalls Eines klar, und jetzt bitte unbedingt hinsetzen vorm Weiterlesen, weil umwerfende Weisheit wie Gruppenarbeit von Dalai Lama, Albert Einstein und EU-Kommission: Allein ist man ziemlich einsam. Im Universum sowieso, aber auch daheim mit all den Tellern in der Luft. Heißt ganz praktisch – und Marlene stimmt mir noch am Friedhof zu: Wir brauchen Verbündete, wenn wir auf diesem Weg weitergehen wollen. Wenn wir weiter nach Antworten auf die großen Fragen und die winzigen Fräglein suchen wollen, die uns bewegen. Denn ich bin kein James Bond, kein Indiana Jones und kein Commissario Brunetti. Und Marlene ist keine Miss Marple (wobei … der Zahn der Zeit nagt schon an ihr). Wir wollen bloß nicht hinnehmen, dass Menschen verschwinden, die wir kennen und lieben, dass sie merkwürdig sterben und dass andere glauben, uns an der Nase herumführen zu können.

Als wir aus dem Friedhof hinausgehen, sind wir still und einig über diesen Gedanken und harmonisch wie ein greises Ehepaar am 70. Hochzeitstag. Doch nach einiger Zeit – es waren gut und gern drei Minuten, oder zumindest sicher nicht weniger als zwei – ist unser Friede wieder höchst bedroht. Denn Marlene und ich sind uns nicht einig, wie wir zu Verbündeten kommen und wer das sein könnte. Und leider sind das keine Nebenfragen.

Darum wagen wir ein Experiment: Vielleicht gibt es ja doch ein nettes höheres Wesen, und es schickt uns einen Verbündeten. Natürlich wird der nicht vom

Himmel herunterfallen oder aus der Erde rauswuchern, solche Spinner sind wir nicht, dass wir ein Spektakel erwarten. Wir sind Realisten und rechnen daher nur fix mit einem Wunder.

Marlene und ich vereinbaren also: Der erste Mensch, der nach unserer Rückkehr aus Oberach einen der vier Namen: Arved, Joana, Kronabrenner oder von Elsberg mündlich erwähnt, ist unser Verbündeter. Zugeständnis unsererseits an Himmel, Schicksal oder Wotan: Auch schriftliche Erwähnung wird akzeptiert. Ja, ich weiß, klingt irgendwie blöd. Aber was sollen wir sonst tun?

19

Marlene leitet nach diesem Wochenende einen mehrtägigen Lack-PR-Workshop – ja, sowas gibt's wirklich! – mit Vertriebsleuten im nahen Ausland, wegen ihrer Flugangst in Bahnreisedistanz. Wir telefonieren annähernd stündlich in Sachen Verbündeter: Hat dich wer angesprochen? Hat jemand angerufen? Ist ein Mail gekommen? Ein Überraschungsbesuch? Hat jemand ein Schreiben durch den Türschlitz geschoben? Trieb vielleicht eine Flaschenpost in der Hotelbadewanne? Ist eine Brieftaube tödlich gegen das Fenster gekracht und hat am erkalteten Beinchen oder im starren Schnabel einen eingerollten Zettel mit einem der vier Namen drauf und mit einem Absender, der nun unser Verbündeter ist?

Nichts davon, bei keinem von uns. Es ist geradezu dröhnend still. Ich verstehe nicht, wie sich meine Schwester unter diesen Umständen auf irgendwas konzentrieren kann, und noch dazu auf Farben, Dispersionen und solchen Krempel. Kann sie wahrscheinlich auch nicht. Aber das PR-Tier in ihr vegetiert autonom weiter und sorgt von selbst für die nötigen Lebensäußerungen. Am Abend in ihrem Hotelzimmer weiß Marlene wohl nicht mehr, was sie tagsüber ihren Vertriebsleuten gesagt und beigebracht hat. Ist aber egal, weil nach dem mitternächtlichen Absacken an der Hotelbar wissen die Teilnehmer das auch nicht mehr. Echt sinnvoll, so ein Workshop.

Nach zwei solcherart ereignislosen Tagen erreicht mich am Mittwochvormittag ein Anruf, ähnlich wie der folgende:

„Hier spricht Lindolf Matlschweiger. Wir haben uns bei Herrn von Elsberg kennen gelernt, Sie erinnern sich vielleicht noch an mich."

Haha, ‚vielleicht', passt gar nicht zu seinem Selbstvertrauen, dass er glaubt, ich könnte ihn vergessen.

Und dann erst registriere ich beinahe ohne Herzrasen: Er hat deutlich den Namen „von Elsberg" gesagt. Also Bedingung erfüllt, Wunder wie erwartet. Lindolf M. ist unser Verbündeter.

„Ich habe Ihre Nummer von unserer Empfangssekretärin herausfinden lassen. Können wir uns persönlich treffen?"

„Sicher."

„Heute noch?"

„Sicher."

„Passt es Ihnen in der Innenstadt?"

„Sicher."

Er schlägt Zeit und Ort vor, und ein paar „Sicher" meinerseits später – ich habe kein einziges anderes Wort zu ihm gesagt – sitzen wir uns in einem schicken Café gegenüber. Offenbar hat er viel Zeit und viel am Herzen.

Von Marlene habe ich ja gelernt, dass „Pacing" super ist und so ungefähr bedeutet, das Gegenüber zu „spiegeln". Das will in normaler Menschensprache sagen, möglichst geschickt seine Gewohnheiten und Eigenheiten nachzuäffen. Sinnvoll, weil die meisten finden sich selbst sympathisch. Und wenn der andere auch so ist wie man selbst – na dann findet man den auch sympathisch, man liebt quasi sich selbst im anderen.

Also sitze ich als ein Matlschweiger-Klon im blitzblauen Anzug da, mit schmaler Krawatte in ungefähr der Farbe, die noch immer alle so schick finden. Zumindest hoffe ich, dass sich die Mode während des Wochenendes in Oberach am Untersee – ich war ja völlig abgeschnitten von derlei lebenswichtigen Informationen – nicht gröber gedreht hat. Er dagegen hat offenbar frei, kommt in aufgekrempelten Jeans und Sweatshirt, Sneakers und diesen Söckchen, wo die oberen drei Viertel der Achillessehne und der Fußknöchel blankliegen, wozu auch immer das gut ist. Will er auch „Pacing" betreiben und mich nachäffen, wie ich damals bei ihm erschienen bin?

Wichtiger ist, was unser Verbündeter mir dann Schönes erzählt:

„Herr von Elsberg hat einen Bomben-Zorn auf Sie."

Aus vielen Gründen interessant, darunter weil: „Komisch, mir hat er bei meinem Besuch damals gesagt, dass er sich diese Emotion nicht gestattet. Sie erinnern Sie vielleicht noch daran."

„Sie glauben ihm, was er sagt? Und den Osterhasen gibt's auch, und die Zahnfee, und der Storch bringt die kleinen frischen Steuerzahler, stimmt's? Dann sind Sie also der Mensch, für den Werbung und Wahlkämpfe gemacht werden."

Verbündete klingen anders, aber egal.

„Also er hat einen Bomben-Zorn auf mich?"

„Korrekt."

„Und womit habe ich diesen grandiosen Zorn verdient?"

„Das fragen Sie noch? Nach Ihrem Leserbrief im Tageskurier gestern?"

Mein was? Äußerst hoppla.

Aber ich will nicht gleich zugeben, dass ich davon keine Ahnung habe, weil ich keinen Leserbrief geschrieben habe. Ich schreibe nie Leserbriefe, prinzipiell. Und den Tageskurier lese ich nicht. Darum frage ich geschickt:

„Welche Aussage hat ihn denn am meisten daran gestört?"

„Das ganze Statement hat ihn aufgeregt. Und am meisten ärgert ihn, dass Sie den Leserbrief anonym aufgegeben haben."

Hoppla zum Quadrat. Denn wenn anonym, wie kommt er auf die Idee, dass ich –

„Sie brauchen sich gar nicht wundern, weil da hätten Sie schon etwas neutraler formulieren müssen."

Er holt ein Exemplar der entsprechenden Ausgabe des Tageskurier hervor und legt es auf den Bistrotisch. Der Tageskurier ist die erbitterte Konkurrenz vom Stadtblatt. Immer ringen die beiden um Leser, Abonnenten, heiße Insider-Infos und vor allem um Inserate. Dem Niveau der beiden tut das leider nicht so gut. Hat mir PR-Fachfrau Marlene erklärt. Auf Seite 10, als ersten von vier Leserbriefen zu unterschiedlichen Themen, liest man folgendes, etwas holpriges Gedicht:

Drei Fragen in der Zeitung beantwortet er schnell.
Doch Lügen und Verleumden macht Dunkelheit nicht hell.
Wenn Journalisten schreiben, was Manchem nicht gefällt,
dann fällt man Journalisten, so läuft's in dieser Welt.
Die Zeitung braucht Moneten, und wer bezahlt schafft an.
Man trennt sich einvernehmlich, solange man noch kann.
Sein bester Freund, der Doktor, wohnt oben hoch am Berg.
Durch seine schweren Tore schlüpft nicht einmal ein Zwerg.
Mit Frauen ist er schwierig, vor allem wenn begabt,
und sind sie widerspenstig, dann endet der Vertrag.
Wer große Häuser hochzieht, ist noch kein großes Licht.
Die Lüge steht ihm prächtig, sein Wolfi steht ihm nicht.

Was um alles in der Welt bringt eine Zeitung dazu, dieses Machwerk abzudrucken? Natürlich neidet der Tageskurier dem Stadtblatt die Inserate und das Interview, denn der Baulöwe ist sonst recht medienscheu. Aber hier geht's ja in Wahrheit gegen Bauer von Elsberg persönlich. Dass er nicht beglückt ist – vor allem von der letzten halben Zeile unter der Gürtellinie – verstehe ich. Doch wieso bringt er mich damit in Verbindung?

„Das lag nahe. Er hat sich an das Gespräch mit Ihnen erinnert, als er diese Reime gesehen hat. Er meint, Sie haben über das Anwesen von Dr. Kronabrenner geredet und wie schwer – oder in Ihrem Fall wie leicht – man da hineinkommt. Sie haben mit ihm über seine Werbeagentur gesprochen. Sie haben ihn auf die Kündigung des Agenturvertrages mit der GKK angesprochen. Er meint, dass dieser gereimte Blödsinn eine Warnung an ihn sei, weil Sie ihm irgendwas anhängen wollen, aber zu feige sind, nochmals zu ihm zu kommen und es mit ihm aufzunehmen. Sie wagen ja nicht einmal, Ihren Namen unter diesen Blödsinn zu setzen."

Hoppla, Lieblingswort vom Chef also schon hinuntergesickert ins Untergebenenhirn. Und auch zu mir:

„Der Blödsinn ist nicht von mir."

„Er glaubt es aber. Und von wem soll das sonst sein?"

Gute Frage, und ich frage zurück:

„Sie wollten sich mit mir treffen, um mir zu sagen, dass er zornig auf mich ist?"

„Das ist das Eine, und verstehen Sie es auch als Warnung. Das Andere ist, dass Sie mir imponiert haben mit Ihrem Leserbrief."

„Der ist nicht von mir."

„Lassen wir das mal so stehen, aber wissen Sie was? Alleine dass er durchaus von Ihnen sein könnte, sagt viel über Sie aus. Elsberg war ziemlich neben sich nach dem Gespräch mit Ihnen und erst recht, nachdem er das da gelesen hat. Kommt recht selten vor. Sie haben sicher einen wunden Punkt getroffen, also ich meine, der anonyme Schreiberling hat den Punkt getroffen."

„Und weiter?"

„Ich bin ein loyaler Mensch, aber ich bin kein blinder Fan meines Chefs. Und ich stelle mir auch so meine Fragen. Ein paar Antworten hab ich schon."

„Zum Beispiel?"

„Zum Beispiel was die Finanzierung des Anwesens von Kronabrenner betrifft. Haben Sie sich nie gefragt, wie sich das ausgehen kann – ein Spitalsgehalt und ein Schloss am Weinberg?"

„Naja, ich weiß, dass Kronabrenner Anteile an der Werbeagentur GKK hält – "

„Ja, da sahnt er gut ab, aber dieses Schloss hätte er trotzdem noch nicht beisammen. Es gab übrigens auch nie seriöse Abrechnungen zu diesem Projekt."

„Warum hat ihm Elsberg denn den Kasten dann hingestellt?"

„Zwischen den beiden gab es einen Deal."

Pause.

Mir dämmert etwas:

„Bei einem Deal zwischen Männern wie diesen beiden zahlt immer jemand anderer drauf, stimmt's?"

„Stimmt."

„Jemand, der sich nicht wehren kann?"

„Stimmt."

„Jemand, der immer wieder lästig ist und deshalb kaltgestellt gehört."

„Stimmt."

„Jemand, der tatsächlich kaltgestellt wird, keinen Ausweg mehr sieht und am Leben verzweifelt."

„Stimmt."

„Jemand wie Else Meer, die buchstäblich von selbst verstorbene Journalistin."

„Zum Beispiel. Nicht nur die, aber die auch."

20

Lindolf Matlschweiger, der Endzwanziger, der Anzug ebenso überzeugend wie Sneakers tragen kann, der Achillessehnen und Nerven zeigt, der irgendwas zwischen loyal und Schlange ist – er hat sein Verständnis von einem Deal zwischen Kronabrenner und Elsberg in Umrissen so beschrieben:

111

Die beiden kannten sich schon länger, und Elsberg mit seinem Immobilien-Imperium war der wichtigste Kunde von GKK und wurde immer noch wichtiger. Große Summen flossen in die Agentur, und von dort zu den Medien, speziell zum Stadtblatt, wo die Werbekampagnen geschaltet wurden. Natürlich erwartete sich Elsberg dafür auch Gegenleistungen, zuerst nur Rabatte und die eine oder andere Fine-Dining-Einladung, dann immer mehr auch freundliche Berichterstattung und den Verzicht auf kritische Worte. Eine Zeit lang ging das durch, aber seit einiger Zeit zogen dunkle Wolken über Wolfi auf, und er ließ sie auch über Friedel ziehen.

Hier schaltet Lindolf dann um in den Spekulationsmodus:

„Anscheinend ging es dabei um eine ganz schmutzige Sache mit einem Problembau im Ausland. Das lag Elsberg wirklich im Magen, er hat nicht mal mich ins Vertrauen gezogen. ‚Wenn das rauskommt, machen sie mich fertig, Polizei, Justiz und Medien.' Er bekam aus dem Ausland Hinweise, dass speziell diese Else Meer hier am Recherchieren war, und er wurde immer hysterischer. Unter keinen Umständen wollte er irgendetwas davon in der Zeitung sehen. Besonders das Stadtblatt konnte er überhaupt nicht mehr leiden, für das hat diese Meer ja geschrieben.

Dann folgte eine heftige Auseinandersetzung mit Kronabrenner, der ihn mit der Agentur da irgendwie nicht so unterstützt hat wie Elsberg das wollte. Ergebnis: Es wurden plötzlich alle Aufträge an GKK storniert und die Zusammenarbeit beendet. Im Stadtblatt erschien nun kein einziges Inserat von uns mehr, und es gab sofort Gerüchte vom Ende der Zeitung und der Agentur. Elsberg war extrem sauer auf Kronabrenner und seine Agenturleute. Aber kurz darauf muss was passiert sein, denn es gab wieder eine Kehrtwende: Neuer langfristiger Vertrag mit GKK, und seitdem ist das Stadtblatt wieder wie früher gepflastert mit ganzseitiger Werbung der diversen Elsberg-Firmen. Dazu das Interview. Rechnen Sie damit, dass da rundherum noch mehr sogenannte redaktionelle Berichte folgen werden: Eine Fotostory in der Wochenendbeilage, ein Bericht über eine Gleichenfeier bei einem großen Elsberg-Projekt in der Stadt, Elsberg übernimmt Patenschaft für ein Pandabären-Baby im Zoo, Elsberg am Herbstempfang des Stadtsenats, etwas über den BVE Charity Fund, höchst freundliche Anleger-Analysen der Elsberg Immobilien-Aktien – "

Da könnte Elsberg den unfreundlichen Leserbrief im Konkurrenz-Blatt ja leicht wegstecken, sollte man meinen.

Lindolf holt nochmals aus:

„Bei den Inseratenschaltungen im Stadtblatt reden wir nicht von ein paar Kleinanzeigen, sondern von lang im Voraus gebuchten Themenstrecken, Beilagen und Doppelseiten. Da fließen über die Jahre Millionen. Normalerweise denkt man ja, dass die Herausgeber und Chefredakteure mit schlechten Berichten drohen können. Gilt vielleicht bei den großen Tageszeitungen. Aber unsere Lokalblätter sind so knapp bei Kasse, dass sie schon beim Ausfall von ein paar kleineren Anzeigenkunden ins Strudeln kommen."

„Oder beim Ausfall eines großen."

„Ganz genau. Dessenthalben ist klar, dass Elsberg mit seinen Aufträgen einen enormen Existenz-Druck aufbauen konnte. Und das hat er dann auch getan, als ihm zu Ohren kam, dass hier Recherchen gegen ihn laufen. Und GKK sollte sein Werkzeug dafür sein."

„Nämlich wie?"

„Noch immer nicht kapiert? GKK sollte ganz offen den Verlegern drohen, dass kein Geld mehr fließt, wenn die ärgerlichen Nachforschungen nicht aufhören oder falls sogar entsprechende Berichte abgedruckt werden. Solche Drecksjobs macht ein Elsberg nicht selbst, da muss die Agentur ran."

„Also Kronabrenner?"

„Natürlich auch nicht er persönlich. Dafür hat man Angestellte. Die wackeln dann in die Redaktion und hauen auf den Tisch. Legen die Abrechnungen der letzten Jahre vor und sagen ganz deutlich, dass entweder Schluss mit kritischen Recherchen sein muss – oder die Party ist zu Ende, es fließt kein Geld mehr und der Verlag gerät in finanzielle Schieflage bis zum bitteren Ende. Die Journalisten und Anzeigenleute können dann immerhin noch versuchen, sich mit Nachhilfestunden oder Taxifahren bis in die Pension zu retten."

Matlschweiger tippt auf den gereimten Leserbrief im Tageskurier.

„Hier steht es ja auch deutlich:

Wenn Journalisten schreiben, was Manchem nicht gefällt,
dann fällt man Journalisten, so läuft's in dieser Welt.
Die Zeitung braucht Moneten, und wer bezahlt schafft an.
Man trennt sich einvernehmlich, solange man noch kann."

Eines fällt mir nun noch ein:

„Der Palast für Kronabrenner kann aber nicht Teil des Deals sein. Der muss ja älter sein als dieser Deal."

„Falsch, der Deal ist älter. Elsberg hat das immer schon so gemacht. Über so einen Immobilien-Konzern gibt es zu jeder Zeit was herauszufinden. Irgendwo laufen immer kritischen Recherchen, die sofort unterdrückt gehören. Die Sache mit dem Stadtblatt war ja nur die neueste Anwendung des immer gleichen Schemas. Und auch die schwierigste, weil es diesmal wirklich zum Bruch gekommen ist. Irgendwas muss da noch zwischen Elsberg und Kronabrenner gewesen sein, was es diesmal bis aufs Äußerste eskalieren hat lassen."

Zum Ausklang frage ich Matlschweiger noch dasselbe, was ich schon Glatzkopf Rotbrille gefragt habe – nämlich ob er jemals bei Kronabrenner privat eingeladen war.

Reaktion recht ähnlich wie beim Art Director.

„Nein, wie kommen Sie auf sowas? Kronabrenner hat mich immer nur als Angestellten seines Auftraggebers und Freundes Elsberg gesehen. So wie andere den Mann, der bei Freunden den Swimmingpool reinigt oder mit den Windhunden des Hausherrn spazierengeht. Er mich einladen – der Gedanke ist ganz abwegig. Ich wäre da auch niemals hingefahren, denn eine solche Einladung, nein, die könnte niemals wirklich von ihm selbst kommen. Andererseits …"

„Ja, andererseits?"

„Andererseits natürlich: Gerade vor diesem Hintergrund wäre eine solche außergewöhnliche Einladung der einzige Weg, mich dorthin zu locken. Ich meine, wenn er mich wirklich gerne ganz, ganz alleine da oben haben wollte – wozu auch immer."

21

Marlene beschwert sich nach meinem Update über das Treffen mit dem Strahlemann Matlschweiger, dass sie all meine Gespräche immer nur aus zweiter Hand erfährt. Keine Ahnung, welcher Wahnsinn mich reitet, als ich zu ihr sage: „Na dann komm doch zum nächsten einfach mit. Ich muss sowieso nochmals zu GKK, Art Director Glatzkopf was fragen."

Dafür verstehe ich nur zu gut, welcher Wahnsinn sie reitet, als sie sofort sagt: „Fein, dann lern ich den endlich mal kennen. Und – noch viel wichtiger: Er mich."

Da stehen wir also nun vor ihm, am Gang bei GKK, und seine grellrot gefasste Brille sitzt heute ganz stramm. Er selber steht ebenso stramm. Ich will ihm Marlene vorstellen, interessiert ihn aber gar nicht.

„Bitte rasch zum Punkt kommen. Wir haben gleich eine Riesen-Präsentation für ein Elsberg-Unternehmen, Auftragsvolumen mit etwas Glück siebenstellig, und die Nerven liegen hier etwas blank."

„Passt gut, weil es geht uns um diese Vertragskündigung von Elsberg."

„Wie gesagt, ist alles Geschichte. Er liebt uns wieder ganz heiß und innig, wie Sie sehen."

„Haben Sie also dem Stadtblatt die Daumenschrauben angesetzt, so wie er es wollte?"

Hoppla: Der ganze Glatzkopf verfärbt sich jetzt binnen Sekunden so rot wie die Brille, umgekehrtes Chamäleon sozusagen, wo sich also in diesem Fall Hintergrund an Vordergrund anpasst statt umgekehrt. Schnappt nach Luft, so wie vielleicht eines fernen Tages

Reinhold Messner, wenn er wiedermal ohne Sauerstoff-flasche irgendeinen Achttausender raufrennt und verbittert an seinen hundertsten Geburtstag zurück-denkt, an damals, als er noch wirklich topfit war.

Er zieht uns in ein Besprechungszimmer, Tür zu, bumm.

„Also gut. Ja, sowas gehört auch zum Job. Ich hatte keine Wahl. Elsberg war am Durchdrehen und wollte seine Beziehungen spielen lassen, sodass wir alle anderen Kunden auch noch verlieren. Nachdem er den Vertrag gekündigt hatte, stand die Zukunft der Agentur am Spiel. Ein paar hier haben sich schon mal vorsorglich nach anderen Jobs umgesehen. Und Joanas Gesundheit hat das nicht geholfen, können Sie sich ja vorstellen. Kurz danach kam Kronabrenner nochmals und erklärte mir unter vier Augen, er habe sich entschieden, wie gewünscht das Stadtblatt unter Existenzdruck zu setzen. Schluss mit Recherchen über Elsbergs ausländische Bauprojekte, und selbst wenn das auch Schluss mit Else Meer heißt, und wir schalten wieder großzügig. Oder eben nicht."

„Else Meer hat er wörtlich erwähnt?"

„Ja natürlich, ganz sicher, die war das Problem, wobei er kein schlechtes Wort über sie gesagt hat. Er schien das Ganze irgendwie zu bedauern und ahnte wohl das Risiko, diesmal zu weit zu gehen. Aber er hatte sich nun mal im Sinne Elsbergs entschieden."

„Und für die Umsetzung der Entscheidung haben die beiden Sie vorgeschickt?"

„Ja, sehen Sie, eigentlich wäre das Chefsache gewe-sen. Aber Kronabrenner wollte sich gerade da die Hände nicht schmutzig machen. ‚Gegen Else Meer kann ich mich nicht exponieren', flüsterte er bleich und mit leerem

Blick. ‚Wenn du das nicht übernimmst, geht die Agentur den Bach runter.' Was blieb mir denn anderes übrig? In meinem Alter? Unsere Stadt braucht nicht viele Art Directoren. Ich habs für das ganze Team gemacht, und ganz speziell für Joana."

„Leider hat's ihr nichts genützt."

„Lag nicht an mir."

„Und was hat man Ihnen beim Stadtblatt zugesagt?"

„Dass man die Personalpolitik überprüfen wird."

„Das war's dann für Else Meer."

Da meldet sich Marlene, so ganz allgemein:

„Aber der Leserbrief im Tageskurier, wie kann Einem sowas nur einfallen?"

Interessant, wieso wird jetzt aus rotem Glatzkopf farbloser Glatzkopf? Erinnert an Doku für Kinder, wo Film rückwärts abläuft und deswegen Himbeersirup aus Himbeersaft wieder herauszischt und nur mehr klares Wasser im Glas übrig.

„Den … den hab ich doch rein aus der Emotion heraus geschrieben. Weil nach all den Jahren voller Alpträume wegen dem irren Elsberg war seine letzte Aktion echt nochmal extra übel. Den Brief schreiben war eine Erleichterung. Aber nichts gegen die Qualen, sobald ich Idiot ihn abgeschickt hatte. Und dann drucken die ihn auch noch ab."

Na, da haben wir den anonymen Schreiberling aber rasch entdeckt. Somit Kripo mit Hundestaffel und monatelange Ermittlungen durch Interpol nach Anzeige von Elsberg völlig unnötig. Bitte um Lob, weil dadurch Millionen Steuergelder gespart, die nun für schöne neue Regierungslimousinen zur Verfügung stehen.

„Ich war so sauer auf Elsberg. Hab lange überlegt, wie ich ihn wirklich schmerzhaft treffen kann. Du meine Güte, was für ein Risiko, aber irgendetwas musste ich einfach tun. Sie haben den Brief gelesen?"

Marlene murmelt:

„Sein Wolfi steht ihm nicht."

Er reagiert gar nicht.

Meine hochprofessionelle Schwester lügt eiskalt:

„Wir haben beim Lesen natürlich sofort durchschaut, dass Sie den geschrieben haben."

Da kann ich nicht zurückstehen, darum ebenso cool: „Wissen Sie, dass Elsberg glaubt, ich wäre der Verfasser? Und dass er deshalb mehrfach mein Leben bedroht hat?"

Glatzkopf wird nun noch bleicher, sodass er insgesamt aussieht wie ein Clown im Zirkus. Nur eben trauriger Clown, weil zum Lachen ist Glatzkopf heute echt nicht.

„Das bedaure ich. Ehrlich."

Eine junge Frau steckt den Kopf herein.

„Hellmuth, kommst du dann rüber? Die Elsberg-Leute werden schon ungeduldig."

Marlene, wieder ganz großzügig, ganz lässiger PR-Drachen: „Na gehen Sie schon, wir finden alleine raus."

Hellmuth trollt sich zu seiner Präsentation, die in seinem aktuellen Zustand eigentlich nur kolossal scheitern kann. Dunkle Wolken ziehen wohl über GKK auf.

Und dann hat Marlene eine Idee: „Schauen wir kurz zu Joanas Platz." Gut, why not?

Dort werkt sicher immer noch die gleiche Nachfolgerin und zwingt ihrer Fantasie Slogan um Slogan ab. Jetzt gerade ist sie allerdings mit Hellmuth und den anderen in dieser unsäglichen Präsentationsnummer. Wir stehen ganz alleine in dem kreativen Chaos hier.

Marlene würde gerne auch Joanas Tischkalender ansehen – aber der ist nicht mehr da.

„EFB fertig machen, stand doch so drauf", sagt Marlene, und dann wie bei einem Vorsprechen im Schauspielseminar ein paar Mal, langsam, schnell, laut, leise. „EFB fertig machen. EFB fertig machen! EFB fertig machen?"

Ich male mir inzwischen aus, wie Joana hier an diesem Tisch wohl über ihre Diagnose und die nötige Operation nachgedacht hat. Dahinein klingt Marlenes „EFB fertig machen", und ich sage ganz unüberlegt:

„Aber einen Elsberg kann man doch nicht einfach fertig machen."

Sie stoppt und beglotzt mich, nein eigentlich glotzt sie irgendwie in sich selbst hinein, eventuell nach rechts unten, in Richtung eines bestimmten Organs, und dann:

„Du sagst es. Sie wollte nicht etwas für ihn fertig machen, sondern ihn selbst."

Klingt denkbar. Also denke ich es.

„Nur mal so, als Gedankenexperiment: Am Freitag, den 16., wollte sie Bauer von Elsberg fertig machen. Vielleicht in einem Gespräch, einem Telefonat, einem Brief. Leider kam ihr am 13. eine Operation dazwischen, bei der sie selbst fertig gemacht wurde."

„Eine Operation, die eigentlich Arved Brömsler durchführen sollte."

„Aber Kronabrenner hat sich im allerletzten Moment vorgedrängt und den Eingriff leider, leider verhaut."

„Nein, das kann nicht sein. Eine Kapazität wie Kronabrenner verhaut nicht einfach so eine Operation, so unabsichtlich. Wurde ja auch amtlich bestätigt im Untersuchungsbericht, dass ihm kein Fehler passiert ist."

Sie hat Recht. Wir sehen uns lange an.

„Wenn aber unabsichtlich ausscheidet?"

„Dann bleibt nur – "

„Ununabsichtlich."

22

Sektparty bei Börningers. Ein paar Liter Überraschungen hat unser Alltag ausgeschwitzt, seit wir das letzte Mal hier waren. Nur nichts anmerken lassen, nur einfach professionell Sekt süffeln und elegant Gänseleberbrötchen versenken. Nicht an Elsberg denken, nicht an Kronabrenner, nicht an Joana, Arved oder Else Meer. Quasi harmlose Außenstelle von Oberach am Untersee spielen, quasi „Pension Marlene".

Aber trotz bester Vorsätze: Geht nicht. Natürlich ist der Leserbrief hier bei allen Grüppchen und Gesprächen ein heißes Thema, jeder in diesen Räumen kennt den Brief, und die Details zum Immo-Kaiser und seiner Ehe, Marke „extra dry", haben sich rasch herumgesprochen.

„Das ist schon hart: Sein Wolfi steht ihm nicht", hört man links kichern, und von rechts: „Ich hab gehört, den Leserbrief hat seine Frau geschrieben. Die muss es ja wissen. Und sie soll es schon zugegeben haben, denn die hat ja nichts zu lachen bei ihm."

Kronabrenner ist heute nicht da, und somit fehlt auch Uschi Franz. Dafür lässt sich Agnieszka Brömlser wieder einmal blicken, und wie!

Als Marlene und ich gerade unbeschäftigt herumstehen, klappert sie herbei, weitgehend nüchtern und daher weitgehend unberechenbar, sticht mit dem Zeigefinger auf Marlenes Brustbein und ruft viel zu laut: „Ha, bist du also auch da!"

Wir erstarren.

„Ich weiß genau: Du hast etwas mit mein Arved gehabt", wobei sie sehr schön slawisch „Arrfett" sagt. Und dann bricht sie auch schon in die unvermeidlichen Tränen aus und schluchzt: „Was hast du mit mein Arrfett angestellt, du Luder? Was fährst du durch Gegend mit seine Auto, was du hast gestohlen ihm?"

Marlene ist komplett überrumpelt, und ich muss trotz aller Bruderliebe ehrlich sagen, auch nicht schlecht, das einmal mitzuerleben.

Agnieszka schaltet hoch.

„Hast damals nicht abgefunden mit Liebe zwischen mein Arrfett und mir. Hast gewartet bis ganz normales Problem in Ehe, was nur passieren in eine wirklich gute Ehe. Dann du zuschlägst wie Hyäne und hast gereißt mein Arrfett als Beute, Raubtier du. Und glaubst, ich nicht wissen, ha!"

Ich hatte jetzt ein paar Sekunden meinen Genuss und erfreue mich auch an dem recht treffenden tierischen Vergleich. Aber nun reicht es, und ein verantwortungsbewusster Bruder muss einschreiten.

„Agnieszka, halten Sie Ihren Mund und lassen Sie meine Schwester in Ruhe."

„Halten selber Mund und wieder geben mir mein Arrfett. Ich nur will haben mein Arrfett. Können behalten Auto, wenn wieder geben zurück mein Arrfett."

Rasch hat sich eine lernwillige Gruppe an Zuhörern um uns gebildet, wirklich wunderbar. Alle so schön aufmerksam und interessiert an Details, wie Pensionisten-Reisegruppe im Petersdom oder auf der Akropolis. Kein Tratschen, kein Husten, keine Zwischenrufe.

Bloß Hausherrin Louisa Börninger zwitschert nervös: „Was ist denn hier los?" Wenn es heute wieder einen Skandal gibt, sieht sie sich wohl auf Jahre hinaus am letzten Platz im Dreikampf der edlen Gastgeber-Familien einzementiert.

Agnieszka gibt sehr gerne eine klare Auskunft:

„Dieses Schlampe verführen mein Arrfett, damit machen mit ihr Schweinereien. Dann sie machen mein Arrfett verschwinden, stehlen Auto und lügen hier wie gedruckt."

Der Lügenvorwurf ist schwer zu überprüfen, weil Marlene hat ja bisher kein einziges Wort gesagt.

„Aber, aber, meine Liebe, was sollen denn solche Töne", will Louisa großmütterlich beruhigen.

Doch jetzt steigt auch Marlene in den Ring.

„Agnieszka, können Sie mal eine Sekunde lang ruhig sein und nachdenken?"

„Will ich nicht nachdenken, will ich mein Arrfett. Sofort herausgeben jetzt mein Arrfett."

„Ich hab ihn aber heute nicht mit. Und überlegen Sie mal: Wenn ich etwas mit Arved hätte, warum sollte ich ihn dann zum Verschwinden bringen?"

„Was, soll ich auch noch Entschuldigung ausdenken für dich Misthaufen?"

„Und was soll ich mit seinem Auto, ich hab selber eins."

„Lügen, nur Lügen", schimpft Agnieszka, aber es scheint, der Anfall lässt schon nach.

Doch da wird leider auch Marlene weich: „Und außerdem vermisse ich ihn ja selber so sehr." Autsch, taktisch nicht perfekt.

Agnieska röhrt hoch:

„Was du vermissen mein Arrfett, wenn nicht haben dreckige Grund dafür?"

Sie dreht sich der Vollversammlung der wissbegierigen Börninger-Gäste zu, die wirklich ein Musterbild an Aufmerksamkeit abgeben. Ein paar filmen auch schon mit.

„Na, haben irgendjemand hier vermissen mein Arrfett? Nein? Eben. Nur Dreckstück da vermissen mein Mann, weil wollen selber haben zurück für eigene Schweinereien."

Naja, immerhin ein Teilerfolg, denn wenigstens hat sie von ihrem Verdacht gelassen, dass Marlene ihn beseitigt hätte.

Louisa Börninger hängt sich bei Agnieszka ein und führt sie energisch ein paar Räume weiter, was man sich bei der momentanen Erregung nicht allzu leicht vorstellen sollte.

„Dreckhaufen!", ruft Agnieszka meiner Schwester im Abgang noch zwei, drei Mal über die Schulter zu.

Marlene bleibt mir überlassen, auch kein pures Vergnügen.

Auf einmal sind wir ganz allein. Sie richtet sich die Frisur und streicht sich das Kleid glatt.

„Ein Gutes hat das Ganze aber", sage ich zu ihr. „Agnieszka hat uns daran erinnert, dass wir endlich einmal darüber nachdenken sollten, wer da wirklich mit Arveds Auto durch die Gegend düst."

Marlene schweigt.

„Am Parkplatz von GKK war es abgesperrt, das hab ich selbst festgestellt. Und seit mich der Werbe-Glatzkopf angerufen hat, dass es weg ist, wurde es nicht mehr gesehen."

Marlene trinkt einen Schluck Champagner.

„Ich habe ja eine recht wüste Theorie, bitte lach mich nicht gleich aus. In Arveds Auto, beim Durchsuchen auf Joanas Parkplatz, da hab ich am Beifahrersitz einen weiß-gelblicher Wattebausch gesehen. Ganz unauffällig. Ganz normal im Auto eines Arztes, nicht wahr?"

Marlene streicht sich nochmals das Kleid glatt.

„Ein paar Tage später sehe ich wieder einen solchen Wattebausch. Und wo? Bei Haymerles im Salon, als du mit Kronabrenner gesprochen hast."

Marlene gähnt.

„Ganz in der Nähe stand OP-Schwester Uschi Franz. Und was sehe ich dann? Sie hat genau so einen Watte-bausch in der Hand und tupft sich damit die Wange ab."

Marlene schaut mich mit großen Augen an.

„Also liegt es doch auf der Hand, dass der Watte-bausch in Arveds Golf von ihr war und Uschi Franz mit dem Auto herumkurvt und vielleicht fährt sie damit Friedel K. in die Klinik und wer weiß noch wohin. Aber wenn sie den Schlüssel für den Golf hat, dann muss sie doch auch wissen, wo Arved steckt. Wenn sie ihn nicht selbst irgendwo hingesteckt hat. Den Arved."

Da macht Marlene etwas Merkwürdiges. Sie öffnet ihre Handtasche und dreht sie um. Es fallen heraus: Lip-penstift, Taschentücher, Tampons. Einige Wattebäusche, weiß-gelblich. Und dann, beinahe in Zeitlupe, fällt ein Autoschlüssel heraus und landet sanft auf den Wattebäuschen. Der Autoschlüssel trägt ein Logo, das aus einem V und W zusammengesetzt ist.

Ich schaue langsam vom Schlüssel zur Marlene.

Lange Pause.

„Weißer Golf, oder?"

Marlene nickt.

23

Marlene und ich wollen nun selber gerne mal eine kleine Inseraten-Erpressung à la GKK ausprobieren. Wie fühlt sich das an? Wie weit kann man gehen? Macht das Spaß? Und so treffen wir tags darauf in den abgenützten Büros des Stadtblatts dessen abgenützten Geschäftsführer.

Nach allem, was wir erfahren haben, haben wir ihn uns schon zuvor als ein ziemlich armseliges Lebewesen vorgestellt. Und armselig ist er tatsächlich, au ja. Natürlich haben wir uns nicht angemeldet als Geschwister, die auf eigene Faust geheimnisvolle Todes- und Entführungsfälle in der Werbe- und Gesundheitsbranche aufklären. Nein, wir sind einfach, wer wir wirklich sind: Marlene kommt als PR-Drachen ihrer Farbenfirma, und ich bin ihr dümmlicher Mitarbeiter, haha, tolle Rolle. Ich überlasse ihr die Führung, nachdem sie mir eingeschärft hat, dass ich kein Wort sagen soll: Ihrer Meinung nach merkt man sofort, dass ich über keinerlei Kommunikations-Know-how verfüge. Würde ich es erlauben, sie hätte einen Maulkorb mit und griffbereit in ihrer Handtasche. Nur für den Ernstfall, wie auch immer der in Marlenes facettenreicher Fantasie aussehen mag.

Dieser Zeitungs-Geschäftsführer … also als Angebot im Lampengeschäft wäre er eher kein funkelnder Luster für den Ballsaal. Mehr eine kleine Wandleuchte für den modrigen Durchgang zur Speisekammer oder so eine flackernde Notfunzel, die den Weg zur feuerfesten Hintertreppe weist.

Marlene legt los mit einer umständlichen Erklärung, dass sie eventuell eine äußerst umfangreiche Inseraten-kampagne im Stadtblatt schalten möchte. Ihre Firma ist ja stadtbekannt, Traditionsbetrieb, viele Arbeitsplätze, Innovationsmotor, wertvolle Impulse für die Gesellschaft und dergleichen mehr Gefasel. Gewaltiges Marketing-budget fürs kommende Jahr, und nachdem jetzt prak-tisch schon Weihnachten: höchste Zeit für Buchungen! Bisher kam das Stadtblatt nicht in Frage für ihre Firma, weil nur Interesse an Fachzeitschriften. Aber jetzt neuer strategischer Ansatz, neue Ideen, neue Möglichkeiten! Darum vielleicht künftig doch Stadtblatt.

Der Geschäftsführer beginnt innerlich zu sabbern. Sehe es deutlich an seinem milchigen Blick. Mit einer Powerpoint-Präsentation will er uns gleich eifrig die ver-schiedenen Werbemöglichkeiten vorführen, halbe Seiten, ganze Seiten, Beileger, Themenkooperationen und so weiter. Aber Marlene winkt nach zwei Minuten ab. Das alles kennt sie schon, sie ist ja vom Fach. Sie will keine gewöhnliche Kampagne, sie will etwas Anderes:

„Sagen Sie einmal offen, wir sind ja unter uns: Ange-nommen, wir möchten im Stadtblatt freundliche Berichte über unsere Firma lesen. Keine Werbung, sondern richtigen Journalismus, beziehungsweise das, was wir eben darunter verstehen."

„Und was verstehen Sie eben darunter?", stellt er sich ahnungslos.

Marlene geht bereitwillig ins Detail:

„Mal eine Viertelseite Begeisterung über eine neue Lackrezeptur oder eine schöne Homestory mit unserem CEO oder zwei Spalten Jubel plus Exklusiv-Interview, wenn wir einen großen Auftrag gewonnen haben. Ist das denn möglich?"

Er windet sich pflichtgemäß, weil so direkt darf er das nicht zusagen. Aber aus seiner schwurbeligen Antwort wird klar, dass im Grunde alles geht, und das Wichtigste dann wieder ganz deutlich: „Wenn das finanzielle Gesamtpaket auch für uns stimmt!"

Jetzt legt Marlene ein paar zusätzliche Kilo Deutlichkeit auf die Waage.

„OK, aber wenn dann doch ein kritischer Bericht vorbereitet wird – kann ja sein, vielleicht weil es eine ungünstige Abwassermessung gab oder sich Nachbarn über Lackgerüche aus der Fabrik beschweren wollen. Oder eine Bürgerinitiative meldet sich und möchte, dass Sie über den geplanten Ausbau des Werksgeländes recherchieren, weil da anscheinend ein paar Dutzend Bäume umgelegt werden müssen. Kann man da im Voraus rechtzeitig einen Hinweis an uns schicken, bevor's ernst wird? Oder besser noch verhindern Sie das gleich intern, dass der Unfug überhaupt erscheint?"

Sorgenfalten auf einer Männerstirn in der zweiten Lebenshälfte sind ein Problem. Weltweite Kosmetikindustrie forscht und forscht, aber zehntausende hochqualifizierte Pharmazie-Absolventen bisher im Grunde vergeblich am Werk. Der Geschäftsführer wäre jetzt gerade eine gute Versuchsperson, um die Wirkung einer neuen Creme zu testen, weil enorme Sorgenfalten. Schaut aus wie ganz viele Himalayas und Marianengräben ganz eng nebeneinander. Oder wie Wellpappe unterm Mikroskop.

„Sie meinen … hm, ob wir da etwas Einfluss auf die Redaktion nehmen können und auch mal dummerweise plötzlich zu wenig Platz für einen bestimmten Artikel haben, sodass er leider kurzfristig und endgültig aus dem Blatt rutschen muss? So in der Art, ja?"

Man sieht: Sorgenfalten keinesfalls Zeichen von Dummheit, im Gegenteil. Zeigen, dass sehr gut verstanden wurde. Gerade deswegen ja Sorgen, weil Problem ist fast immer das, was man versteht, und nicht das, was man nicht versteht.

„Sehen Sie, die letzte Entscheidung liegt für sowas natürlich immer beim Chefredakteur. Aber in unserem Fall ist das recht einfach."

Und er legt neben seine Visitkarte, die er uns vorhin übergeben hat, eine zweite. Hübsch sind sie, und wie eineiige Zwillinge, alles gleich: Logo vom Stadtblatt, Adresse, Telefonnummer, Name. Nur ein einziges Detail ist anders, weil zweite Karte sagt „Chefredakteur" genau dort, wo erste Karte „Geschäftsführer" sagt.

Dieser grandiose Kombipack auf zwei Beinen erklärt dann mit gedämpfter Stimme (wieso eigentlich, alle im Raum wissen doch Bescheid), dass Qualitätsjournalismus schön und gut. Sicher super bei New York Times und Le Monde und früher, vor Gorbatschow, auch bei Prawda, aber Stadtblatt spielt leider in zweiter oder eher fünfter Liga. Daher wenig Journalismus und noch weniger Qualität, Sie verstehen schon, und wenn's hart auf hart kommt ist Stadtblatt dann doch mehr Vehikel für Werbung als für Wahrheit und Gesellschaftskritik.

Plötzlich fragte er Marlene mit ängstlichem Blick auf mich: „Kann man dem da auch wirklich vertrauen?"

Marlene wirft die Lippen auf und flötet melodisch wie eine Nachtigall zur Balzzeit: „Ganz sicher, das ist nur unser Betriebstrottel. Kopiert Rechnungen und gießt die Topfpflanzen. Aber weil unsere ISO-Zertifizierung einmal im Jahr Weiterbildung für ausnahmslos jeden Mitarbeiter vorschreibt, hab ich ihn mitgenommen. Ich kann Ihnen garantieren, dass er von unserem Gespräch keinen einzigen Satz verstanden hat."

Diese Niedertracht ist also der Dank dafür, dass ich meine Schwester überall heldenhaft verteidige. Ich schweige beleidigt, was den Trotteleindruck wohl sicher nicht nachhaltig zerstreut.

Nachdem er somit beruhigt ist und sich schon so weit vorgewagt hat, geht Marlene noch weiter.

„Mal angenommen, wir machen bei Ihnen so viel Werbung, dass Sie gar keine anderen Kunden mehr brauchen, nur theoretisch: Können wir uns dann auch die Journalisten aussuchen, die über unsere Firma schreiben? Und wenn wir mit jemand gar nicht einverstanden sind, ist dann auch Einfluss auf die Personalauswahl möglich, Sie wissen schon?"

Eigentlich bin ich doch gerne Betriebstrottel, da muss ich nur beobachten. Zum Beispiel jetzt wie zusätzlich zu Sorgenfalten auch noch Kopfschütteln, fast wie neulich bei Glatzkopf Art Director, aber langsamer, keine Spur von tibetanischer Gebetsmühle, eher Tennis-Schiedsrichter in Zeitlupe, liiinks – reeechts, liiinks – reeechts.

„Meine Liebe, da bringen Sie mich aber in gewaltige Verlegenheit. Oje oje, was soll ich da nur sagen."

Betriebstrottel empfiehlt: Wahrheit, zum Beispiel, wäre eine Möglichkeit.

„Natürlich geht das im Prinzip gar nicht, denn die Personalhoheit liegt immer bei uns als Arbeitgeber. Ich sage aber so: Ohne Einnahmen keine Zeitung, und ohne Zeitung keine Arbeit, und ohne Arbeit auch keine Journalisten. Und wenn jemand hier mit seiner Arbeit unsere Einnahmen gefährdet, kann der Arbeitgeber klarerweise nicht tatenlos zusehen. Schon alleine wegen den anderen Mitarbeitern."

Marlene dreht den Nerven-Schraubenzieher weiter.

„Eines ist mir aufgefallen. Sie haben im Stadtblatt immer wieder Werbung von diesem Immobilien-Kerl Elsberg. Recht viel Werbung eigentlich."

„Hmhm."

„Der ist doch genau so ein wichtiger Kunde mit ganz vielen Einnahmen für Sie."

„Ja, schon."

„Nur mal angenommen, so ein großer wichtiger Kunde, sagen wir so einer wie Elsberg, ist da irgendwie unglücklich mit dem Stadtblatt. Oder mit der Redaktion. Oder mit einer bestimmten Redakteurin."

„Hallo, Moment mal ja, das geht aber zu – "

„Und dieser wichtige Kunde schickt dann jemand Wichtigen von der Werbeagentur vorbei, damit das wieder in eine schöne Ordnung kommt und Sie Ihre Personalpolitik überprüfen und anpassen und das Werbegeld weiter flüssig plätschern kann."

„Wirklich, meine Liebe, Sie stellen da Zusammenhänge her ... also ich muss Sie da jetzt schon ein wenig bremsen."

Haha, Marlene ‚ein wenig bremsen‘, wie amüsant: Der Narr hat ja keine Ahnung, wovon er redet. Marlene in Fahrt ist wie ein Kreuzfahrtschiff, soll heißen Bremsweg enorm. Beispielsweise Befehl von Kapitän zum Stoppen auf der Höhe von Lissabon, und Ozeanriese erst unten in Rio wirklich ganz auf Null.

Sie fährt somit ungebremst fort:

„Ich stell mir das so vor: Nach dem Besuch von diesem Werbe-Schrunzel trennt sich das Stadtblatt eben von jemand. Sie haben, nein, Sie sind ja die Personalhoheit, übrigens schönes Wort, klingt wie der Titel einer Königin. Also Eure Personalhoheit schmeißen jemand raus, Name egal, sagen wir einmal ... was fällt mir spontan ein ... sagen wir der Name lautet mehr oder weniger Meer. Beispielsweise Else Meer, auf die ein so schöner Nachruf in Ihrem Stadtblatt erschienen ist. Die Trennung ist natürlich einvernehmlich, keine Frage, weil, wie haben Sie im Nachruf geschrieben?"

Marlene fingert aus der Handtasche das übel zerknitterte Exemplar mit dem Nachruf hervor, das wir in Oberach als Leberwurstbrot-Verpackung auf der Wiese mithatten. Au Mann, sieht das peinlich aus, Altpapiercontainer wäre echt besserer nächster Lebensabschnitt gewesen für die Zeitung als diese würdelose Existenzform.

„Ach, da steht es ja: *Sie hatte wohl keine anderen Pläne für ihr Leben und hat die neue Ausrichtung, die der Eigentümer für das Stadtblatt plant, für sich nicht mitvollziehen wollen.*"

Geschäftsführer-Chefredakteur hält es nicht mehr aus am Sessel, muss aufspringen. Frosch bei Anblick von unangekündigtem Storchenbesuch nur mäßig guter Vergleich.

„Ja, ja, so war es auch. Wir leben in einem Rechtsstaat, und da hat der Arbeitgeber das Recht, Kündigungen vorzunehmen. Und wir konnten ja nicht ahnen, dass sie dann so tragisch Hand an sich legen würde …"

Die Formulierung würde Matlschweiger gefallen, fast so antik wie ‚dessenthalben'.

Marlene packt die fettige Zeitung und den freundlichen Plauderton ein.

„So, jetzt mal ohne Schnörksel: Sie haben Else Meer rausgeschmissen, weil die Agentur des Herrn Elsberg mit dem Storno sämtlicher Inserate gedroht hat, falls sie weitermacht mit ihren Recherchen. Doch sie hat weitergemacht. Dann hat Eure Personalhoheit zuschlagen müssen, konnte gar nicht anders, oder?"

Two-in-One hebt die Hände wie ein ertappter Bankräuber.

„Und das war nun Ihre Frage, ob Sie diesen Service im Fall des Falles für Ihre Firma auch haben können, nicht wahr? Wenn ein anderer Redakteur einmal auf den abwegigen Gedanken kommt, schlecht über Ihre tolle Firma zu schreiben."

Er schaut wieder zu mir.

„Und der da versteht auch wirklich nichts?"

„Aber nein, doof wie eine Käferbohne." Und zwinkernd zu mir: „Stimmt's?"

Was erwartet sie von mir? Dass ich grinsend nicke?

Mir wäre ein Themenwechsel Recht, darum sage ich „Leserbrief", sonst nichts.

Sie nickt.

„Ach ja, den Leserbrief im Tageskurier haben Sie doch gesehen?"

Die Personalhoheit zuckt kurz zurück wie vor einer Giftschlange, naja, eben wie vor Marlene.

„Also hören Sie mal, dieses Schmierblatt, das steht nochmals weit unter uns. Sie werden doch nicht glauben, dass ich dieses – "

„Aber natürlich lesen Sie es, ich bin ganz sicher Sie verschlingen es täglich, bis Sie's auswendig kennen. Ist doch Konkurrenzbeobachtung, und vor allem muss man wissen, welche Firmen dort Kampagnen schalten, damit man sie anrufen kann und mit eigenen Angeboten anlocken."

„Leserbrief", sage ich wieder, ganz bockig. Die Rolle gefällt mir langsam.

„Genau, danke. Sie haben ihn ja angeblich nicht gelesen, darum lese ich ihn gerne vor. Also da schrieb jemand über das Stadtblatt und Ihren guten Kunden Elsberg:

Wenn Journalisten schreiben, was Manchem nicht gefällt,
dann fällt man Journalisten, so läuft's in dieser Welt.
Die Zeitung braucht Moneten, und wer bezahlt schafft an.
Man trennt sich einvernehmlich, solange man noch kann."

Ich muss zugeben: Glatzkopf hat das eigentlich doch recht hübsch hingekriegt mit diesen Versen, könnten echt auch von mir sein. Verstehe immer besser, dass Elsberg mich als Autor im Verdacht hat. Und Marlene führt das Gespräch ganz souverän. Wir beide sind schon ein tolles Team, speziell ich.

Der Multifunktions-Zeitungsmensch sieht das anders und schlägt auf den Tisch.

„Genug ist genug. Wie Sie richtig sagen: Der Elsberg-Konzern inseriert sehr gerne bei uns. Wir brauchen also Ihre Kampagne nicht. Verlassen Sie dieses Büro."

Marlene steht auf.

„Und Ihren Trottel da nehmen Sie gefälligst mit!"

Marlene legt an, ganz ruhig, ganz beherrscht, Olympiasieger im Biathlon dagegen hektisches Nervenbündel. Mit geradezu delikater Liebenswürdigkeit schießt sie los:

„Was würden Sie sagen, wenn ich Ihnen verrate, dass dieser Mann in Wahrheit der Leiter unserer Rechtsabteilung ist und unser Gespräch für den kommenden Prozess gegen Ihren Verlag mitgeschnitten hat?"

Alle Achtung, Marlene! Danke für die Beförderung, quasi Eure Personalhoheit innerhalb der Familie!

Der Geschäftsredakteur heult auf wie eine Horde Rennautos am Start. Sein Oberkörper fällt leicht vor. Mit der Rechten packt er eine schwere Skulptur auf seinem Schreibtisch, die irgendeinen abstrakten Schwachsinn in Gusseisen darstellt. Nicht nur Agnieszka B. würde den Krempel als „Schweinerei" bezeichnen.

Bevor er das verstaubte Ding in unsere Richtung schleudern kann, ruft Marlene rasch und fröhlich „Aprilscherz!" Draußen vorm Fenster tanzen frühwinterliche Schneeflocken, aber egal.

Dann sagt sie mit höchstem Genuss zu mir: „Und du komm jetzt mit, du Trottel. Der arme Herr da muss sich vom Ausrasten ausrasten."

Unseren Abgang versüßt er uns noch mit der höflichen Bitte:

„Verpisst euch beide, widerliche Schnüffler."

Weltrekord! So kurz wie ich war noch niemand Leiter der Rechtsabteilung eines internationalen Farbenkonzerns. Es waren höchstens fünfzehn Sekunden, aber jede einzelne davon war schön wie ein perfekter Morgen in Oberach am Untersee.

24

„Was kann einen Menschen wie Joana bloß mit all diesen abartigen Figuren verbinden?", fragt Marlene und versucht dabei, aus Arveds weißem Golf die letzten PS rauszuholen, trotz Schneematsch auf der Steigung aus der Innenstadt hinaus.

„Fragst du mich das als Trottel oder als Bruder?"

„Ach komm schon, sei professionell."

„Sie hat für Elsberg getextet. Sie hat mit Glatzkopf Hellmuth gearbeitet. Sie ist Kronabrenner wohl auch mal in der Agentur begegnet. Gegen Ende wollte sie Elsberg fertig machen, kam aber nicht mehr dazu. Friedel hatte sie unterm Skalpell. Genug Anknüpfungspunkte, würde ich sagen."

„Elsberg war auf das Stadtblatt sauer, ja hysterisch wegen der Recherchen von Else Meer. Darum setzt er GKK unter Druck, dass sie ihrerseits das Stadtblatt wieder einmal unter Druck setzen. Diesmal aber mit der klaren Forderung, dass diese lästige Journalistin weg muss. Vermutlich hat sich ja GKK diesmal widersetzt."

„Meinst du jetzt die Agentur oder Friedel himself?"

„Beide, ist doch irgendwie dasselbe: Egal an welcher Tür du bei GKK anklopfst, am Ende kriecht doch ein

Kronabrenner heraus. Also: Elsberg rastet aus, macht ernst und kündigt den Agenturvertrag, Freundschaft zu Friedel vorläufig im Eimer. Und die Party ist aus."

„Nach einer ausgedehnten Schrecksekunde von ein paar Tagen, in denen er seine Texterin aus diesem Leben rausoperiert hat, überlegt es sich Friedel wieder. Und so macht sich der Art Director schweren Herzens – von Chef Friedel gedrängt – auf den bitteren Weg zum Geschäftsredakteur des Stadtblatts und packt alles aus, was er an Druckmitteln so zur Hand hat."

„Das wertvolle Stadtblatt trennt sich lieber total einvernehmlich von Else Meer als vom finanzkräftigen Elsberg-Konzern. Nicht nobel, aber zu erwarten, vor allem wenn man den Typen näher kennt, den wir grade erlebt haben."

„Und Elsberg kehrt – wie hat es Glatzkopf so schön gesagt – in den warmen Werbeschoß von GKK zurück, was Joana aber nicht mehr miterlebt."

Kurzes Schweigen, bevor ich zu den wirklich kniffligen Fragen komme:

„Aber sag mal – zwei Dinge gehen mir nach dem Gespräch mit dem Widerling vom Stadtblatt nicht mehr aus den Kopf."

„Ach ja?"

„Zum einen – wieso meinst du, dass ausgerechnet Käferbohnen besonders doof sind? Und zum anderen – wie kommst du bloß auf die Bezeichnung Schrunzel für unseren glatzköpfigen Freund Hellmuth?"

„Sorry, aber ich muss mich jetzt auf den Verkehr konzentrieren."

Wir sehen uns an und müssen kurz beide lachen. Denn wir stehen schon seit Minuten im Stau vor einer roten Ampel. Aber natürlich bewundere ich Marlenes Verantwortungsbewusstsein auch im Stehen. Und ihre Kreativität im Abwehren meiner Fragen.

Ihre Fahrkünste sind allerdings weniger bewundernswert: Sie verschaltet sich öfters, lässt gern die Kupplung schleifen und neigt zu waghalsigen Bremsmanövern, die mit denen von Ozeanriesen absolut nichts gemeinsam haben, also Vollbremsung Standardvorgang.

„Wo fahren wir eigentlich hin?"

„Nachdem das Stadtblatt uns ja als Inserenten so freundlich abgelehnt hat, müssen wir eine andere Zeitung für unsere angebliche Kampagne finden. Ich will noch mehr wissen. Also, wo fahren wir hin?"

„Zum Tageskurier? Wie du meinst. Können wir aber diesmal bitte die Rollen tauschen, also ich PR-Experte und du Trottel?"

Heute ist offenbar internationaler Tag der Wahrnehmungsstörung, weil die rote Ampel, vor der sich Marlene jetzt so feurig einbremst, sehe ich gar nicht.

„Nun hör mir mal gut zu: Es geht dabei um meinen Mann – "

Agnieszka würde die Besitzverhältnisse rund um Arved wohl etwas anders bewerten, auch wenn Gewohnheitsrecht heutzutage vielleicht wirklich schon über Eherecht steht, wer weiß.

„ – und um meine Freundin, da gibt's keine riskanten Experimente. Weil: Einer von uns beiden hat keine Ahnung von PR, und ich bin's nicht. Was willst du denn antworten, wenn man dich irgendwas Fachliches fragt?"

„Dann lass mich wenigstens am Ende wieder für ein paar Sekunden der Leiter der Rechtsabteilung sein. Und vergleiche mich nicht nochmal mit einer Käferbohne, vor allem nicht zu meinem Nachteil."

Wir rollen langsam wieder los.

„Darüber kann man reden. Das entscheide ich dann aus der Situation heraus, je nachdem, wie es läuft."

Es läuft mal gar nicht so schlecht beim Tageskurier. Auch hier liegen die Führung der Redaktion und die Führung der Geschäfte in guten und vor allem identischen Händen. Beim Tageskurier aber mehr Ehrlichkeit und auch mehr Sparsamkeit, weil nur eine Visitkarte, auf der gleich beide Funktionen stehen. Erspart einem finnischen Bäumchen, den Rest seines Lebens flachgepresst in der Kunstlederbrieftasche dieses Zeitungsmenschen zu verbringen.

Aber dafür ist beim Namen ein Hoppla fällig, weil steht da wirklich „Gerolf Matlschweiger" auf der Visitkarte? Marlene lässt sich nichts anmerken, und ich darf ja sowieso nichts sagen, weil wieder Betriebstrottel.

„Danke für den kurzfristigen Termin. Wir hätten da eine umfangreiche Kampagne vor ..." und so weiter, selbe Story wie vorhin beim Stadtblatt. Inklusive Beschreibung meiner entwürdigenden Funktionsbezeichnung und Aufgabenbereiche, grrr.

Dann aber natürlich thematische Variation durch Marlene:

„Mir ist aufgefallen, dass der Elsberg-Konzern nie bei Ihnen im Tageskurier inseriert, aber enorm viel im Stadtblatt."

Er lächelt gequält.

„Jaja, das hat auch seinen Grund. Es ist so: Mein Bruder Lindolf ist ein hohes Tier bei Elsberg. Wir sind aber wegen eines Erbschafts-Streits seit ein paar Jahren ganz auseinander. Deswegen verhindert er, dass wir auch nur in Betracht gezogen werden, wenn es dort wieder einmal ein paar Werbemillionen zu verteilen gibt. Zwischen meinem Bruder und mir herrscht Schweigen und Eiszeit. Wie man so schön sagt: Freunde sucht man sich aus, Familie hat man eben."

Ungerechte Welt! Da sind Friedel und Wolfi nicht verwandt, gehen trotzdem miteinander durch dick und dünn. Lindolf und Gerolf M. dagegen sind Brüder, aber spinnefeind. Deshalb wurde wohl auch Glatzkopfs vernichtender Leserbrief gegen Elsberg im Tageskurier gerne abgedruckt.

Marlene schaltet um auf ungefragtes Vorname-Sagen. Das tut sie immer, wenn sie von einem Mann was will. Noch ist sie immerhin mit ihm per Sie, aber auch das wird sich rasch ändern, ich weiß es!

„Wissen Sie, Gerolf, wir waren neulich erst beim Stadtblatt. Ist schon beeindruckend. Die modernen Büros, das ehrgeizige Personal, das tolle Management…"

„Ja ich weiß, wir sind da sicher nur die Nummer zwei am Markt. Aber wer einmal im Journalismus Blut geleckt hat, bleibt dabei. Auch als Nummer zwei."

Finde die blutige Formulierung abstoßend, aber gerade darum passend.

„Ja, der Journalismus", so Marlene. „Da fällt mir ein, dass es in der Branche einen traurigen Todesfall gab vor ein paar Tagen."

„Ganz richtig, eine sehr tragische Sache, das mit Else Meer."

„Sehen Sie Gerolf, ich kannte sie. Sie war eine tolle Frau."

„Und eine großartige Journalistin, auch wenn sie fast bis zum Schluss fürs Stadtblatt geschrieben hat."

„Und dann?"

„Naja, sie war nach ihrer Kündigung beim Stadtblatt eine ‚Freie'. Wissen Sie, dass sie dann gleich danach bei uns angeklopft hat?"

„Nein Gerolf, sieh mal an! Das glaubst du doch nicht!"

„Doch doch, aber nachdem sie mir sehr lebhaft geschildert hat, warum das beim Stadtblatt vorbei war, musste ich ihr auch absagen."

„Wieso?", rutscht es mir heraus.

Marlenes Blick zu mir herüber ist vernichtend, aber Tonlage zum Redaktions-Matlschweiger bleibt goldig.

„Entschuldige Gerolf, ist mir peinlich. – Die Absage hing sicher mit deinem Bruder zusammen?"

„Richtig, klar. Hätte ich nach allem anderen auch noch die journalistische Erzfeindin des Hauses Elsberg bei uns im Tageskurier schreiben lassen, wär es wohl endgültig zum Bruch gekommen mit Lindolf. Das hätte mir unser Vater hier nie verziehen."

Er deutet liebevoll auf ein Foto an der Wand. Ein freundlicher damals Fünfzigjähriger lächelt dort in die Linse.

„Meinolf Matlschweiger."

„Und der da?", frage ich und deute auf eine Schwarz-Weiß-Fotografie daneben, geschätzt aus der Zeit kurz vor dem zweiten Weltkrieg.

„Adolf Matlschweiger, unser seliger Großvater. Und um die nächste Frage vorwegzunehmen – "

Er nimmt ein Kinderfoto vom Schreibtisch, zwei mäßig entzückende Knaben lümmeln darauf neben einem Mann. Er sieht Lindolf und Gerolf ähnlich, kann aber auch Einflüsse von Meinolf und selbst dem seligen Adolf nicht verleugnen:

„Das sind meine Söhne Ingolf und Randolf mit ihrem Onkel Rudolf."

Was für eine Sippe! Marlene muss aber unbedingt den schönen familiären Moment mutwillig zerstören:

„Gerolf, bitte entschuldige, aber der Trottel da" – ja, sie meint schon wieder mich, es ist nicht zu fassen! – „ist zwar dummst, aber insgesamt wirklich ganz still und harmlos. Es gehört zu seinem Tick, dass er manchmal einfach mitreden will, und dann plappert er irgendwas."

Mir reicht es jetzt, ich will nicht mehr der Trottel sein. Und um meine Intelligenz zu beweisen, sage ich:

„Else Meer – ein Name mit 50 Prozent e."

Wie Marlene das aufnimmt, sage ich lieber nicht, aber Gerolf muss lächeln.

„Stimmt, vier Mal e auf acht Buchstaben. Ist mir auch schon aufgefallen."

Und zu Marlene: „So dumm ist der ja gar nicht. – Aber ich sag euch Eines – vorher waren es noch mehr e."

Marlene schaltet sich dazu.

„Was meinst du mit vorher?"

„Vor ihrer Scheidung im Oktober. Da hat sie den Doppelnamen mit noch mehr e drin abgelegt."

„Und wie hieß sie bis dahin? Else Meer-Erdbeeren-gelee?"

„Nicht schlecht. Nein, sie hieß Meer-Leberecht. Else Meer-Leberecht."

Leberecht finde ich recht OK, nicht so schön wie Güldenberg, aber auch nicht so schlimm wie Scheiswohl. Goldener Mittelweg sozusagen. Und so reich an – Vitamin E.

Das Gespräch plätschert dahin und versiegt irgendwann als klar wird, dass wir doch keine Kampagne buchen wollen. Aber hier haben wir ja keine Vorwürfe zu machen wie vorhin beim Stadtblatt. Der sanfte Gerolf verabschiedet uns herzlich, längst sind wir alle drei auf „Du" miteinander, wie gute alte Freunde. In dieser Nacht quälen mich Träume von Dölfen, Rölfen und Ingölfen, alle verwandt und wegen ekelhaftester Erbschleichereien untereinander bis aufs Messer verfeindet.

Nachtrag noch zu Arveds weißem Auto, dessen Name sich auf alle Herren Matlschweiger reimt. Dass Marlene die geheimnisvolle Golf-Chauffeurin sein könnte, habe ich zum ersten Mal geahnt, als sie neulich bei Börningers im Rahmen der großartigen Szene mit Agnieszka behauptet hat: „Ich brauch kein Auto, ich hab ja selbst eins."

Weil das war mir als Bruder neu, obwohl ich mit ihr im gleichen Haushalt wohne und ein Wagen sich ja nicht in der Hosentasche oder hinter der Topfpalme verstecken lässt. Und Marlene ist zwar in Sachen Wahrheitsliebe keine Fundamentalistin, aber so platt lügt sie dann doch nicht. Sie hatte zu diesem Zeitpunkt tatsächlich ein Auto. Es hat bloß nicht ihr gehört.

Aber wieso düst sie überhaupt damit herum?

„Einen Schlüssel für den Golf hatte ich immer schon, aber gefahren ist fast nur Arved. Bis er wieder kommt, genieß ich ersatzweise das Auto. Weil im Fahrersitz spür

ich noch eine Ausbuchtung von seinem Hintern, und –
naja, manchmal riech ich da auch dran." Na dann!

Übernommen hat sie das Auto, nachdem ihre
Freundin Helena geschildert hatte, dass man es auf
Joanas Parkplatz bei GKK gefunden hatte – und nach
meiner eingehenden Untersuchung. Arved hatte offen-
bar noch einen Grund, vor seinem Verschwinden bei
GKK vorbeizuschauen.

Und die rätselhaften Wattebäusche? Ein Massen-
artikel, immer in Marlenes Tasche zu finden. Einen
davon hatte sie wohl schon früher mal im Auto verloren,
als sie noch gemeinsam mit Arved drin unterwegs war.
Zumindest diese Spur ist also so heiß wie eine Tief-
kühlpizza vor ihrer entscheidenden Lebenswende.

25

Hoppla, was steht denn da auf einmal in unserem
Wohnzimmer? Annähernd zwei Kubikmeter Gottfried
Konrad Kronabrenner! Liebevoll genannt Friedel, opera-
tiver Doktor der gesamten Medizin, nicht-operativer
90 %-Eigentümer der Werbeagentur GKK, stolzer Besitzer eines Schlosses, eines Weinbergs und mehrerer
unverwechselbarer Krawatten, einflussreicher Freund
von einflussreichen Freunden, Lebenspartner der Uschi
Franz, Arbeitgeber von Art Director Hellmuth Glatzkopf
und zahlreichen weiteren Werbe-Schrunzeln, Geschäftspartner und Spitalskollege von Dr. Arved Brömsler,
Lebensretter meiner Schwester, Glanz und Aufputz der
Feste in den Häusern derer zu Börninger, Haymerle und
Hammerstein.

Wie konnte es zu diesem Besuch kommen? Natürlich durch eine Einladung, wie denn sonst? Nie im Leben wäre es dem wuchtigen Mediziner von sich aus eingefallen, unser Heim aufzusuchen. Eingefallen ist jedoch uns etwas, nämlich wie wir unserer ganzen Wahrheitssuche rund um Joana und Arved den vielleicht entscheidenden Schwung geben können. Denn: Nach wie vor haben wir keine Ahnung, wer Marlene damals zu ihm eingeladen hat und mit welchem Zweck. Doch zumindest ich habe mich längst entschieden: Er selber war es. Wenn man sich sonst wie in einer Festung verschanzt, doch ausgerechnet, wenn wir kommen, sind alle Tore bis zur Haustür offen – was soll das bedeuten? Aber komisch: Wenn dann jemand aus dem Fenster blickt, uns sieht und rasch den Vorhang vorzieht, anstatt uns ins Allerheiligste einzulassen – Erklärung, hm?

Also waren wir mit Kronabrenners Einladung als Muster in einem altmodischen Papierladen und haben uns genau so ein Papier besorgt (irre teuer, aber Marlene setzt es auf ihre Spesenabrechnung bei der Lackfirma). Wir haben daheim draufgedruckt, dass wir uns beehren, den gewissen Herrn Doktor einzuladen, voller Name mit der Hand in Schnörkselschrift auf punktierter Linie. (Wie gern hätte ich einfach nur „Friedel" hingeschrieben, Marlene war dagegen.) Zu einer exklusiven Verkostung von Parmaschinken und Prosciutto aus Ligurien. Wichtiger Hinweis: Achtung – Einladung strikt nur für eine Person! Alles wie beim Original. Damit aber Kronabrenner auch wirklich kommt, hat Marlene mit der Hand noch hinzugefügt: „Werter Herr Dr., nachdem Sie mir bei Börningers wohl das Leben gerettet haben, würde ich mich sehr freuen, Sie zum Dank als Ehrengast begrüßen zu dürfen." Dass Marlene ihn damals am Kuchenbuffet bei Haymerles einladen hätte können statt ihn über seine Einladung zu verhören, lassen wir einfach unter den Tisch fallen.

Den Moment, als wir den Umschlag in den Briefkasten werfen wollten, werde ich nie mehr vergessen. Im ersten heftigen Schneesturm des Jahres standen Marlene und ich zitternd am Schlitz, gemeinsam schoben wir das Kuvert mit der explosiven Einladung rein. Ich hatte es schon losgelassen, sie nicht und zog es wieder raus:

„Nein, wir tun es nicht. Was, wenn er wirklich kommt?"

„Wir tun es. Wir wollen ja, dass er kommt."

„Wir tun es nicht. Der bringt uns glatt um, wenn er merkt, dass wir ihm auf der Spur sind."

„Marlene, er ist Arzt, kein Mörder."

„Er hat Joanas Operation ununabsichtlich verpfuscht. Soweit waren wir uns doch einig."

„Wir wissen nicht, was das konkret heißen soll."

„Sie war nachher sehr konkret tot."

„Das macht ihn noch nicht zum Mörder."

„Würde das Joana auch so sehen?"

„Genau für Joana tun wir es. Und für Arved."

Wir zählten bis drei und ließen das Kuvert dann los, diesmal wirklich beide und gleichzeitig, Marlene mit geschlossenen Augen und angehaltenem Atem, schmelzende Schneekristalle auf den bebenden Lippen. Natürlich wollten wir, dass er kommt. Und dann würden wir alles abstreiten, so wie er. Wir würden sagen: „Wir haben Sie nicht eingeladen, doch nicht in unsere bescheidenen, kleinbürgerlichen Verhältnisse. Sehen Sie doch:

146

Wir haben nichts zu bieten, schon gar nicht – was steht auf dieser Einladung? – Parmaschinken und Prosciutto."

Und wenn er dann um sich sieht, unsere Durchschnittlichkeit, unsere Selbstbau-Möbel, das Aquarium, Marlenes Kakteen, dann muss er wohl denken: Nie im Leben haben die mich eingeladen. Was soll ich hier? Also ist jemand anderer hinter mir her. Sprich mit eigenen Waffen geschlagen. Nachdenken soll er. Und sich ertappt fühlen, aber uns nicht verdächtigen. Ein wenig Angst vor jemand Unbekanntem wäre gut, etwas Respekt, und dann vielleicht ein kleines Geständnis, was auch immer er zu gestehen hat. So ungefähr unsere wirren Träume.

Marlene, ganz die PR-Expertin, hat zur Sicherheit ein paar „Talking points" vorbereitet, also Stichworte, die uns an die zu besprechenden Themen erinnern sollen. Macht sie sonst immer für ihren Lack-Geschäftsführer. Weil der selbst nach all den Jahren anscheinend noch immer nicht von selber draufkommt, was er fünf Minuten lang über seine Firma erzählen soll, der geschäftsführende Dummkopf. In unserem Fall hat sie allerdings eher „Silence Points" notiert, also alles, worüber wir keinesfalls mit Kronabrenner sprechen wollen. So kommt eine bunte Liste zusammen, darauf Themen wie Operationen, Werbung, Immobilien, Journalisten, Partys, Ärzte, Volkswägen, Krawatten, Leber, Inserate, Leserbriefe, Weingüter, Tod.

Und jetzt ist er also wirklich da. Die Einladung hat er dabei, womit er bereits klüger ist als wir damals beim Besuch oben. Ohne auf eine Begrüßung zu warten, streckt er sie Marlene entgegen:

„Danke, das finde ich sehr nett, dass Sie sich für diese Selbstverständlichkeit damals bedanken wollen. Bin ich etwa der einzige Gast?"

Jetzt aber Marlenes höchste Schauspielkunst gefragt, weil sonst ganzer Plan und alle Mühe umsonst, Papierhandlung, Schnörkselschrift, Frieren am Briefkasten, Talking Points, alles.

„Dr. Kronabrenner, was meinen Sie mit Gast?"

Er blinzelt überrascht.

„Ich wurde doch von Ihnen eingeladen."

„Eingeladen? Wir freuen uns natürlich, dass Sie uns besuchen, aber eingeladen haben wir Sie nicht. Was ist das für eine hübsche Karte, die Sie da haben?"

Keine Regung, kein verräterisches Zucken in seinem Gesicht. Er schaut eher wie ein trauriger Hund, dem niemand ein Stöckchen wirft. Langsam gibt er uns die Karte. Wir drehen sie hin und her, tun als hätten wir sie nie gesehen: Großartig vorgetäuschte Verwunderung, so, wie wenn er uns einen Python überreicht hätte, als pfiffige Deko für einen zugleich lebenden und todbringenden Weihnachtsbaum oder als Suppeneinlage statt L-Knödel, quasi Riesen-Nudel.

„Das ist ja gar nicht meine Handschrift", so Marlene. „Da hat sich jemand einen schlechten Scherz mit uns allen erlaubt."

Er schmunzelt kaum merkbar. „Schön, dass Sie trotzdem zufällig gerade zur angegebenen Zeit zuhause sind. Wie gut sich das manchmal trifft."

Autsch. Das läuft jetzt nicht so optimal. Aber es gibt kein Zurück, und so sagt Marlene:

„Jedenfalls danke für Ihr Eingreifen damals bei Börningers."

„Sicher, sicher. Es war da doch recht ernst, Ihre Atemnot, ich erinnere mich."

„Ja, ich war dann kurz bewusstlos, das hätte schlimm ausgehen können."

„Sie hatten sich verschluckt, oder?"

„Naja, genau genommen – " Achtung Marlene, du musst nicht die Wahrheit sagen! Aber sie tut es.

„ – da war ein Zeitungsbericht, und der hat mich an etwas Unangenehmes erinnert."

„Ja, das kenne ich. Man liest und assoziiert etwas und erschrickt. Manchmal ist es ja auch wirklich zum Erschrecken, was in der Zeitung steht."

„Im Stadtblatt zum Beispiel, oder im Tageskurier. Diese Lokalblätter haben oft überraschend engagierte Journalisten. Was die alles herausfinden."

Hoppla, Marlene – was ist jetzt mit den guten Vorsätzen? Und was mit den Talking points?

„Ach so? Wissen Sie, ich lese nur medizinische Fachmagazine. Für Laien natürlich staubtrocken. Aber ich kann mir wie gesagt denken, dass man heutzutage in den Zeitungen viel Schreckliches serviert bekommt. So wie Sie anscheinend bei Börningers."

„Eben. Genau genommen ging es um etwas, was mir kurz vorher auch Dr. Brömsler gesagt hatte."

Kronabrenner bleibt ganz die Ruhe selbst.

„Ach, Sie kennen meinen Kollegen Brömsler?"

„Ich kenne ihn privat recht gut, eigentlich sogar ziemlich gut. In letzter Zeit haben wir uns allerdings etwas weniger oft gesehen."

„Kein Wunder, er ist ja überraschend, wie soll man es möglichst neutral sagen? Unauffindbar?"

„Sie sagen es, so kommt es mir vor. Wobei – ich suche ihn nicht. Bin ja nicht seine Ehefrau."

Uh, verschwundener Arved ist ganz gefährliches Thema. Zeit und Mühe für Talking Points war von A bis Z sinnlos, so viel ist jetzt schon klar.

„Wir haben seitens der Klinik mit Frau Brömsler vereinbart, dass sie vorerst nur privat Nachforschungen anstellen lässt. Wir wollen ja nicht den Eindruck erwecken, er wäre ihr etwa gar davongelaufen, also gut, keine Polizei. Wobei – es gibt ja auch Gerüchte, dass Dr. Brömsler da gewisse Alternativen entdeckt hat, was die eheliche Treue betrifft. Aber entschuldigen Sie, ich belästige Sie mit dem öden Spitals-Klatsch."

Marlene spielt Fasching, Kostüm „Die Unwissende", mit eiserner Beherrschung: „Überhaupt kein Problem. Solche Gerüchte sind immer sehr unangenehm. Natürlich auch für seine reizende Frau, die ist ja glaube ich aus Ungarn oder Russland oder so."

Höchste Zeit, mich ablenkend einzubringen.

„Marlene, sprechen wir nicht weiter von der Klinik, das langweilt den Doktor sicher."

Marlene muss aber weiter mit dem Feuer spielen:

„Genau, sicher fehlt Dr. Brömsler auch anderswo. Ich habe gehört, dass er an verschiedenen Firmen beteiligt sein soll, er hat's nur einmal vage angedeutet. An einem Buchverlag oder einer Agentur, so einer Fotomodelagentur oder irgend sowas."

„Nun, das ist bei uns Medizinern oft so, dass wir noch auf ganz anderen Gebieten erfolgreich sind. Manche musizieren oder sind hervorragende Köche. Und es wird Sie mehr oder eher weniger überraschen: Ich selbst besitze einen Weinberg."

Marlene liegt es sicher auf der Zunge, zu sagen „Ich weiß", aber sie schluckt es im letzten Moment hinunter und sagt stattdessen:

„Dr. Brömsler war in seiner Jugend Schwimm-Champion."

„Mag sein, mag sein. Vor allem ist er ein hervorragender Chirurg, unter den jungen unser bester."

„Der aber auch ausgezeichnete Diagnosen stellen kann. Speziell bei Magen, Galle, Leber. Eine sehr enge Freundin von mir etwa – "

Täusche ich mich, oder ist Kronabrenner nun etwas aufmerksamer?

„ – hatte große Probleme mit der Verdauung, und er hat sie dann zu einer Operation überreden können, die ganz dringend nötig war."

Woah, das Thema Joana ist ja noch viel gefährlicher. Um Himmels Willen, können wir bitte endlich über das Wetter reden oder den letzten Sommerurlaub oder meinetwegen über süße Kätzchen, Hamster und Kaninchen?

Ich will, nein, ich muss uns weg von Joana bringen, wobei mir nicht Besseres einfällt als:

„Fehlt nur noch, dass auch Sie an einer Firma beteiligt sind?"

Auch nicht gerade Baldrian, aber etwas weniger nah an der Schlangengrube rund um das Kunstfehler-Thema.

Kronabrenner winkt ab. „Ach, lassen Sie uns nicht von Arbeit und Geschäft sprechen."

„Jetzt fällt's mir wieder ein", so Marlene, als ob sie die letzten Sätze verschlafen hätte. „Dr. Brömsler war tatsächlich an einer Agentur beteiligt, aber es war eine Werbeagentur. Ganz schwierige Branche. Eine Freundin hat dort gearbeitet. Aber sie hat dann aus Gesundheitsgründen den Job überraschend aufgeben müssen. Leider endgültig."

Sirene! Rotes Alarmlicht! Marlene, lass das!

Kronabrenner nickt. „Werbung ist sicher ein hartes Pflaster. Sehr viel Druck, soweit ich weiß. Sind schon etliche dran zerbrochen, auch in meinem nächsten Umfeld. Aber da herrscht so viel Eitelkeit und Wichtigtuerei. Das finde ich am übelsten. Wer seinen Job nicht mit Disziplin und Selbstüberwindung machen kann, sondern die Wünsche von Kunden immer in Frage stellt, der oder die sollte die Finger davon lassen. Wissen Sie, Patienten im OP sind ja wie Kunden. Da muss man wissen, wie weit man gehen darf. Letztlich entscheidet der Kunde – oder in meinem Fall eben der Patient. Sich widersetzen, bringt da nichts. Sonst setzt einem ein anderer ein Ende, das kann sehr unangenehm sein. Und das gilt wohl auch in der Werbung und jeder Branche."

Sirene im Kopf röhrt irre wie kranke Thrash-Metal-Band, und rotes Alarmlicht wegen Überspannung durchgebrannt. Marlene merkt nichts:

„Genau, denn auch die Immobilienbranche ist nicht ohne, da kenn ich Einen, der sehr unangenehm werden kann." Macht ihr das eigentlich Spaß?

Im Nachhinein wird mir mit Erschrecken klar, dass wir Schmalspur-Detektive wie zwei ahnungslose Paviane mit den Schubhebeln eines startbereiten Jumbo-Jets gespielt haben. Schon mit nur ganz wenig Pech hätte das massiv ins Auge gehen können, denn Kronabrenner ist nicht beschränkt und hat natürlich genau gewusst, was läuft und wieso wir seine Einladung nachäffen. Oder ist es tatsächlich ins Auge gegangen und wir wissen es nur noch nicht? Er hat vermutlich von Elsberg, Glatzkopf Hellmuth, dem Stadtblatt-Menschen und zumindest einem der Matlschweigers erfahren, dass da einer wie ich, manchmal auch ein Geschwisterpaar auftaucht, dumme Fragen stellt und irgendwie ungut auffällt. Dann laden wir ihn noch ein und stellen ganz naiv Zusammenhänge her. Und es gibt keinen Parmaschinken und keinen ligurischen Prosciutto. Mir war sofort klar: Er weiß, dass wir ihn sehr wohl eingeladen haben, und er weiß, dass wir sehr wohl wissen, dass er Marlene eingeladen hat damals. Während wir aber nach diesem Gespräch nicht mehr wissen als vorher, weiß er nun fix, dass wir als Hobby-Detektive hinter ihm her sind.

Denn nachdem das waghalsige Beisammensein ohne noch weitere Eskalationen langsam ausschwingt, wir uns verabschieden und er schon die Türklinke in der Hand hat, kommt er nochmals auf die Einladung zur sprechen:

„Also danke für Ihre Zeit, auch wenn diese Karte nicht von Ihnen kam. Witzig, wer die wohl gesandt hat? Demjenigen hätte ich nur zu sagen, dass man exclusiv mit c schreibt, wenn die Einladung wirklich exklusiv sein soll, Sie verstehen schon."

Natürlich verstehen wir in diesem Moment sehr gut: Er hat Marlene damals alleine in seinem Schloss oben haben wollen. Eben ganz exclusiv.

„Naja, Gefühl für Stil ist nicht jedem gegeben. Vielleicht sehen wir uns ja demnächst wieder. Ich denke, Hammersteins sind als nächste Gastgeber dran. Und dann bitte nichts Beunruhigendes in der Zeitung lesen. Ich bin nicht immer gleich zur Stelle."

Augenzwinkern, Schmunzeln, pfeifender Abgang.

1:0 für Kronabrenner.

26

Wie gerne hätten wir in den letzten Wochen einmal mit Gerd Henzke gesprochen, den Joana uns hinterlassen hat. War aber nicht möglich, weil er geflüchtet ist. Natürlich nicht buchstäblich, aber doch sehr real: Seine Adventistenkirche bietet laufend Rückzugswochen im Gebirge an, hochalpines Kloster mit Gämsen, Adlern und Murmeltieren. Gedanken auslüften, sich selbst spirituell sowie Heidelbeeren und Pilze sammeln (zumindest in der warmen Zeit), und wer weiß, vielleicht dabei sogar unabsichtlich Gott über den Weg laufen oder jemandem in der Art. Gestresste Manager, überlastete Freiberufler und frustrierte Oppositionspolitiker sind total verrückt nach solchen Kloster-Urlauben und machen unzählige Überstunden, um sich die Auszeit von den unzähligen Überstunden leisten zu können. Und unzählige Über-stunden vor allem wichtig, um mit den Nerven auch ganz sicher ganz runter zu sein, wenn man schließlich am Klosterportal anklopft, weil dann fühlt sich der Kontrast im stillen Kloster noch prickelnder an. Ungefähr so, wie nach einer Tafel Schokolade haufenweise Erdnüsse im Wasabi-Mantel.

Das Klosterleben selbst ist ein Traum: Kein Telefon, kein Internet, keine Erotik, kein Frühstück und auch sonst kaum Kalorien, Aufstehen um fünf, Bettruhe um sieben, kaltes Mittagessen, kalte Duschen. Wer kann es Henzke übelnehmen, dass er nach dem tragischen Verlust von Joana eine solche Auszeit gebraucht hat? Für einige Wochen musste die Klinik ohne ihren Verwalter auskommen, und wir ohne die Möglichkeit, ihm ein paar Fragen zu stellen, einfach so unter Freunden. Hätte uns vielleicht manches Erlebnis mit Zeitungsleuten, Immobilienkaisern und einem gewissen Oberarzt erspart.

Doch jetzt ist er wieder da, und es ist gar nicht nötig, das zu bemerken und ihn einzuladen, weil er sich seinerseits gemeldet hat bei Marlene. Also sozusagen umgekehrte Einladung, aber nicht schriftlich und nicht Weinverkostung oder Parmaschinken oder so, sondern am Telefon und einfach mit Marlene plaudern. Marlene und Gerd, der übrig gebliebene Rest des Freundes-Quartetts. Aber nicht jetzt denken, dass die beiden frisch drauflos, weil nun ja versingelt, sondern ganz harmlos und als Freunde und trösten nur mit Worten. Ich war nicht eingeladen, und Marlene zog es auch vor, das Telefonat von ihrem Büro aus zu führen. Kein Problem, ich erfahre ja ohnehin alles von ihr:

„Gerd ist völlig entspannt. Mit dem früheren Leben hat er abgeschlossen, weil er meint, mit Joana sei auch irgendwie sein altes Ich gestorben."

„Gibt er den Job in der Klinik auf?"

„Ja, aber das hatte er vorher schon beschlossen. Er will Kronabrenner nicht mehr begegnen. Weil es war so: Zwischen Joana und Kronabrenner ist es im Zuge dieser Stadtblatt-Sache zu einer Mords-Auseinandersetzung gekommen."

„Schöne Formulierung."

„Joana wusste natürlich schon lang, dass GKK GKK gehört, auch wenn Friedel K. vom Tagesgeschäft weit weg ist. Als sie die Elsberg-Sache und den ganzen Druck von dort auf die Agentur und von dort auf das Stadtblatt und von dort auf die umtriebige Else Meer mitbekommen hat, da hat sie beschlossen, das alles Kronabrenner zu erzählen. Weil sie dachte, als kaum sichtbarer Eigentümer hat er davon keine Ahnung. Und weil sie gehofft hat, dass er Elsberg klar machen wird, dass es so nicht laufen kann."

„Und er?"

„Also er hat anscheinend Joana zugesagt, dass er sich Elsberg widersetzen wird. Und zuerst wars ja auch so, weshalb der Vertrag beendet wurde. Aber dann scheint Kronabrenner aus irgendeinem Grund Angst vor der eigenen Courage bekommen zu haben, weshalb Joana sich nach einem heftigen Streit vorgenommen hat, die Sache eben selbst in die Hand zu nehmen."

Resultat: Kalendereintrag „EFB fertig machen", alles klar. Nur dass es dazu nicht mehr kommen konnte. Weil ja Operation drei Tage vor dem im Kalender vorgesehenen EFB-Fertigmach-Tag.

Marlene holt die inzwischen schon recht geruchsinteressante Ausgabe vom Stadtblatt heraus, wo Elsberg sagte:

Ich habe lange Zeit, bis vor Kurzem, einer sehr begabten Frau vertraut, dass Sie weiß, wo ihre Grenzen liegen. Aber ich habe mich getäuscht. Da musste eine Trennung sein. War sehr schmerzhaft. Und hat mich viel gekostet. Auch emotional.

Frage an Marlene: „Meint er damit nun Else Meer oder Joana?"

„Kann nur Joana sein. Weil der Journalistin hat er nie vertraut."

„Wenn er wirklich Joana meint, dann heißt das: Er wusste, dass ihn die beste Kraft bei GKK bei Kronabrenner angeschwärzt hat. Sie war begabt, und er hat sich getäuscht, dass sie ihm nie in die Quere kommen wird."

„Und als GKK sich dann wirklich querlegt, trennt Elsberg sich von der Agentur und somit auch von der begabten Joana."

„Auch wenn es für ihn ja sooo sehr schmerzhaft ist und ihn – auch emotional! – sooo viel kostet, den alten Sack."

„Dass Friedel ihm dann ja doch wieder alles eingerenkt hat beim Stadtblatt und Elses Rausschmiss erwirken konnte, hat er in diesem Statement natürlich nicht erwähnt. Das hätten sie wohl auch nicht abgedruckt."

„All das weiß Gerd?"

„In Umrissen."

„Und was denkt er über die missglückte Operation?"

„Dazu kann und will er nichts sagen, damit die Wunden nicht wieder aufreißen. Zwischen Kronabrenner und ihm wird's aber keine romantische Beziehung mehr werden."

„Sonst noch was Interessantes?"

„Gerd kannte auch Else Meer."

„Wollte auch er sie loswerden?"

„Aber nein, er und Joana waren offenbar privat eine Zeit lang oberflächlich mit dem damaligen Ehepaar Meer-Leberecht befreundet. Es hat dann aber bei denen zu kriseln begonnen, und Joana und Gerd wollten sich nicht in einen möglichen Rosenkrieg hineinziehen lassen und haben den Kontakt dann versickern lassen."

„Und vorher?"

„Nicht viel mehr als ein paar Kinobesuche zu viert. Aber Eines war doch noch: Ganz kurz vor Joanas Operation gab es eine Nacht, in der Joana nicht heimkam. Gerd ist nicht der Typ für rasende Eifersucht und

Schreiduelle, aber natürlich hat's ihn interessiert, wo sie denn war."

„Ja wo war sie denn?"

„Aussprache mit Else. Hat ihn sehr überrascht."

„Und worüber haben die zwei – "

„Was denkst du? Die Fortpflanzung der Tiefseeschnecken war's wohl nicht."

Klar, wenn Joana und Else in den Tagen vor der Operation noch eine Nacht lang gesprochen haben – da ging es neben ihrer Gesundheit wohl um einen ganz bestimmten Immobilienkonzern, eine ganz bestimmte Werbeagentur und ein ganz bestimmtes Blatt in der Stadt.

„Details weiß er keine?"

„Nein. Zu diesem Zeitpunkt hat's ihn auch nicht interessiert. Er hatte andere Sorgen um Joana so kurz vor der Operation."

„Und Elses Selbstmord?"

„Tabletten, aber das hat ihn nach Joanas Ende natürlich nur in zweiter Linie erschüttert. Else wurde noch lebend in die Klinik eingeliefert, war aber nicht mehr zu retten und ist dort verstorben."

„Und wie war diese Else so privat?"

„Hab ich ihn nicht gefragt. Wichtig?"

„Zumindest interessant."

„Jedenfalls will er raus aus dem Klinikjob und wegziehen. Er hat Verwandte irgendwo."

„Meinen Segen hat er."

„Gutes Stichwort. Er hat dann noch ganz komisch und so völlig entspannt wie nie zuvor gesagt: Ich werde für euch beten."

Ja, ich könnte mich darüber königlich amüsieren. Andererseits, wenn ich ganz ehrlich sein soll: Seinen Frieden und seinen baldigen Abstand von all dem hätte ich jetzt auch gerne.

Einen guten Rat hatte er dann noch: Den Ex-Mann von Else aufsuchen, konkret Frederic Leberecht.

Gerds bezwingende Logik: „Wenn ich was über Else wissen wollte, würd ich ihn fragen."

Wollen wir was über Else wissen?

„Aber sicher, ich will alles wissen", so Marlene. Ihr Wissensdurst ist unersättlich, doch dieser Durst ist im Vergleich zu dem von Agnieszka Brömsler viel gesünder. Zumindest für die Leber, echt.

27

Ein überraschend notwendiger medizinischer Eingriff zwingt mich an dieser Stelle, meine Planungen umzustoßen und Marlene alleine zu lassen. Bevor aber jetzt Spendenkonten eingerichtet werden und bevor wahre Freunde schon mal unverbindlich die aktuelle Preislage bei Kondolenzbüchern und Grablaternen recherchieren – es ist nur eine leicht zu überlebende kleine Harmlosigkeit. Bloß eine Nacht im Spital. Und nein, es ist nicht Kronabrenner, der mich operiert und so praktischerweise die Sache zu einem raschen Abschluss führen könnte oder mir zumindest eine nachhaltige Warnung vor den Bug knallen könnte. Alles ganz normal, alles Routine. Das Ganze gibt mir aber die Gelegenheit, ausgiebig Spitalsluft zu schnuppern und die Atmosphäre aufzusaugen, in der Menschen wie Friedel, Arved, Gerd

Henzke und Uschi Franz gedeihen und Menschen wie Joana vergehen.

Dieses Spital scheint darauf ausgelegt, allen Beteiligten das Leben schwerer zu machen. Die verwinkelte Architektur schafft Nischen, Gänge, dunkle Ecken, Treppen und überraschende Weitungen. Menschentrauben – sind das Patienten? Angestellte? Besucher? Lieferanten? – drängen sich in den engen Gängen, wobei es immer zu wenig Sitzgelegenheiten gibt. Die Weitungen dagegen sind leer. Übermüdete Ärzte eilen hastig von Bett zu Bett, das Essen ist köstlich wie beim Militärdienst, und stets ist man umgeben von Röcheln, Husten, Jammern, Spucken. Mit je zwei offenen Augen, Ohren und Nasenlöchern bekommt man unentrinnbar viel mehr mit von der Erdigkeit des Menschseins als der eigenen Gesundheit gut tun kann.

Aber erfreulicherweise gibt es doch ein paar Grundregeln für das Personal, die Ordnung und Zusammenhänge in das Chaos hier bringen. Mir scheint:

Regel eins: Bewegen muss sich immer der andere. Der Patient oder Besucher ist prinzipiell an der falschen Stelle und muss wo anders hingeschickt werden, auch mit dem simpelsten Anliegen. Niemals im ersten Anlauf ein Erfolgserlebnis ermöglichen, immer weiterverweisen, nie gleich selber zuständig sein!

Regel zwei: Sorge für Überraschungen. Abfolgen von Wegweisern, die angeblich zum Röntgen führen, sollten unterwegs die Beschriftung auf „Urologie" wechseln, sonst aber genau gleich aussehen wie die vorherigen Schilder. Einen Kasten mit dem Hinweis „Nur hier Befunde einwerfen" ohne jede Öffnung ausführen. Klingelknöpfe sind gut zu beschriften, dürfen aber keinen

Ton von sich geben. Hin und wieder einen stillgelegten Aufzug mit dem Schild „Einziger Zugang zur Station" behängen. Auf eine Tür mit der Aufschrift „Auskunft" einen Zettel mit „Klopfen ebenso wie Öffnen aller-strengstens verboten" kleben.

Regel drei: Widersprüche beleben den Kreislauf. Es ist wichtig, dass unterschiedliche Mitarbeiter ganz unter-schiedliche Antworten auf die gleiche einfache Frage geben. Zum Beispiel sollte die Frage „Wo ist bitteschön die Lungenambulanz?" zu einer bunten Fülle an glaub-würdigen Hinweisen führen, alle mit großer Überzeu-gung vorgebracht, und freundlich, dann wirkt's besser.

Regel vier: Nie gleich Zeit haben, wenn jemand was will. Besucher und Patienten dürfen, ja sollen zugleich den heiteren Personal-Plausch in der Teeküche gerne mitbekommen, aber nie im Irrglauben bestätigt werden, die Beteiligten hätten Muße für irgendwelche neben-sächlichen Anliegen.

Gleich nach meiner Aufnahme und Ablegen meiner wenigen Privatsachen in der zugeteilten Krankenzelle sitze ich im Spitalsbuffet herum und beobachte die Leute. Es gibt sonst einfach nichts zu tun hier, und das asthma-tische Rasseln aus den Zimmergenossen konnte mich dort nicht lange halten. (Marlene habe ich übrigens jeglichen Besuch strikt untersagt. Sie soll sich gerne ungestört um die Lack-Marke kümmern und ihren duss-ligen Geschäftsführer für seinen nächsten Auftritt mit frischen „Talking Points" aufmunitionieren.) An den Tischen rundherum Patienten in ihren lachhaften Spitals-Nachthemden und Schlafmänteln, in weißen Söckchen und Hausschlappen. Ich würde schon alleine von diesen erniedrigenden Accessoires krank werden, wenn ich hier länger bleiben müsste. Neben ihnen an den Tischen im Buffet Besucher, Verwandte, Freunde, alle kerngesund, ordentlich gekleidet und sehr fröhlich, dass sie bald wieder dieses verkeimte Patientengefängnis verlassen können.

Fragen drängen sich auf: Ist Joana in den Stunden vor ihrer Operation auch mal hier gesessen, vielleicht Händchenhaltend mit Gerd Henzke bei einem köstlichen Cappuccino aus dem Automaten? Hat sich Arved hier gelegentlich einen Imbiss besorgt, bevor er dann wieder rauf musste, zum Beispiel um Kronabrenner bei einem Eingriff zu assistieren? Oder trifft sich Uschi Franz hier manchmal mit Kolleginnen auf einen Tratsch bei heißer Schokolade und Streuselkuchen?

Aber – – – da ist sie ja! Draußen am Gang vor dem Buffet sehe ich Uschi F., wie sie langsam vorbeischreitet und dabei ein Telefongespräch führt. Das freut mich. Impulsiv wie ich bin, rufe ich laut „Schwester Fraa-haa-hanz!" und winke ihr zu.

Und was macht sie? Schreckt auf, schaut sich um, entdeckt den winkenden Mann da im Buffet. Dann realisiert sie, wer der Winker ist, und plötzlich hat sie es ganz, ganz eilig wegzukommen. Hoppla, so geht das aber nicht!

Weil ich ja nicht wirklich krank bin, stehe ich nach zwei Sekunden draußen und sehe sie am Ende des Korridors um die Ecke wetzen.

„Schwester Franz!", schreie ich ihr nach, und wohl auch ein-, zweimal streng „Uschi, stopp!", ich gebe es zu. Doch es nützt nichts. Sie hat hier Heimvorteil und weiß genau, wie sie mir entkommen kann – warum auch immer sie meint, dass das jetzt nötig ist.

Allerdings wieder mal ausgleichende Gerechtigkeit, an die ich von nun an so wie Elsberg glaube: Ich habe hier Patientenvorteil. Mit einer kleinen Notlüge, in deren Mittelpunkt eine angeblich gefundene Geldbörse steht, erreiche ich beim Haupteingang, dass über die Sprechanlage im ganzen Spital ausgerufen wird, Schwester Uschi Franz solle sich unbedingt bei der Hauptinformation melden. Schlauerweise mache ich das aber erst nach einer halben Stunde, damit sie nicht gleich durchschaut, dass ich dahinterstecke und etwa nicht kommt.

Die Minuten nach der Durchsage verbringe ich auf einer nahegelegenen Polsterbank am Gang, zugegeben etwas angespannt: Wenn sie kommt, was sage ich zu ihr? Was will ich eigentlich von ihr? Und sie? Wird sie gemeinsam mit einem sadistisch grinsenden Friedel erscheinen, der schon Skalpell und Spritze schwingt und mich binnen Minuten zur Strafe für meine Frechheit verstümmeln wird? Die Minuten dehnen sich endlos. Ganz sicher verkriecht sie sich in irgendeinem trostlosen Untersuchungsraum oder unten in der Leichenkammer, weil sie die Begegnung mit mir um jeden Preis vermeiden will, die feige Nuss.

„Also gut, hier bin ich. Was soll das Ganze?", sagt sie da neben mir, hat sich von hinten angepirscht wie ein Löwenjäger.

„Na, das frage ich Sie. Ich hab Sie von der Cafeteria aus gesehen, und dann sind Sie einfach davongelaufen."

Prompt kommt die absehbare Antwort: „Ich musste zu einem Notfall."

„Ich war vorhin bloß erfreut, Sie zu sehen. Bin ja sonst kaum hier. Kenne Sie von den Partys bei Börningers und so."

„Ja, ich erinnere mich."

„Schön."

Um Himmels Willen, und was nun?

„Was sagen Sie dazu, dass Gerd Henzke die Klinik verlässt?" Etwas Besseres fällt mir nun wirklich nicht ein. Und ich weiß immer noch nicht, worauf ich hinauswill, da auf der Polsterbank neben ihr. Sektenjünger und Mitarbeiter von Spendenkeil-Organisationen haben es da besser: bestens geschult für sanft-unwiderstehliche Überwältigungsgespräche, direkt aufs Ziel losmissionieren und auf jeden Einwand eine psychologisch ausgefeilte Antwort. Bei mir dagegen: Nichts als unbeholfene Ziellosigkeit. So kann sie mir leicht ausweichen:

„Ich habe mit der Verwaltung nichts zu tun. Nur mit dem medizinischen Personal."

„Mit Dr. Kronabrenner zum Beispiel."

„Ja, natürlich auch."

Da geht die Schiebetüre auf, die die Klinik vom kleinen Rest des Universums trennt, eben Haupteingang. Wer stampft da auf der frühwinterlich-matschigen Schuhabstreifmatte herein? Die gesamte Marlene, in voller Pracht und in voller Fahrt und in voller Missachtung meines ausdrücklichen Besuchsverbots.

Und schon hat sie mich da mit Uschi Franz entdeckt.

„Ah, wie praktisch euch beide gleich gemeinsam zu treffen", trällert sie und setzt sich an meine andere Seite.

Und ansatzlos zu Uschi F., über mich hinweg:

„Haben Sie die Zeitung noch, die Sie damals bei Börningers eingesteckt haben, Sie wissen schon, als es mir nicht so gut ging?"

Ich eingeklemmt zwischen zwei Schwestern: Die professionelle Schwester schaut die leibliche Schwester ratlos an, dann ebenso mich, und ich ebenso Marlene. Wovon redet sie bloß?

„Ja, da staunt ihr alle beide. Mir ist nämlich wieder was eingefallen. Hab die Zeit ohne dich daheim genützt, um nochmals eine Gedankenreise zurück aufs Gnufell zu machen. Und siehe da, es hat was geklärt. Sie müssen doch jetzt nicht zu einer Visite?", lächelt sie zu Uschi Franz hinüber, die schon den Hintern leicht angehoben hat zum Aufstehen. Marlene legt ihr die Hand auf den weiß bekittelten Oberschenkel. Es ist kein kumpelhaftes Tätscheln, schon eher eine Art Verhaftung durch den festen Druck zurück auf die Bank. Das ganze Gespräch läuft weiterhin über mich hinweg.

„Also Folgendes: Bevor ich mich damals fast tödlich verschluckt hätte, hab ich in einer Zeitung etwas gelesen, und das hat mich erschreckt. Dann war ich kurz außer Gefecht, aber gleich nachher hab ich nach diesem Blatt gesucht. Weil ich wusste nur mehr ein Detail und hatte den ganzen Zusammenhang vergessen. Aber die Zeitung war weg. Seither war ich die ganze Zeit sicher: Die hat jemand absichtlich verschwinden lassen. So wie auch den, hm, edlen Schlips vom Doktor."

Uschi Franz lächelt unsicher. „Sie meinen eine – Krawatte?"

„Ja, die mit den schönen Leberblümchen. Kronabrenner hat sie laut Zeugen damals abgenommen, als er mich wiederbelebt hat, und dann war sie nicht mehr zu finden. Uschi, Sie wissen natürlich, was dann eine Woche später bei Hammersteins um den Doktorenhals gebunden war. Und da denke ich mir, wer die Krawatte eingesteckt und dann wieder zum Vorschein gebracht hat, derselbe hat auch die Zeitung mit dem gefährlichen Artikel aus dem Weg geräumt. Oder es war eher eine Dieselbe, nicht wahr?"

„Du meine Güte, es gibt ... ich meine, wir lesen viele Zeitschriften."

„Wer ist ‚wir'? Sie und Friedel the Doc, was? Hören Sie, er war neulich bei uns auf Besuch und hat uns erzählt, dass er nur medizinische Fachliteratur liest."

„Er? Bei Ihnen auf Besuch? Und wieso sagen Sie zu ihm – "

Pffrrrmmmm, Dampfwalze Marlene fährt einfach drüber, macht schon Freude, sogar wenn eingeklemmt zwischen den beiden.

„Ich würde einfach gerne wissen, warum Sie damals Krawatte und Zeitung eingesteckt haben. Muss einen guten Grund gegeben haben. Sammlerleidenschaft wird es ja nicht gewesen sein."

Uschi F. lehnt sich seufzend zurück.

„Bedaure, aber ich weiß wirklich nicht, was Sie da von mir wollen."

Doch dabei rutscht ihr das Papierbündel, das sie die ganze Zeit umklammert hat, aus der Hand. Die Blätter verteilen sich am Boden, und Umstehende helfen gleich beim Einsammeln. Wir beide natürlich auch, sind ja keine Unmenschen.

Marlene hält ein Blatt fest und starrt es an.

Da kreischt Uschi Franz auf: „Geben Sie das sofort her!", und entreißt der verdatterten Marlene das Blatt.

„Das sind strengstens vertrauliche Patientendaten. Was erlauben Sie sich!"

Sie packt das ganze Bündel, und ohne ein weiteres Wort entfleucht damit sie ins Innere des Baus.

Nach ein paar Schrecksekunden muss ich mein Schwesterchen zurechtweisen:

„Mensch, das find ich aber auch echt grenzwertig, wenn du da Befunde von wildfremden Leuten studierst."

„War nicht wildfremd. Und auch kein Befund. War zufällig der Totenschein von einer ehemaligen Patientin, die ich kannte."

„Wieso – welche Patientin denn?"

„*Ehemalige* Patientin, weil wie gesagt: Totenschein."

„Also wer jetzt?"

„Else Meer."

28

Der als harmlos angekündigte Eingriff am Nachmittag war wirklich harmlos, und die folgende Nacht im Großen und Ganzen auch. Mit Ohrstöpseln und Augenmaske kann ich ein paar Stunden schlafen. Keiner in meinem Zimmer verstirbt, und am nächsten Tag kann ich gegen Mittag wieder der Menschheit zugemutet werden.

Kaum bin ich daheim und habe mit Marlene ein paar Belanglosigkeiten über meine Gesundheit gewechselt, kommt ein freundlicher Anruf:

„Hören Sie mal, Elsberg möchte Sie nochmals sprechen. Am besten sofort."

Aha, unser nichts ahnender Verbündeter Lindolf Matlschweiger, in Diensten seines Chefs. Ich sage ihm zu, aber ich will auch meinen Spaß haben. Darum:

„Schöne Grüße an Ihre Brüder Gerolf und Rudolf. Und auch an Ihre Neffen Ingolf und Randolf."

Bevor er noch reagieren kann, beende ich das Gespräch. Wird sicher lustig, wenn wir uns gleich sehen.

Und noch wesentlich lustiger dürfte es werden, weil ich Marlene das von ihr um jeden Preis erbettelte Mitkommen nur unter folgender harter Bedingung gestatte: Nachdem ich zuletzt zwei Mal der Trottel und sie die Expertin war, machen wir es nun umgekehrt – auch weil Elsberg mich ja schon kennt, sie dagegen bloß kurz auf ein paar Partys gesehen hat. Zähneknirschend akzeptiert sie das, ohne zu ahnen, worauf sie sich einlässt. Ich habe schon eine ausgezeichnete Idee. Ha, das wird ein Spaß!

Wir treffen also zu zweit am Sitz der Elsberg-Konzernverschachtelung ein. Unten erwartet uns bereits Lindolf Matlschweiger. Er wippt ungeduldig auf den durchtrainierten Achillessehnen, die freilich heute unter einem grauen Anzug (blitzblau steht ihm besser) mit Business-Socken vollständig versteckt sind. Er schaut uns etwas verwundert an:

„Sie sind … ?", fragt er Marlene.

„Bloß meine Tippse", sag ich ganz schnell, bevor sie sich mit irgendeiner bombastischen Funktion vorstellen kann. Luft geholt dafür hat sie schon.

Über „Tippse" darf sich jetzt nur jemand aufregen, der sich vorhin auch über „Betriebstrottel" aufgeregt hat, weil Tippse ist im Vergleich dazu ja ein Ehrentitel. Marlene – noch kocht sie nicht vor Zorn, aber an die 97 Grad dürften es bereits sein. Es beginnt schon, amüsant zu werden, prickelt so lustig im Bauch. Ich will mehr davon.

Darum, hinter vorgehaltener Hand, aber eben doch so laut, dass Marlene es auf jeden Fall hören muss:

„Nur so eine billige Karenzvertretung von der Arbeitsvermittlung. Die hatten leider nichts Besseres im Angebot, Niveau katastrophal, es ist ein Jammer. Ich hoffe, Ihr Chef ist nicht irritiert."

„Sie wissen doch, Elsberg ist nie irritiert", so seine rechte Hand. Kann ich persönlich nach dem letzten Gespräch mit ihm nicht hundertprozentig bestätigen, auch nicht fünfprozentig, aber egal.

Oben: Siehe da, wir werden bereits erwartet. Heute trägt unser herzensguter Immobilienfreund ein honigfarbenes Halstuch mit erlesenem Wabenmuster. Elsberg lächelt schleimig wie ein Portier im Fünfsternehotel. Dann sitzen wir uns zu viert an einem Tisch aus rötlichem, für so ein Möbel eigentlich viel zu weichem Holz gegenüber, Birnbaum oder sowas. Elsberg eröffnet die Partie, er spricht diesmal in ganzen, für seine Verhältnisse sogar recht langen Sätzen.

„Ich wollte mich zuerst einmal bei Ihnen entschuldigen."

Oh la la, der Konzernchef hat ein schlechtes Gewissen. Komfortables Gefühl.

„Sie müssen nach unserem Gespräch damals den Eindruck gehabt haben, ich wäre aufgeregt und über Sie verärgert."

Was heißt verärgert, geplatzt wäre er fast vor Wut!

„Aber ich war nicht aufgeregt."

Nachdem er nur das bestreitet – was absolut lächerlich ist – gibt er also zumindest den Ärger zu.

Offenbar sind diese drei Sätze das, was man in der gehobenen Immobilienbranche unter ‚Entschuldigung‘ versteht. Denn ab hier ändert sich die Tonlage, quasi statt freundlichem Bienensummen nun zorniges Hornissengezisch. Mein komfortables Gefühl verabschiedet sich und verlässt den Raum. Schade drum, war nett.

„Jetzt Folgendes: In den letzten Tagen lief hier das Telefon heiß. Menschen, die ich nur ganz oberflächlich kenne, erzählen mir unaufgefordert von Ihnen und Ihren … Nachforschungen. Plötzlich stehe ich im Rampenlicht, und es ist keine vorteilhafte Beleuchtung. Ich mag es nicht, wenn andere über mich befragt werden. Und wie Sie sehen, erfahre ich das sofort. Am besten fragen Sie mich alles direkt. Verhindert Missverständnisse bei Ihnen und bei mir, und lässt meinen guten Namen sowie meinen exzellenten Ruf unangetastet.“

Seinen angeheirateten guten Namen meint er wohl, der Bauer.

„Also was sollte diese dumme Fragerei?“

Kurze Pause, weil interessant, was er so unter „oberflächlichen Bekannten“ versteht. Ich kann mir natürlich denken, wer ihn da zuletzt wegen mir und Marlene angerufen hat: Doktor Friedel K. zum Beispiel, den er ja nun wirklich nur ganz flüchtig kennt. Oder der Stadtblatt-Chefredaktions-Geschäftsführer, der Elsberg und vor allem seinem Werbebudget hündisch ergeben ist und für ein paar Inserate auch nackt im Handstand den Times Square überqueren würde. Mit rauchender Pfeife im Mund drin oder gerne auch sonstwo, Herr von Elsberg, ganz wie Sie wünschen: Bitte stecken Sie mir die Pfeife doch einfach selbst dorthin, wo Sie es am angemessensten finden, und dann reden wir ganz entspannt über die nächste Kampagne.

Bevor ich noch etwas sagen kann, schnappt Elsberg hinüber zu Marlene: „Und was sind eigentlich Sie? Das Betthäschen von diesem Komiker?"

Hoppla, wie dumm so ein Erfolgsmensch doch sein kann: Denn jedes, wirklich jedes Thema hätte er ungestraft anschneiden könnten. Bloß dieses eine nicht, das meine Tippse einfach nicht unkommentiert lassen kann.

Ihr Kommentar:

„Vielleicht haben Sie Recht. Dann geht's wenigstens zwischen uns kerngesund zu. Kann man nicht von allen behaupten. Wenn ich etwa überlege, was mir meine Freundin Rita so erzählt ... was die mit ihrem alten Immobilien-Schlaffi daheim erlebt, oder eigentlich: Was die leider alles nicht mit ihm erlebt, die arme Frau."

Er fasst sie scharf ins Auge, Sehschlitze noch dünner als Ausgabe vom Stadtblatt, wenn wieder Mal keine Inserate von seinem Imperium drinnen sind. Um Matlschweigers verkrampfte Hände auf der polierten Hochglanz-Birnbaum-Tischplatte sieht man einen Feuchtigkeitsfilm sich ausbreiten, wenn man den Kopf etwas schräg hält.

Elsberg zu Marlene: „Alles Blödsinn. Sie kennen Rita gar nicht. Aber ich kenne Sie von irgendwo. Hab Sie schon manchmal gesehen."

Vor seinem inneren Auge rattern jetzt wohl all die Szenen vorbei, die seine aride Existenz ausmachen – hingebellte Anweisungen an Lindolf, schaurige Wutexzesse bei GKK, Hass und Angst betreffend Else Meer, Verhandlungen mit widerspenstigen Geschäftspartnern, von jeglichem Prickeln fein säuberlich freigehaltene Abende neben Rita, Partys bei Börningers & Co. Und da hat er nun den Konnex. Er lächelt mich an.

„Natürlich, bei Börningers. Dick und Doof in einer Person. Das ist also … wie war der Name doch gleich … Marlene."

„Hören Sie, sie ist wirklich meine Tippse."

„Wie Sie wollen. Aber dann sollten Sie sie besser erziehen."

„Werde mich bemühen. Ist aber nicht leicht. Sie ist widerspenstig."

„Und trotzdem nehmen Sie sie auf Partys mit, wo sie dann vor allen Augen fast abkratzt, weil sie zu dumm zum Runterschlucken ist?"

„Naja, zumindest konnte Friedel so sein Können vor allen Augen zeigen."

„Was Friedel kann, weiß jeder. Dazu braucht keine Tippse eine Hustenszene aufzuführen."

Marlene muss über den Dialog fast ohnmächtig vor Zorn sein, aber sie hält sich tapfer. Für mich ist dieser kurze Abschnitt des Gesprächs wie Balsam nach all dem Gerede vom „Betriebstrottel" bei den Zeitungen. Die ausgleichende Gerechtigkeit – nicht nur Elsberg glaubt daran, auch ich mehr denn je. Doch er holt mich zurück:

„Also jetzt, was wollen Sie mit all Ihrem Herumgefrage?"

Nun gut:

„Sie erinnern sich an unser erstes Treffen?"

„Und wie."

„Ich hab Sie auf den gekündigten Vertrag mit GKK angesprochen. Aber Sie haben mir damals nicht verraten, dass Sie inzwischen ja schon wieder in den warmen Werbeschoß der Agentur zurückgekrochen waren."

„Schöne Bilder, die Sie so verwenden."

„Sind nicht von mir. – Die Rückkehr kam erst, nachdem die Texterin Joana – nach Ihrer Aussage der beste Kopf der Agentur – ausgeschieden und verstorben war. Und nachdem die Agentur sich dann doch beim Stadtblatt erfolgreich für die Entlassung von Else Meer eingesetzt hatte."

„Und wenn es so wäre?"

„Da frage ich mich, wieso Ihr Busenfreund Kronabrenner sich Ihnen zuerst widersetzt hat, dann aber doch plötzlich doch wieder gefällig zu Diensten war. Mir scheint, dass da dazwischen möglicherweise was passiert ist, um seinen Sinneswandel zu beschleunigen. Habe da ein paar unschöne Vermutungen. Wäre nett, wenn die nicht stimmen."

Elsberg blinzelt mich an.

„Marlene … ich meine Ihre Tippse schreibt gar nichts mit. Merkwürdig für eine Tippse."

Nachdem mir Marlene einen Fußtritt unterm Birnholztisch verpasst, sollte ich vermutlich etwas Freundliches über sie sagen.

„Meine schreibt nicht mit. Meine denkt mit."

Matlschweiger, der matte Schweiger, schaut mich fragend an. Hab ihm im Aufzug eine andere Wahrheit über sie vermittelt, aber jetzt gibt's kein Zurück für mich:

„Sie denkt echt gut."

„Dann soll sie glücklicher schauen. Weil denken tut nicht weh."

„Was ist jetzt mit meiner Frage wegen Friedel Kronabrenner und dem Druck auf die Redaktion?"

„Was soll damit sein? Friedel hatte zuerst Bedenken gegen meine Wünsche, aber dann hat er es sich eben doch anders überlegt."

„Sie selbst haben nie in der Redaktion vorbeigeschaut, in eigener Sache? Beim Stadtblatt und seinem engagierten Chefredakteur?"

„Blödsinn. Damit ich dort mit etwas Pech dieser elenden Schlange von Journalistin begegne und ihr womöglich den Hals umdrehe? Nein danke."

„Was wusste Else Meer denn über Sie, was keiner wissen darf?"

Da lächelt er schlau.

„Sagen wir so: Ich glaube an die ausgleichende Gerechtigkeit, ganz bestimmt."

Ja, den Satz habe ich sehr aufmerksam in seinem Stadtblatt-Kurzinterview gelesen.

„Und Gerechtigkeit heißt für Sie?"

„Dass dort Ruhe einkehrt, wo es zu laut wird. Von selbst, ohne dass ich einen Finger dafür rühren muss. War ja dann auch so mit dieser Meer."

„Aber vielleicht trauert ihr jemand nach."

„Da kommen nur zwei in Frage. Ihr Ex-Ehemann trauert wohl kaum. Und Kronabrenner kann sich ja jetzt wieder ersatzweise mit seiner flotten Krankenschwester, dieser Franz, trösten."

Ho – pp – la?

Marlene stößt mich heftig unterm Tisch, und ich interpretiere das richtig als strategischen Rat, mir nichts anmerken zu lassen.

Sie säuselt: „Wie lange war Kronabrenner denn eigentlich mit der Meer zusammen?"

Elsberg zu mir: „Ihre Tippse ist für meinen Geschmack viel zu neugierig."

„Für meinen auch. – Wie lange also?"

„Keine Ahnung, das weiß wohl nicht einmal die arme Franz. Aber sie wusste bestimmt, dass ihr geliebter Friedel etwas ganz Anderes als Schach, Memory oder Sackhüpfen mit der Meer spielt."

Wobei eigentlich ‚Sackhüpfen' den wahrscheinlichsten Zeitvertreib der beiden aus gewisser Perspektive gar nicht so schlecht – na egal.

„Und was, Elsberg, sagen Sie dazu, dass Ihr bester Freund mit Ihrer besten Feindin – "

„Blödsinn, kümmert mich nicht. Kronabrenner ist nicht mein Freund. Ich verwende ihn lediglich für meine Zwecke. Ganz freundschaftlich."

29

Es spricht natürlich nicht unbedingt für einen lückenlosen Datenschutz in der Klinik. Aber ich verstehe jetzt, wieso Uschi Franz sich den Totenschein von Else Meer organisiert hat. Denn wenn der Herzensmann eine andere hat, und die bringt sich dann um – da will doch jede Frau mehr drüber wissen. Und für Info über Todesursache keine bessere Quelle als Totenschein.

Elsberg hat abschließend noch gemeint, dass wohl Elses Affäre mit Kronabrenner der Grund war für die Trennung des Ehepaars Meer-Leberecht. Und dass der Doktor sich eben entscheiden musste, entweder die Interessen seines besten Auftraggebers bei der Zeitung durchzusetzen oder seine Geliebte dort zu schützen. Hat sich zuerst für die Geliebte entschieden, aber beim Nachrechnen der Agenturhonorare dann doch für den Kunden, der mit der Kündigung ernst gemacht hat. Dachte wohl: Prio 1 ist Elsberg mit seinen Aufträgen, gleich danach Prio 1,5 ist Else, und das versteht sie schon. Aber sie hat sich eben den entscheidenden halben Rang weiter oben gesehen und aus der Realität die Konsequenz gezogen. Friedel hat somit Elsberg wiedergewonnen, aber Else verloren. Alles eine Frage der Prioritäten.

Nach der Verabschiedung drängt uns Matlschweiger zum Lift, obwohl das eine Stockwerk runter zu Fuß recht gut machbar wäre. Was er will, wird gleich klar: Kurz nach dem Losfahren legt er den Notstopp-Schalter im Lift um und wir stecken fest. In mehrfacher Hinsicht.

„Nicht, dass Sie da einen falschen Eindruck mitnehmen. Elsberg ist in der Sache nicht so entspannt, wie er es darstellt. Weil als er kapiert hat, dass Kronabrenner mit seinem Hassobjekt eine heftige Affäre hat, ist er kurzzeitig ausgerastet."

„Wieso?", fragt meine schwesterliche Tippse.

„Weil er diesen Paarlauf dem Doktor natürlich als Illoyalität ausgelegt hat."

„Aber wenn der die Frau nun mal liebt?"

„Sowas versteht Elsberg nicht."

„Arme Else. Und arme Rita."

„Er hat sich schon vor Gericht und im Kerker gesehen, weil er befürchten musste, dass Kronabrenner der Journalistin in seinen Armen in der einen oder anderen schwachen Stunde ein paar Elsberg-Interna erzählt hat. Darum der ganze Druck, den er dann entfaltet hat. Es gab da ein paar recht intensive Telefonate und Gespräche."

Also nicht Joana, sondern Else war der eigentliche Grund für das vorübergehende Zerwürfnis samt Vertragsende. Es war somit eine Sache des Herzens und nicht der Leber. Erfreulich.

„Und dann der Leserbrief, wo im Grunde alles drinnensteht – wenn man etwas Bescheid weiß. Elsberg gibt mittlerweile zu, dass der nicht von Ihnen war. Er hat schon einen fixen anderen Verdacht."

„Und wen verdächtigt er?"

„Sagt er nicht. Das einzige, was er sagt, ist, dass er den Absender umgehend und endgültig fertigmachen wird. Beruflich ruinieren und so."

Reizend, was auch immer „Und so" umfasst. Da sollte sich Leserbrief-Autor und Art Director Glatzkopf also mal warm anziehen, der arme Werbe-Schrunzel, und für die Taxilenkerprüfung zu büffeln anfangen.

„Und warum wollte er uns dann sprechen?"

„Neugier. Angst. Wut. Von allem ein bisschen. Seien Sie jedenfalls vorsichtig. Besonders romantisch ist es nicht, was er für Sie empfindet."

Schau mal an.

Lindolf M. legt den Schalter wieder zurück und wir fahren ganz hinunter. Die netten Worte „umgehend und endgültig fertigmachen" schwingen noch nach, als wir am Parkplatz ins weiße Auto steigen.

Weil ja Vorweihnachtszeit ist, beschließen Marlene und ich dann, einen Adventmarkt in der Stadt aufzusuchen. Etwas heißer Punsch, ein paar Kekse, festliches Musik-Gedudel und all der unsägliche Plunder, der da verkauft wird, aber irgendwie auch unverzichtbar dazugehört – das wird uns ablenken und aufmöbeln. Also rein ins Gedränge.

Und was sehen wir als erstes, und zwar mit Schaudern? Einen Punschstand mit Aufschrift „BVE Charity Fund", dicht umringt von schönen Menschen, die hier ihr gutes Herz und ihre Geldbörse ausschütten wollen. Ganz werden wir Wolfi auch hier nicht los.

Aber es gibt ja noch mehr zu bestaunen. Wir versuchen uns an der Freude all der Leute hier aufzurichten, aber sie hat irgendwie etwas Verbissenes, diese Freude. Alle sind offenbar wild entschlossen, die Vorweihnachtszeit wunderbar zu finden. Streng genommen hat für die meisten hier diese Freude ja keinen Inhalt außer eben die Freude selbst. Muss sich anfühlen, wie wenn man zwei Spiegel gegenüber hält und den leeren Zwischenraum dazwischen dann hunderte Male immer kleiner sieht und nirgendwo ist etwas. Und mit dieser Weihnachts-Leere findet man sich ja auch irgendwann einmal ab, wenn man vom Jesuskindlein in der Krippe nichts halten will und von Frieden auf Erden. Dann bleibt bei konsequenter Betrachtung echt nur mehr die heurige Weihnachtsgans und die Perspektive auf vielleicht noch dreißig oder vierzig Weihnachtsgänse, wenn man Glück hat und der Bauchspeicheldrüsenkrebs rechtzeitig entdeckt wird. Sonst halt noch zwanzig Weihnachtsgänse oder fünfzehn oder fünf oder zumindest eine noch. Ich spür schon, irgendwann lande ich noch im Dom dieses Jahr, sonst erschlägt mich diese Hohlheit. Könnte auch Gerd Henzke nach der genauen Adresse des Adventistenklosters im Gebirge fragen, nur mal sicherheitshalber, wenn es mich nach etwas Einkehr treibt.

Marlene treibt inzwischen ganz etwas Anderes: Sie treibt nämlich seltsame Blüten, also eigentlich nicht Marlene selbst, sondern ihr niedriger Arvedspiegel, unter dem sie nun schon einige Zeit leidet.

„Man muss doch etwas machen", jammert sie auf einmal mitten am Adventmarkt, umgeben von Ständen mit Holzspielsachen, Zeugs aus Alpakawolle und Bernsteinschmuck von der Ostsee. „Ich kann das mit Arved nicht länger einfach so hinnehmen."

„Und was ist dein Plan?"

„Dort drüben stehen drei Polizisten. Ich geh einfach hin und sag ihnen – "

„Ja was?"

„Na die Wahrheit einfach."

„Welche Wahrheit denn? Dass dir dein mehr oder weniger heimlicher Liebhaber ohne Anlauf abgesprungen ist? Sowas haben die sicher noch nie gehört, bist die erste, der das passiert. Oder erzähl ihnen, dass die einzige Person, die legitim beunruhigt sein kann, nämlich seine rechtmäßige Gattin, ausgerechnet dich verdächtigt, ihn irgendwie versteckt zu haben. Sag auch dazu, dass du mit seinem Auto herumfährst. Wird die Polizei sicher beeindrucken. Vergiss nicht zu erwähnen, dass seine Frau bereits einen Privatdetektiv angeheuert hat, der bisher nichts zutage gefördert hat. Da werden sie schon wegen der Polizistenehre gleich springen und Arved auf die internationalen Fahndungslisten setzen."

„Trotzdem – "

„Oder vielleicht erzähl auch noch, dass Arved einen Geschäftspartner hat, der zugleich auch im Spital sein Kollege ist, und dass der überhaupt nicht daran denkt, dem Verschwinden nachzugehen. Der Name Kronabrenner wird sicher noch beschleunigend auf die Ermitt-lungsfreude wirken, wenn du ihn geschickt einstreust."

„Zu wem hältst du eigentlich?"

„Zur Vernunft, Marlene."

„Arved hat's angekündigt, dass ihm was passieren könnte. Und ihm ist was passiert."

„Jedem von uns kann was passieren. Ich sag dir heute: ‚Achtung, wenn ich plötzlich krank werde, dann achte auf die Lunge' oder ‚Marlene, also wenn mir in nächster Zeit irgendetwas Unerwartetes geschieht, sei beunruhigt und geh auf keine Party mehr.' Und dann werd ich wirklich krank oder es passiert was Unerwar-tetes. Gehst du dann zur Polizei? Das meiste, was einem passiert, ist irgendwie unerwartet."

„Willst du denn damit sagen, dass alles normal ist, was die letzten Wochen so geschehen ist?"

„Ich will vor allem, dass du normal bleibst." Upps, fast hätte ich „wieder normal wirst" gesagt, war echt knapp.

„Und das heißt jetzt?"

„Betrachte die drei Polizisten da einfach als Deko-ration, so wie die Engelsfiguren und die drei Styropor-Weisen aus dem Morgenland da drüben vor dem Baum. Schön zum Anschauen, Weitergehen, Vergessen."

Marlene schweigt. Tendenziell gutes Zeichen.

„Dann will ich jetzt wenigstens Lebkuchen", mault sie schließlich. Gerne, jede Menge, kein Problem.

An einem entsprechenden Stand des Adventmarktes studiert sie lange das einschlägige Angebot für eine stra-tegisch abgerundete Entscheidung. Und als sie dann von ihrer Entscheidung abbeißt, blödeln wir über Lebkuchen und Leberknödel, als wäre alles in diesem Herbst nur ein Scherz gewesen.

Gleich neben uns hat inzwischen ein Laienchor Aufstellung genommen. Der Chordirigent kündigt an:

„Sie hören nun aus dem 17. Jahrhundert die Kantate ‚Geboren ward der Welt Erlöser‘ von Christfried Fürchtegott Melzer."

Und schon singen sie los.

Marlene hört kaum zu, sie muss fest nachdenken. Den Blick kenne ich, irgendwas spukt ihr im Kopf herum.

Ergebnis: „Manche Namen sind wie ein Befehl. Wie dieser Fürchtegott zum Beispiel. Oder Traugott."

„Ja, oder Scheiswohl." Naja, der Name ist mehr ein guter, freundlicher Wunsch als ein Befehl.

„Eigentlich auch Leberecht."

„Wieso Leberecht?"

„Naja, die Aufforderung Lebe recht!"

Marlene kaut weiter am Lebkuchen.

„Da steckt ja Leber drin", sagt sie auf einmal.

„Was? Na das wird ein Spaß: Wir verklagen den Lebkuchen-Verkäufer, und du entfesselst einen Medienorkan gegen ihn, bist ja die PR-Expertin in der Familie. Dann kriegst du dein Leben lang eine Super-Leibrente und kannst den öden Job in der Lackfirma endlich aufgeben."

„Wovon redest du? Die Leber steckt nicht im Lebkuchen, sondern im Namen Leberecht. Man muss ihn nur richtig betonen."

Sie sagt ein paar Mal „Leberecht" und betont dabei das erste e. Dann sagt sie „Leber echt" und setzt nach Leber ab.

„Achte auf die Leber, echt." Arveds goldene Worte für den Fall, dass ihm etwas zustößt.

„Oder: Achte auf die Leberecht. Muss heißen: Auf die Else Meer-Leberecht. Arved ist vor ihrer Scheidung verschwunden, da hat sie noch so geheißen."

„Ganz genau."

„Wie hat er's denn nun wirklich damals gesagt – Leberecht oder Leber echt?"

Marlene zögert. „Mal so, mal so. Irgendwie so, dass man beides raushören kann. Ich weiß es doch auch nicht mehr. Aber sinnvoll ist es nur, wenn er gemeint hat, dass wir auf die Journalistin achten sollen."

Viel reden wir dann nicht mehr am Weg durch den Adventmarkt zurück zum Auto. Genau genommen kein Wort. Grund: Ratlosigkeit. Weil wie soll man auf eine Frau achten, die es nicht mehr gibt?

30

Zwei Nächte und dazwischen ein Tag vergehen ohne Ereignis und ohne (lebe)rechte Sensationen. Am darauffolgenden Morgen saust Marlene erneut ganz normal ab in ihre Lack-Firma, um neue PR-Wundertaten zu wirken. Ich hingegen gönne mir angesichts der winterlichen Außenwelt ein heißes Schaumbad. Mitten in der schönsten Entspannung kommt mir plötzlich vor, dass da jemand versucht, in die Wohnung einzudringen.

Klar, dass das Hirn sofort fieberhaft arbeitet: Ist es Kronabrenner, der jetzt endgültig genug von uns hat und seine zuletzt erlangte Ortskenntnis nutzt, um die Wohnung zu verminen? Oder vielleicht hat er Uschi Franz vorgeschickt, die uns ein paar Flaschen vergifteten Wein bringt, mit einem reizenden Kärtchen à la „Genießen Sie eine kleine Entschuldigung für die böse Szene neulich im Spital"? Eventuell ist es Agnieszka, die ihren „Arrfett" jetzt aber wirklich um jeden Preis zurückhaben will und ihn bei uns sucht. Art Director Hellmuth wiederum ist zuzutrauen, dass er unter dem Druck seines 90 %-Eigentümers zu ein, zwei Auftragsmorden bereit ist, um die Agentur zu retten und doch nicht als Taxifahrer enden zu müssen. Auch der Typ vom Stadtblatt kommt in Frage: Vielleicht hat er ja trotz Marlenes „April, April" Angst vor einem Prozess und drum einen Schlächter angeheuert, der uns endlich die abstrakte Gusseisen-Schweinerei in den Skalp rammen soll, nachdem der wütende Herr Chefredakteursgeschäftsführer bei unserem Abgang selbst nicht mehr dazugekommen ist.

Es ist aber bloß Marlene, ich erkenne sie jetzt an ihren typischen Heimkomm-Geräuschen. Nanu, warum wurde sie schon zwei Stunden nach Dienstantritt wieder aus ihrem PR-Gehege hinausgelassen? Kopfweh, Unlust, Schenkelbruch? Gleich stellt sich heraus: „hinausgelassen" ist ein viel zu schwacher Ausdruck.

„Ich wurde soeben hochkant rausgeschmissen", verkündet sie, bevor ich fragen kann. Ihr selbstbewusster Ton klingt so, als hätte sie gerade vorhin die Nobelpreise sämtlicher Kategorien en bloc entgegengenommen.

Groß ist die Versuchung, aus der Wanne hinaus anzumerken: „Einmal zu viel einen knackigen Botenjungen begrapscht, irgendwann musste es auffliegen", aber wozu einen so schönen Tag gleich am Morgen zerstören?

„Wo bist du denn?", ruft sie ungeduldig und weicht dann gerade noch rechtzeitig dem Schaumball aus, den ich durch die offene Tür nach ihr werfe. (Ich bade immer bei offener Tür und ohne Brille, weil der weite unscharfe Blick lässt mich die Wanne dann als Infinity Pool erleben, kleiner Tick meinerseits, ganz harmlos).

„Also was genau ist denn geschehen?"

Genau geschehen ist Folgendes:

Zuerst hat Marlene heute nach Ankunft im Büro wie jeden Tag ihre stressige Morgenroutine absolviert: erster Kaffee, Entgegennahme und Diskussion der neuesten firmeninternen Beziehungsgerüchte mit den Umsitzenden, Checken und Bearbeiten der Nachrichten am privaten E-Mail-Account, Durchsicht der wichtigsten Zeitungen auf Erwähnungen der Lackfirma und ihres grandiosen Steuermanns, zweiter Kaffee, Öffnen der Firmen-Mailbox, Löschen der Bettelschreiben von Wohlfahrtseinrichtungen (Weihnachtszeit!), Ärgern über die ständigen Aussetzer der Computer-Maus, dritter Kaffee.

Doch dann wurde sie überraschend in das schattige Büro des Geschäftsführers gebeten. Und der hat – ohne Vorbereitung durch Marlene und somit ohne jegliche Talking points, tatsächlich eigenständig – Folgendes verkündet:

„Leider habe ich für uns alle eine schlechte Nachricht, nämlich für Sie. Die, ähem, also unsere Geschäftslage flutscht aktuell erheblich weniger gut, konkret schlimmer. Wir haben ganz überraschend ein paar sozusagen wichtige Aufträge verloren, und außerdem ist uns dieses riesige Wohnbauprojekt im Stadtentwicklungsgebiet drüben, na klar, genau, also die ganze Ausschreibung ist flöten gegangen im Eimer. In den Einnahmen fehlt uns jetzt natürlich ein Riesenloch. Zusammen mit der allgemein schwierigen Lage, etcetera, nicht wahr, ich sage einmal Konjunktur flutscht nicht, Rezession und so, Sie verstehen ja. Das ermöglicht uns ein paar sehr schöne Einsparungen. Und da gehören Sie dazu, weil diese, also das was Sie da immer machen … was machen Sie nochmals genau? Ah hier in der Personalakte steht es ja, die Kommunikation, genau, sie ist wichtig, keine Frage, aber dann doch nicht lebenswichtig, nicht wahr? Genau, richtig, wie ich ja sage. Sparen ist das höchste Gut. Also, wir sparen höchst gut, und zwar Sie selbst. Die ganzen Details alle kann Ihnen der Kollege da von der HR-Abteilung gerne gleich überreichen, am besten im Besprechungsraum oder sonstwo. Und dann flutscht das für uns wieder."

Kollege da von der HR-Abteilung?

Ach dort, hinten in der Dämmerung des Zimmers stand tatsächlich etwas Unscheinbares im beigen Zopfpollunder. Marlene hätte es an lustigeren Tagen vermutlich als „Personal-Schrunzel" bezeichnet.

Dieses Wesen führte sie in einen Nebenraum. Ja – das könnte tatsächlich ein Besprechungszimmer sein, warum nicht, weil heute Besprechungszimmer immer öfter ohne Tageslicht und ohne Tisch und Sessel, und auch bewusst sehr klein, denn super für Teambuilding, wenn acht Personen stundenlang auf drei Quadratmeter stehen. Komisch nur, das ganze Putzzeugs für den Hausservice plus die Klopapiervorräte waren in diesem Meetingroom gelagert, was doch eher eigenwillige Deko für diesen Zweck. Aber vielleicht ist das auch wieder so ein neuer verrückter Business-Trend aus Amerika, wer weiß.

Jedenfalls dort drinnen Überrumpelung Teil zwei, denn Zopfpollunder erläutert: Natürlich großzügige Kündigungs-Bedingungen, sofortige Freistellung, Resturlaub konsumieren. Gerne die Schlüssel gleich abgeben, danke, und allen privaten Plunder aus dem Büro entfernen, auch die Topfpflanzen, die – ehrlich gesagt – ohnehin farblich nicht ins Büro gepasst haben. Gab ja zahllose Beschwerden der Kollegen wegen der kleinen Fliegen, die diese Pflanzen in Massen anziehen, waren natürlich bisher dummerweise zu wenig Grund für Kündigung. Wobei wirklich lästig, diese Fliegen, muss man schon sagen. Sogar eine oder zwei im dämmrigen Chefbüro aufgetaucht, eine Zumutung für gestresstes Topmanagement, schwerste strategische Entscheidungen bei Gesumm und ständigen Landungen auf der Nasenspitze treffen zu müssen. Früher oder später wäre es deswegen mit Marlene sowieso nicht weitergegangen, aber kein Wort mehr dazu wegen Betriebsrat, auch wenn der dank heimlicher Vergünstigungen eigentlich ohnehin längst mundtot.

Eines noch ganz freundschaftlich zum Abschied: Natürlich im eigenen Interesse bitte keinesfalls Geheimhaltungspflicht für alle Betriebsgeheimnisse vergessen, die nach dem Ausscheiden noch dreißig Jahre nachwirkt. Sonst Gericht, Prozess und Privatkonkurs, denn Rechtsabteilung muss leider grausam sein in solchen Dingen und Betriebsspionage ist ja auch wirklich kein Kavaliersdelikt. Kann ganze Firma ruinieren, alle Arbeitsplätze beim Teufel und dann hunderte Familien auf Sozialhilfe angewiesen, noch Enkelkinder mangelernährt und nur billiges Tablet aus Kambodscha statt iPad.

Und – letzte Ermahnung mit Zeigefinger: Noch heute eine begeisterte Arbeitgeberbewertung im Internet auf kununu abgeben! Bitte unbedingt positiv erwähnen den Geschäftsführer, weil der schwer magenkrank und auch sonst Sensibelchen, und Riesen-Ausraster, wenn kritische Worte oder – noch schlimmer – gar nicht vorkommt in Bewertung.

„Das mit den mühsamen Topfpflanzen und den Fliegen versteh ich aber schon ein bisschen", muss ich von der Wanne aus einwenden, jedoch Marlene hat auf alles eine gute Antwort.

„Keine einzige Pflanze hatte ich, nur einen winzigen Kaktus. Der Mann hatte keine Ahnung, wovon er redet. Ich bin dann nach dem ersten Schreck noch rasch zu den Kolleginnen in der Vertriebs-Abteilung rüber. Dort weiß niemand etwas von überraschend verlorenen Aufträgen."

„Und die Ausschreibung des Riesenprojekts, diese Wohnhausanlage?"

„Die ist tatsächlich schiefgegangen. Weil der Bauherr unsere Firma vorgestern überraschend von der Vergabe ausgeschlossen hat, keiner weiß wieso."

Hat wohl wieder ein Konkurrent in letzter Minute mit noch höherem Schmiergeld hineingegrätscht.

„Als ich dann zurück an meinem Platz war, waren alle Passwörter schon geändert, und ich hatte auf nichts mehr Zugriff. Kannst du mir nur Eines sagen?"

„Ja?"

„Was hab ich Böses getan?"

Tja Marlene, das fragen sich täglich tausende, die aus fragwürdigen Gründen den Job verlieren. Welcome to the club. Ein paar Minuten später bin ich aus der Wanne und trocken, dafür sind ihre Augen feucht. Von Herzen tröste ich sie: Froh soll sie sein, sich nicht mehr um „thought leadership" und Fachjournalisten der Lackszene kümmern zu müssen. Oder um Talking points für den abartigen Geschäftsführer, aus dessen Mund mehr Blubbern herausflutscht als echtes Sprechen eines Wesens, das am Krabbelbaum der Evolution zumindest mal die Etappe „Wurzeln" hinter sich gelassen hat.

„Aber ich kann doch nichts Anderes", jammert sie. „Was soll ich denn nun tun?"

Ausruhen soll sie und abschalten, weil das kann jeder, und das sag ich ihr auch. Und dann wird sich schon etwas finden.

„Vielleicht ein Job in einer Agentur?", und ganz ehrlich, ich denke dabei wirklich nicht an Friedels & Arveds GKK, ich schwöre es.

„Oder wechsel in den Journalismus, du schreibst doch so gut. Das Stadtblatt und der Tageskurier werden sich um dich duellieren, ganz ernsthaft."

Sagen wir so: Punktgewinn war das wieder mal keiner. Dabei hab ich ihr gar nicht vorgeschlagen Tippse zu werden, obwohl sie in der Funktion doch so gut war und schon erste hochwertige Berufserfahrung gesammelt hat. Und ich hab auch nicht darauf hingewiesen, dass es mittelfristig schon wieder flutschen wird mit ihr und der Arbeitswelt. Gesagt hätte ich es schon sehr gerne, aber klar: f-Wort, das sich auf lutschen reimt, von dieser Stunde an auf ewig tabu in unserem Haushalt.

Der Rest des Tages vergeht träge und emotional bewölkt.

31

Am nächsten Morgen schläft sich die entlassene PR-Drachin mal so richtig aus. Ich, nett wie immer, hole knusprige Croissants und bring auch gleich die ebenso knusprigen Zeitungen mit: Ein Stadtblatt, einen Tageskurier. Hochkarätiger Lesestoff für den ersten Tag in der Arbeitslosigkeit.

Rückblickend mag ich mir gar nicht ausmalen, welches Unglück geschehen wäre, wenn ich es andersrum aufgeteilt hätte, also Marlene das Stadtblatt gegeben und selbst den Tageskurier zuerst. Denn als ich ahnungslos das Stadtblatt aufschlage, zieht sich über die ganze 2. Seite ein Jubelartikel über die Lackfirma, die seit gestern Marlenes Ex-Lackfirma ist. Wobei man die Zeitung bewundern muss, dass sie das CEO-Interview offenbar unbearbeitet, ganz authentisch abzudrucken gewagt hat. Und en passant auch noch dem Bürgermeister huldigen konnte, das zahlt sich immer aus. Spätestens jetzt ist auch klar, dass Marlene und ihre Anstrengungen für diesen Business-Kasperl jedes Gehalt wert waren, denn hier quasselt er erstmals ohne ihren Beistand, und wie!

RIESENAUFTRAG FÜR EINEN UNSERER TOP-LEITBETRIEBE!

Während anderswo die Aussichten müde sind, ist unsere Stadt schon viel weiter und kann ruhig schlafen. Dank Firmen wie dieser hat unser kürzlich völlig zu Recht wiedergewählter Bürgermeister leicht lachen (Foto: leicht lachender Bgm.). Denn mit einem neuen Großauftrag sind dutzende Arbeitsplätze gesichert, und natürlich fließen auch zusätzliche Steuereinnahmen in die Stadtkasse. Konkret geht es um die riesige neue Wohnhausanlage im Stadtentwicklungsgebiet, wo mehrere zehntausend Quadratmeter Außen- und Innenwände zu bemalen sind, dazu auch jede Menge Inneneinrichtungen und Parkmöbel. Alle nötigen Lacke, Öle und Dispersionen werden nun von hier geliefert (Foto: Firmengebäude, Perspektive ohne Schlote und Liefer-LKW, dafür einziger Baum weit und breit ganz groß im Vordergrund wegen Öko und Klima und Nachhaltigkeit).

Der Geschäftsführer des Lack-Produzenten (Foto: GF, Daumen und Zeigefinger stützen Kinn, Eindruck: jugendlich-dynamischer, aber zugleich weiser Firmenlenker) gab uns gestern dazu eines seiner höchst seltenen Interviews, und das auch noch exklusiv:

Frage: So ein unglaublicher Auftrag ist unglaublich, oder?

GF: Ja, ich glaube selber nicht, dass mich dieser Erfolg gar nicht so sehr unstolz macht. So wie auch der tägliche Einsatz des ganzen Teams, den alle täglich einsetzen, das ist einfach nur eine Alltäglichkeit. Das flutscht!

Frage: Jetzt gibt es für alle sicher schrecklich viel zu tun, stimmt's?

GF: Ja, ich werde mir jetzt gemeinsam mit meinen Leuten etwas Schreckliches antun müssen. Aber sehr gerne!

Frage: Was hat denn letztlich den Ausschlag dafür gegeben, dass Sie den Zuschlag für diesen unglaublichen Auftrag bekommen haben?

GF: Ich habe diesen unglaublichen Ausschlag von unseren Produkten bekommen. Weil unsere Produkte sind schon einigermaßen nicht ziemlich unschlecht.

Frage: Diese Wohnhausanlage ist ein Projekt eines anderen beeindruckenden Glanzsterns in unserer Stadt, nämlich des Bauer von Elsberg-Konzerns. Wie war denn die Zusammenarbeit mit ihm? Wir vermuten ja, dass er zumindest bei großen Projekten immer knallhart ist.

GF: Nein, Elsberg hat vermutlich keinen Knall, also zumindest keinen großen. Von Anfang an lief alles bestens für uns. Zwischendurch hatte er ein Anliegen wegen unserem Personal, also ein persönliches Anliegen. Er hat uns klar gesagt, was er wollte und vor allem was nicht, ganz fair. Und wenn alle einen guten Willen wollen, und jeder etwas nachgibt und kleine Opfer opfert für das gemeinsame Ziel ... dann flutscht das schon wieder.

Frage: Sie werden wegen diesem unglaublichen Auftrag doch auch sicher mehr Personal einstellen?

GF: Ja leider, weil die bestehenden Mitarbeiter platzen schon aus allen Nähten. Deswegen werden sich bei uns nächstes Jahr alle miteinander vermehren. Und das in allen denkbaren Stellungen, manche unten, manche oben. Also unten in der Produktion und auch oben in der Verwaltung, bei dieser, die man ja auch irgendwie braucht, also diese Kommunikation, genau.

Frage: Zum Abschluss, weil ja Weihnachten vor der Tür steht – Ihr Wunsch an den Weihnachtsmann?

GF: Dass es flutscht beim Geschäft machen! Ich möchte möglichst jeden Tag ein gutes großes Geschäft abführen an unseren Eigentümer. Als Geschäftsführer ist das ja meine schönste Aufgabe.

Frage: Herzlichen Dank für das tolle Interview!

GF: Danke auch!

Frage: Echt spannend, wirklich unglaublich!

GF: Sehr gerne!

Frage: Ihre Firma und das Management – einfach wow!

GF: Ja, das finde ich auch!

Frage: Danke nochmals. Danke.

Tief durchatmen. Der Oberhäuptling vom Stadtblatt hatte uns ja gewarnt vor wenig Journalismus und noch weniger Qualität – aber diese Tiefebene ist nochmal extra-flach. (Will mir nicht vorstellen, was die kritische Else Meer dazu sagen würde. Kein Wunder, dass die dort keine Zukunft hatte.) Dazu kommen noch fünf weitere Brocken Werbung in Form unterschiedlichster Anbetung rund um den Elsberg-Konzern und seinen schmucken Namensgeber. Ziehen sich durch das Stadtblatt wie ein Spulwurm durch einen Darm. Plus in Summe drei Seiten Propaganda betreffend der Lackfirma, die anscheinend kurzfristig als nächster Nettozahler in den Stadtblatt-Zirkus eingestiegen ist.

Und dann brauch ich einen Sessel, obwohl Marlene aus ihrem Bett bereits lauthals nach dem Stadtblatt verlangt (ihr Tageskurier ist schon nach fünf Minuten ausgelesen, auch nicht gerade der Inbegriff von Quali-tätsjournalismus).

Sitzen muss ich, denn mir wird klar: Elsberg hat mühelos rausgefunden, dass Marlene bei der Lackfirma arbeitet, die sich da um seinen Millionenauftrag bewirbt. Dann hat er die Firma rausgekickt und dem GF klar gemacht, mit welchem unbedeutenden Menschenopfer er wieder im Rennen ist. Der hat gehorcht und meine arme Schwester kurzentschlossen rausgeschmissen („Opfer opfern", so hat er's gesagt). Dann war man wieder obenauf bei Elsberg. Und wird nun auch wieder jemand einstellen für diese, na, was war's nochmal? Ja genau, für diese Kommunikation. Somit hat Elsberg Marlene beruflich vorläufig ruiniert … also denkt er, dass sie der Verfasser des Leserbriefes ist. Weil dem hat er ja das berufliche Ruinieren versprochen. Plus das rätselhafte, ebenfalls angedrohte „und so", was auch immer das inkludiert. Deshalb wollte er uns auch nochmals sprechen, um seinen Verdacht abzuklopfen. Und dann falsche Schlüsse – Resultat: Karriereknick für Marlene. Der Geschäftsführer muss das Interview wohl eingefädelt haben, als sie noch als sein PR-Drache amtiert hat. Ein Paradebeispiel vorausschauender Medienarbeit.

In Summe also gleiches Muster wie bei Else Meer: Weil bei der hat es auch mit Drohung beim Arbeitgeber und dessen verständnisvollem Nachgeben angefangen. Und tragisch geendet.

32

Nur kurz haben wir dann überlegt, ob wir Hammersteins für ihren „Besinnlichen Vorweihnachtsabend" besser absagen sollten.

„Ein sinnlicher Abend mit Arved wär mir lieber", so meine seit Wochen entmannte Schwester. „Und was soll das überhaupt werden? Hammersteins sind doch nicht religiös. Die glauben nur an das, was man essen kann."

„Na und? Fressen ist auch eine Religion. Und gute Kekse haben sogar etwas sehr Besinnliches, finde ich."

Und nachdem man Marlene mit Keksen immer locken kann, gehen wir natürlich hin. Freie Abende in Marlenes Kalender sind derzeit ohnehin so schwierig zu finden wie Heu im Heuhaufen.

Die Stimmung vor Ort ist merkwürdig. Kann sein, wir sind schon etwas überempfindlich, will ich gar nicht ausschließen. Trotzdem: Ist es die Schande der Erwerbslosigkeit, die man Marlene ansieht? Aber davon weiß doch keiner hier. Warum weichen dann die meisten vor uns zurück? Merkwürdig oft reden wir beide miteinander, weil sonst keiner mit uns sprechen will, alle immer gerade mit jemand anderem beschäftigt. Wir haben in Summe vielleicht fünfmal wen gegrüßt, als Melinda Hammerstein nach einer Stunde zur festlichen Tafel bittet. Lamettafäden glänzen uns aus den Suppentassen entgegen und auf den Servietten sind recht eindeutig eng aufeinander gestapelte Pärchen – abwechselnd Rentiere und Hirsche – zu sehen. Duftende Tannenzweiglein wurden zwischen die Gabelzinken gesteckt. Ähm, ja, originell. Und atemberaubend besinnlich.

Auf den ersten Blick ist auch die vorgegebene Sitzordnung eine Katastrophe: Links neben mir hat man mit perfektem Instinkt für das Absurde ausgerechnet Kronabrenners Jetzt-wieder-Herzensdame Uschi Franz platziert, rechts habe ich Marlene sitzen und dann den Dichterling Schorsche, der seit zwanzig Jahren auf seine erste Publikation wartet. (Ja, er heißt Georg). Potenzial für einen denkwürdigen Abend. Die aufliegenden Speisekärtchen haben fünf Zentimeter Goldrand rundherum, Weihnachten kommt, ja nicht vergessen! Ihnen entnehme ich erleichtert, dass zumindest nicht geplant ist, uns Leberknödelsuppe zu reichen. Wäre der Besinnlichkeit bei Marlene nicht rasend zuträglich.

Zugegeben, für die musikalische Untermalung ist Hammersteins ein kleiner Geniestreich gelungen, der Haymerles und Börningers im Society-Konkurrenzkampf um ein paar Lichtsekunden zurückwirft. Es erklingen nämlich beliebte Weihnachtsweisen, intoniert von Primgeiger Rolf. Aber nicht live, kann gar nicht sein, denn Rolf sitzt da drüben ganz entspannt zwischen

Kronabrenner und Louisa Börninger, soweit Rolf in seiner nervösen Eichhörnchenhaftigkeit jemals entspannt sein kann und soweit überhaupt einem Menschen zwischen diesem Doktor und dieser Gesellschafts-Tante Entspannung möglich ist. Nein, es ist eine Videoeinspielung, mir kommt vor: mit Selbstauslöser aufgenommen, sodass Rolf ganz alleine spielen konnte, bis es fehlerlos gelungen ist, ohne Kenner und ohne Banausen, ohne Kameramann, ohne jegliches Publikum. Klingt nun gar nicht so schlecht. Und es kann zu keiner Szene kommen, die einem Abend wie diesem eine katastrophal andere Richtung geben könnte als von den Gastgebern sorgfältig geplant.

Anfangs habe ich viel Ruhe, mich dem unerwarteten Kunstgenuss hinzugeben. Denn Uschi Franz wendet sich von mir ab nach links und hat mit Renata Haymerle offenbar enorm langwierige Dinge zu besprechen. Marlene zu meiner Rechten wird vom Poeten Schorsche in ein literarisches Gespräch verstrickt, in dessen Mittelpunkt zweifellos er selbst und seine trostlosen gereimten Auswürfe stehen. Und zwischen den mir zugewandten Rücken der beiden hocke ich: ignoriert, unangesprochen, einsam unter vier Dutzend erregten Selbstdarstellern, alle in adventlicher Hochstimmung. Unbeachtet und missmutig schweigend löffle ich die wärmende Topinamburcreme-Suppe.

Aber hoppla, fast wäre mir da der Löffel in die zähflüssige Köstlichkeit gefallen, und warum? Na weil Uschi Franz plötzlich ihre rechte Hand auf meine linke schiebt. Will sie sich bei Friedel für sein Fremdgehen mit Else Meer rächen und macht sich nun an mich ran?

Da spüre ich auf meiner Hand, dass etwas kratzt. Hat sie etwa eine verhornte Warze? Ach so, nein, fühlt sich doch mehr wie ein zusammengefalteter Zettel an. Elegant drehe ich die Hand, sodass ich ihn in der Faust verbergen kann. Und schon ist ihre Rechte wieder sittsam zurückgezogen. Angesehen hat sie mich bei all dem nicht. Ich ziehe die Faust vom Tisch weg und entfalte das Zettelchen verstohlen unterm Tisch. Was schreibt sie mir, was sie mir nicht ins Gesicht sagen kann?

Nach dem Desser werde ich in den Musiksalon gehen. Kommen Sie mir in drei Minuten danach nach. Es geht um Leben und Tot.

Einerseits: Ausdruck und Rechtschreibung nicht so ganz perfekt, zugegeben. Andererseits: Wie man das bewertet, ist wieder mal Frage der Prioritäten. Also mir persönlich ist lieber Krankenschwester mit Toleranzbedarf bei Buchstaben, dafür immer aufmerksam im OP und richtigen Tupfer und Tubus gereicht, statt fehlerlose Krankenberichte, aber Doktor jeden Tag auf's Neue nicht hingewiesen auf Schere, die er schon wieder in einem Patientenbauch herumliegen gelassen und fröhlich eingenäht hat. Weil dann Drama garantiert, wenn ein paar Jahre später keiner bei der strengen Prüfung der Spitals-Revision den enormen Verbrauch an Scheren erklären kann. Und auch für Patienten ist Schere im Bauch ein bisschen unangenehm, wenn immer am Flughafen bei der Sicherheitskontrolle der Metalldetektor wie irre anschlägt, obwohl Passagier schon komplett nackt ausgezogen und so fest zittert vor Scham und Kälte, dass tausende Gaffer in der Warteschlange Scherenklappern aus Passagierbauch deutlich hören.

Nach der Lektüre des Zettelchens bin ich nicht etwa aufgeregt und trocken im Mund, oh nein nein, der Heilbutt in fetter Senfsauce ist wirklich so saftlos, und die Mango-Meringue schwimmt zwar auf einem tropischen Früchtespiegel, ist aber trotzdem unerklärlicherweise staubtrocken. Komisch, alle anderen schmausen begeistert. Ich würge von Beidem nur je einen Bissen runter, brauche dafür so lange wie die anderen für den vollständigen Verzehr und sitze wie auf Nadeln. Endlich werden die Dessertteller abserviert. Uschi Franz lümmelt immer noch da und kichert mit Renata herum. Sieht viel mehr nach Leben als nach „Tot" aus. Und so ganz nebenbei frage ich mich, was an dem Abend bisher eigentlich vorweihnachtlich war außer den Rentieren und Hirschen, die auf den Servietten vorweihnachtliche Familienplanung betreiben, was ja gut passt, weil Weihnachten Familienfest und Familie nun mal nicht von Andacht und „Stille Nacht"-Singen entsteht.

Da steht Uschi Franz auf, aber immer mit Blick zu Renata, und verschwindet tatsächlich in Richtung Musiksalon. Ich schaue um mich: Niemand nimmt davon Notiz. Friedel schräg gegenüber stößt gerade mit Rolf an, und auch sonst herrscht eine nicht sehr besinnliche Bomben-Stimmung. Na gut, dann also los ins Ungewisse. Was erwarte ich eigentlich? Dass sie uns beiden unter den Banjos, Mandolinen und Kontrabässen im Musiksalon besinnungslos vor Begierde die Kleider vom Leib reißt? Dass sie mir gesteht, Friedel Tag für Tag kleine Mengen von Arsen in den Schlummertrunk zu mixen, um den ungetreuen Mediziner eines schönen Tages unverdächtig entsorgen zu können? Oder dass in Wahrheit sie selbst Else Meer den Schubser über die

Todeskante gegeben hat und mich bittet, mit ihr schnurstracks zum nächsten Polizeiwachzimmer zu marschieren und ihre Selbstanzeige möglichst stilsicher und vor allem fehlerfrei zu formulieren?

Nichts davon passiert. Weil Wahrheit ist immer noch aufregender als ausgemalte Dramatik in den letzten Sekunden vor der Katastrophe.

Zuerst sehe ich die Franz gar nicht in der schattigen Instrumenten-Sammlung. Dann zirpt es mir nah am Ohr: „Hier bin ich."

Sie tritt hinter der Harfe hervor und sieht im Gesicht gar nicht frisch aus.

Unnachahmlich prägnant frage ich: „Also, was ist?"

Es ist Einiges.

Uschi Franz schildert mir nämlich, dass sie vor der Trennung von ihrem „Conny" Kronabrenner steht, er weiß es nur noch nicht. Ja, Conny bedeutet Konrad, weil Friedel sagen zu viele zu ihm. Conny sagt nur sie. Trotz Trennungsabsicht. Nicht seine häusliche Gewalttätigkeit hat für ihren Entschluss den letzten Ausschlag gegeben, sondern natürlich seine Affäre mit Else Meer. Aber da ist noch mehr:

„Ich weiß, dass Ihre Schwester mit der Werbetexterin befreundet war, die bei der Operation verstorben ist. Und ich weiß, dass Conny ganz wild darauf war, selber diese Operation statt Brömsler zu machen, als er erfahren hat, um welche Patientin es ging."

„Seine Begründung?"

„Meine beste Mitarbeiterin in der Agentur ist Chefsache, hat er gesagt. Ohne sie kann GKK einpacken. Und nachdem Brömsler ja auch ein zehnprozentiges Interesse an ihrer baldigen beruflichen Wiederverwendbarkeit hatte, war er einverstanden. Was hätte er auch sonst machen sollen?"

„Und die Operation selbst?"

„War wie sie war. Ich habe ja immer verkündet, dass Conny keinerlei Schuld am Misslingen traf."

„Und traf doch?"

„Es gab Merkwürdigkeiten. Fehler, die ihm sonst nie passiert sind. Missverständnisse in den Abläufen, wo eigentlich alles klar war. Für ihn spricht, dass die medizinische Ausgangslage echt schwierig war. In Summe hat er sich wahrscheinlich nicht so viel Mühe gegeben wie nötig gewesen wäre. Meinen Fragen dazu ist er ausgewichen. Darum weiß ich auch nicht, wieso das Ganze."

Ich murmle das schöne Wort „ununabsichtlich" vor mich hin und frage dann:

„Und warum geht es nun um Leben und Tod?"

„Alles, was ich Ihnen sage, ist gefährlich – für mich und jetzt auch für Sie. Ich habe Sie damals mit Ihrer Schwester oben vor Connys Haus gesehen."

„Wir wissen, dass er uns eingeladen hat, obwohl er's abstreitet."

„Nein, er hat nur Ihre Schwester eingeladen. Als wir gesehen haben, dass Sie trotzdem mit waren, haben wir uns tot gestellt."

„„Wenn meine Schwester wie gefordert tatsächlich alleine raufgekommen wäre – was wäre mit ihr geschehen?"

Sie vergräbt das Gesicht in den Händen.

„Fragen Sie mich nicht. Ich weiß, wozu er fähig ist und was er mit mir angestellt hat, bloß weil ich die Krawatte und die Zeitung eingepackt hab, damals, als er Ihre Schwester wiederbelebt hat."

„Und wieso haben Sie?"

„Ich hab in dem ganzen Trubel rund um Ihre Schwester einen Blick auf die Zeitung geworfen, in der sie gelesen hatte vor dem Unglück. Da war ein Artikel über eine Leberoperation. Die Werbetexterin war ja an einer Leberoperation verstorben. Und so dachte ich, wenn Ihre Schwester sich über diesen dummen Leber-Artikel so erschreckt, muss sie irgendwelche Zusammenhänge ahnen. Darum weg mit der Zeitung, sicherheitshalber. Die Krawatte hab ich einfach nur so dazugepackt, damit sie nicht liegenbleibt. Aber Conny war nachher rasend vor Wut, 'du bist verrückt, die merken das doch', hat er geschrien, und mich … naja, und dann hat er die Krawatte beim nächsten Mal wieder getragen, weil das jeden Verdacht zerstreuen würde."

Typischer Fall von Fehldiagnose, passiert also sogar einer Kapazität wie Dr. GKK.

„Und dann kam er auf die Idee mit der Einladung."

Ich nehme nicht an, dass er bei der Einladung eine sanfte Thaimassage mit Marlene vorhatte. Insofern also vielleicht wirklich Leben und „Tot".

Und weshalb erzählt sie mir das alles?

„Nachdem ich jetzt weiß, wie lange seine Affäre mit der Journalistin schon gelaufen ist, habe ich keine Lust mehr, ihn zu decken. Aber ich weiß auch keinen anderen Weg ihn zu stoppen als Sie beide, nachdem Sie offenbar schon so viel herausgefunden haben."

„Und wo ist Dr. Brömsler?"

„Fragen Sie mich alles, nur das nicht, bitte."

Ich packe sie am Kragen und schaue ihr todernst in die Augen. „Wo ist Brömsler?"

Sie röchelt zwischen meinen Fäusten:

„Conny bringt mich um, wenn ich ihm auch nur den leisesten Verdacht ermögliche, dass ich verraten hätte – "

Da geht die Tür auf, und Hausherr Knut Hammerstein trippelt herein, lieb und leise und leicht senil.

„Oh, ich störe zwei Täubchen bei einem heftigen Rendezvous. Was würde ich dafür geben, auch einmal noch – ", und grinst so irgendwie unangenehm.

Ich muss sie wohl loslassen, Uschi Franz nützt die Unterbrechung, schlüpft flink zur Tür hinaus und gurgelt mir dabei zu: „Nehmen Sie keine Einladung von Conny an, unter keinen Umständen."

Knut Hammerstein glotzt ihr und ihrem hinten tief ausgeschnittenen Kleid nach und seufzt: „Ach, wenn ich bloß um fünfzig Jahre jünger wäre. Oder besser sechzig."

33

Noch ganz durcheinander will ich anschließend meinen Platz zwischen Uschi Franz und Marlene wieder einnehmen, so besinnlich, wie ich es unter diesen Umständen eben kann. Doch inzwischen muss auch hier etwas Entscheidendes passiert sein. Denn ich sitze noch nicht mal, als Marlene aufspringt und mir zuzischt:

„Da bist du ja endlich. Wir fahren sofort heim."

Hoppla, was soll das denn nun? Aber sie bleibt so hartnäckig, dass wir tatsächlich ein paar Minuten später im Golf sitzen. Ich muss lenken, Marlene ist vor lauter Empörung völlig verkehrsuntüchtig. Weil?

„Ausgerechnet von diesem unsäglich langweiligen Reime-Dodel Schorsche muss ich erfahren, dass es zu Silvester eine Riesen-Fete oben bei Kronabrenner geben wird. Offenbar hat er schon längst alle eingeladen. Die einzigen im Raum, die keine Einladung erhalten haben, sind wir beide, insbesonders ich. Was sagst du dazu?"

Spontan will ich „Halleluja!" rufen, in Erinnerung an Uschi Franzens Einladungs-Warnung. Es wird aber nur ein „Ha!" draus, doch Marlene kurzschlussfolgert daraus zufrieden: „Das regt dich also auch auf, ich wusste es."

Wir fahren weiter. Dann erklärt sie:

„Ich will da natürlich jedenfalls hin."

Natürlich. Jetzt lege zur Abwechslung mal ich eine Vollbremsung hin.

„Marlene, nach allem was du weißt über Kronabrenner, die OP an Joana, seine Einladung, sein Auftritt bei uns – was willst du dort?"

„Ich will Silvester einfach in größerer Gesellschaft als nur mit dir feiern. Mit all meinen Freunden."

„Das sind doch nicht deine Freunde: Kronabrenner. Elsberg. Die Franz. Schorsche. Rolf. Melinda, Renata, Louisa. Ehdwiesch und Jerôme. Der alte Lüstling Knut Hammerstein. Der lockige Pferdenarr. Der halb verkohlte ‚Ingenieur' mit dem Schweinsgesicht. Und all die anderen. Viel Spaß mit solchen Freunden."

„Ich ertrage es aber nun mal nicht, dass die alle gemeinsam lustig ins neue Jahr rutschen und mich nicht dabeihaben wollen."

„Denk mal, Joana ist auch nicht dabei."

„Hat damit gar nichts zu tun."

„Arved wird wohl auch fehlen."

„Ja schon, aber wenn sogar Schorsche eingeladen ist. Und alle anderen."

„Akzeptier doch, dass Friedel sicher gute Gründe hat und uns einfach nicht dabeihaben will."

„Das ist ja die Demütigung. Er will uns spüren lassen, dass wir als Einzige unerwünscht sind."

„Wir könnten Gerd Henzke fragen, ob er mit uns daheim feiern will."

„Oh ja, oder ein paar von den unzähligen Matlschweiger -olfen. – Nein, ich will dort oben dabei sein."

„Aber wenn dann Agnieszka auch aufkreuzt und dir wieder eine Szene wegen eurem Arved-Sharing macht?"

„Dann stoß ich mit ihr auf ‚eine scheene neuche Jahr' an und wir lassen gemeinsam unseren ‚Arrfett' hochleben."

Es ist offenbar momentan sinnlos, mit ihr vernünftig zu reden. Also muss ich was Anderes versuchen und fahre wieder los.

Nach leider nur wenigen Minuten in tiefstem Schweigen fragt sie mich: „Wo fahren wir eigentlich hin? Nach Hause geht's hier sicher nicht."

Gut beobachtet.

„Sag schon, wohin bringst du mich? Ins Irrenhaus? Ich bin nicht verrückt."

Wer's extra betonen muss, hat sich die Diagnose eigentlich schon selbst gestellt, aber egal.

„Wir machen nur noch einen letzten Besuch. Danach ist dir vielleicht klar, was wir zu Silvester machen und was keinesfalls in Frage kommt."

Die Adresse von Else Meers Ex-Gatten Frederic Leberecht hat mir schon vor meinem Spitalsaufenthalt ganz altmodisch das Telefonbuch geliefert. Aber der ganze Trubel um Marlenes Rausschmiss und dann die Besinnungsfeier haben mich drauf vergessen lassen. Erst vorhin ist mir das wieder eingefallen. Bin ja kein Detektiv, darum ständig solche schweren Fehler, sorry.

Beim Einparken habe ich dennoch irgendwie das Gefühl, einen letzten Puzzlestein in die Hand zu nehmen.

„Achte auf die Leberecht, hat Arved gesagt. Und nachdem wir auf sie nicht mehr achten können, achten wir eben auf den Herrn Leberecht. Ist doch logisch."

Marlene seufzt.

„Ich weiß nicht. Ex-Partner haben immer sowas Tragisches."

„Du musst es wissen, Schwester." Denn Marlenes Ex-Partner auf einem Fleck, das gäbe ein hübsches Gruppenfoto mit reichlich Tragik. Sündteures Weitwinkel-Objektiv allerdings Voraussetzung, damit man sie wirklich alle draufbringt.

„Jedenfalls will ich zu Silvester zu der Fete. Ich will einfach, ich will, ich will!" Marlene, überreifer Trotzkopf, mühsam, hübsch, rund.

Frederic Leberecht dagegen ist eher länglich, dabei friedlich und ruhig, also quasi perfekt besinnlich. Er riecht bloß nicht so gut weihnachtlich wie etwa ein Zimtstern, aber das lässt sich leicht ausblenden. Deutlich mühsamer ist es, nicht auf seine imposante Nasenbehaarung zu starren. Da hilft jedoch ein kleiner Trick: Zuerst stellt man sich etwas besonders Kahles vor, zum Beispiel einen gewissen Art Director mit roter Brille. Dann muss man konsequent ein paar Zentimeter über den Kopf des Nasenträgers blicken, immer wenn man mit ihm spricht, und eines der Mandalas auf der Wohnzimmertapete an der Wand hinter ihm fixieren. Wenn man es dann noch schafft, nicht an haarige Themen wie den üppig wuchernden Regenwald, moosige Berghöhlen oder diese pelzigen Spinnen im Tropenpavillon des Zoos zu denken, ist eine weitgehend normale Unterhaltung möglich. Wobei „möglich" nicht „einfach" bedeutet.

Recht einfach ist allerdings mein Ziel für dieses Gespräch: Rausfinden, was Else über Elsberg rausgefunden hat und wovor der so rasende Angst hatte, dass es auch noch andere rausfinden.

„Else hat mit mir nur wenig über ihren Job und ihre Recherchen gesprochen, das war so abgemacht. Und als sich unsere Trennung abgezeichnet hat, hatten wir andere Themen. Da müssten Sie besser ihre Freundin Joana fragen, mit der war sie bis kurz vor dem Ende recht eng."

Als er versteht, dass ein Gespräch mit Joana bis auf unbestimmte Zeit nicht so einfach einzufädeln wäre, ist er bereit, selber nochmals nachzudenken. Das Stichwort ‚Immobilien' hilft dabei.

„Es ging wohl um ein Bauprojekt im Ausland. Else hatte da recht engen Kontakt mit einer ausgewanderten Kollegin in Sambia oder Südafrika, irgendwo dort. Die hat da vor Ort recherchiert und immer wieder mal angerufen und wohl auch das eine oder andere E-Mail geschrieben."

Egal, wie wir noch fragen – er weiß nicht mehr dazu, und ich kann mir gut vorstellen, dass ihm das Gespräch über seine Ex nicht besonders angenehm ist. Was ich mir außerdem gut vorstellen kann ist, warum eines Tages Else Meer von diesem nasenhaarigen Biederling zu Kronabrenner in all seiner Kraft und Herrlichkeit gewechselt ist. Denke beispielsweise nicht, dass in der Protzvilla am Weinberg Mandalatapeten für die Raumdeko verwendet wurden.

Ermüdet kommen wir daheim an, sodass erst am kommenden Morgen der logische nächste Schritt folgt: Nämlich Anruf beim Journalistenverband, ob die ein weibliches Mitglied haben, das in den letzten Jahren in Richtung südliches Afrika ausgewandert ist. Warum ich das wissen will, fragt der Generalsekretär. Na weil ich eine Vertrauensperson für heikelste Recherchen vor Ort brauche, alles top secret! Machen wir es kurz: Es gibt ein solches Mitglied, und ich bekomme eine Mailadresse genannt. Dort schreib ich mein wahres Anliegen hin.

Sooo praktisch, dass Südafrika gleiche Zeitzone wie wir, weil darum kommt gegen Abend schon eine Antwort:

Vielen Dank für Ihre Nachricht betreffend Else, hat mich erschüttert, und danke auch für Ihre Anfrage. Als ihr Bruder werden Sie als Journalist ihr sicher Ehre machen. Sie hat das zwar nie erwähnt, aber ich finde es toll, wenn es in einer Familie gleich zwei Geschwister mit der gleichen Mission gibt.

Nicht wundern: Diese wahrheits-parallele Familienerweiterung und berufliche Neuorientierung war nötig als Schmiermittel für die Suche nach Wahrheit und Arved. Ist in diesem Fall also zulässig.

Ich habe Else gut gekannt, auch wenn wir uns das letzte Mal persönlich begegnet sind, noch bevor ich ausgewandert bin. Und ja, wir waren zuletzt an einer ziemlich üblen Sache dran. Es gibt da bei Ihnen einen Immobilien-Unternehmer, von dem Else Ihnen sicher erzählt hat. Der feine Herr hat hier über mehrere Mittelsmänner vor Jahren einen fetten Auftrag der Provinzregierung für einen mehrstöckigen Schulbau erhalten. Viele Hintergründe sind mir noch unklar und brauchen weitere Recherchen, aber im Wesentlichen geht es darum, dass da Beton mit einem minderwertigen Gesteins-Zuschlag verwen-

det wurde. Deswegen und aufgrund einiger anderer Einspa-
rungen ist dieses Schulgebäude dann eines Tages bei einem
recht schwachen Erdbeben kollabiert, obwohl sonst nur ein paar
Gebäude leicht beschädigt wurden. Es gab mehrere Dutzend
Opfer, vor allem Kinder. Die juristische Aufarbeitung hier ist
ein schlechter Scherz. Das Ausmaß an Korruption, Lüge und
Vertuschung können Sie sich nicht vorstellen.

Sie bittet dann noch um Details betreffend Else und
ihren Todesumständen. Ich schreibe ihr dazu ein paar
Zeilen, aber nicht die schmalzige Poesie, die das Stadtblatt seinen Lesern aufs Lügenbrot geschmiert hat.

Dann erst gebe ich Marlene ein Update über Elsbergs
ausländische Untaten und auch über Uschis Warnung
betreffend allfälliger Einladungen zu Kronabrenner. Sie
lauscht aufmerksam.

„Was schließen wir daraus, dass er uns nicht oben
haben will, und die freundliche Uschi Franz uns auch
noch extradeutlich warnt?", fragt sie dann listig.

„Na was denn schon?"

„Dass wir zu dieser Silvesterfeier unbedingt rauf-
müssen."

„Oder dass wir keinesfalls raufsollen."

„Es zeigt doch offensichtlich, dass sie beide was zu
verbergen haben, wenn sie uns nicht da oben haben
wollen – und wir deshalb dabei sein müssen."

„Oder dass man uns exakt damit hinlocken will, weil
man genau ahnt, dass die Marlene von uns beiden rasend
vor Zorn – "

„Ich bin nicht zornig!"

Dementi ebenso glaubwürdig wie das von Elsberg,
der sich auch Zorn ‚nie gestattet'.

„Und diesmal gehe ich auch ohne dich."

„Aber meine liebe Schwester, diesmal bist auch du nicht eingeladen. Und ‚exclusiv' wird es auch nicht, wenn sogar der Dichterfürst Schorsche dabei ist."

Sie versucht es anders.

„Dann sag mir doch mal, wie soll es denn nun weitergehen, nachdem du weißt, warum Elsberg Else Meer weghaben wollte? Und wo steckt Arved? Und was ist mit ihm passiert? Und wer weiß was darüber?"

Sehr gute Fragen.

„Und überleg, was Kronabrenner bei dieser Silvesterfete wohl alles erzählen wird, nachdem er uns ja nicht dabei haben will, dafür aber restlos alle anderen?"

Also schön, ich überlege, und sie stellt mir das Ultimatum meines Lebens:

„Wenn du in fünf Minuten keine brauchbare Antwort hast, ist es abgemacht, dass wir an Friedels Silvesterfete teilnehmen. In welcher Form auch immer."

301 Sekunden später habe ich unverändert keine brauchbare Antwort, aber dafür ein sehr brauchbares Silvesterproblem. Sehr brauchbar nämlich für den Fall, dass man sich zum Ausklang des alten Jahres dringend eine kleine Lebensgefährlichkeit wünscht und im neuen dann auf Gesundheit, Frieden und innere Ruhe nicht unbedingt den allergrößten Wert legt.

Willkommen in der schönsten Zeit des Jahres mit Marlene!

34

Nie hätte ich gedacht, dass es eines Tages so weit mit mir kommt. Dass ich in Sturmhaube und schwarzem Trainingsanzug einen winterlichen Weinberg hinaufschleiche und versuche, hinter dürren Rebstöcken in Deckung zu gehen. Dass mich schon der Flügelschlag einer Krähe oder ein unerwarteter Maulwurfshügel aus der Bahn schmeißen könnte. Oder dass ich wie ein androgynes Aschenputtel hinaufschaue zu den strahlend hellen Scheiben eines Schlösschens, wo die gute Gesellschaft völlert und feiert, während ich mich schmutzig und frierend im Morast wälze.

Aber genau das erlebe ich. Gelächter und festliche Tafelmusik dringen durch die gekippten Fenster des Kronabrenner-Anwesens. Durch den Sehschlitz einer kratzigen Haube erkenne ich linkerhand einen Parkplatz. Keines der dutzenden Autos ist kleiner als ein ausgewachsenes Bison, abgesehen von ein paar Sportwagen-Flundern dazwischen. Die sehen aus wie Scherzartikel für reifungsverzögerte Kinder. Kein Wunder, denn genau das sind sie ja auch.

Es ist 31. Dezember, abends. In diesen Stunden geht etwas zu Ende, und ich meine nicht den Abreißkalender im Frühstücksraum der Pension Gabriele in Oberach am Untersee. Etwas strebt auf einen Höhepunkt zu, kann auch ein Tiefpunkt sein, ist sogar wahrscheinlicher. Marlene und ich streben jedenfalls nach oben, zu Kronabrenner, wo die Silvesterfete schon voll im Gang ist. Wir sind ja nicht eingeladen, aber gerade das macht es so prickelnd. Oder so trostlos, je nach Sichtweise.

Das große Tor unten, vor der doofen Zypressenallee, konnten wir nur durch würdeloses Hinterherschlurfen hinter einem protzigen Geländewagen überwinden. Im Windschatten von drei Tonnen Minderwertigkeitskomplex irgendeines Mitglieds der High Society nehmen wir diese erste Hürde: Hier muss man zwar noch keine Einladung vorweisen, aber vom Auto aus in eine Kamera grinsen, und dann öffnet jemand das ferngesteuerte Tor. Meinem Gesicht würde keiner aufmachen. Also muss es so gehen. Beim Losfahren nach dem Tor beschleunigt der Trottel am Steuer seine gefühlten achttausend PS mit Vollgas und bläst uns eine Aschewolke ins Gesicht, die es locker mit jedem ungezogenen isländischen Vulkan aufnehmen kann. Geht alles ungefiltert durch unsere Sturmhauben, aber in der Deckung dieses Drecks kommen wir unsichtbar an der Kamera vorbei. Dann ab ins Gebüsch zum Aushusten, die wegen Atemwegs-Vergiftung verlorenen drei Jahre Lebenserwartung abschreiben und danach bergauf durch den Weingarten. Die vorläufig arbeitslose Marlene schleppt sich hinter mir her.

Übrigens wird sich im kommenden Jahr noch jemand neuen beruflichen Herausforderungen stellen: Lindolf Matlschweiger ist raus aus dem Elsberg-Konzern. Besser gesagt ist er dem Elsberg-Zwinger entflohen, denn er hat dem bissigen Halstuch-Träger am Weihnachtstag alles hingeschmissen. Offenbar gab es eine große Versöhnung mit seinem Bruder Gerolf, und eine der schönsten Früchte davon ist, dass er nun auch offiziell ein Verbündeter für uns ist – nachdem ihm ja schon „mein" Leserbrief so imponiert hat. Er hilft uns „dessenthalben" bei unserer Arved- und Wahrheitssuche, und ich helfe ihm gerne bei der Arbeitssuche. Es kann doch nicht schwer sein, was Besseres als den Job bei Elsberg zu finden, außer man schätzt einen Chef, der so viel menschliche Wärme ausstrahlt wie ein verirrter Brocken Kometengestein aus den dunkelsten Tiefen des Universums.

Das Gespräch mit Lindolf war sehr sinnvoll. Er hat mir nämlich unter anderem ein paar Details über Friedels Prunkvilla verraten. Besonders interessant ist der Gästetrakt, wo gleich einige Zimmer eingeplant wurden. „Für ausländische Mediziner-Kollegen, wenn sie mal zu einem Fachkongress kommen" – das war der offizielle Bedarf dafür. Müssen allerdings recht gefährliche Mediziner sein, die ein Kronabrenner so beherbergt, denn alle Gästezimmer sind laut Lindolf versperrbar, und zwar von außen. Die Dimensionen des Ballsaals mit direktem Zugang auf die Terrasse sind auch beeindruckend, ebenso, dass Friedel den Raum konsequent als „Wohnstube" verniedlicht. Hier konnte er mit Uschi Franz im gleichen Raum sitzen und dennoch weit außerhalb ihrer Hör- und Sehweite bleiben. Zum Beispiel, um ungestört von sein Paarungsergänzungsmittel namens Else Meer zu träumen.

Hinter mir keucht Marlene jetzt: „Wart mal."

Natürlich, sie kann nicht mehr. Und wer von uns hat darauf bestanden, dass wir heute hier dabei sein müssen?

„Nun reiß dich mal zusammen! Wir haben schon viel geschafft und müssen weiter."

„Ich mein ja nur: Warte, weil wenn du hier weiterrobbst, landest du beim Portal. Wir wollten doch auf die Rückseite."

Ja klar, denn dort befindet sich laut Lindolf ein Zugang fürs Wartungspersonal. Ich hab ihm nämlich von unserem Plan erzählt, an der Silvesterfete des Dr. K. ohne Einladung teilzunehmen.

Lindolf ist überhaupt klasse, würde echt einen Kosenamen wie beispielsweise Lindi verdienen. Denn er hat außerdem verraten, dass der Wartungszugang zwar versperrt ist, aber Eingeweihte können trotzdem rein: Bei diesem Türchen steht nämlich in einer Nische eine Figur der heiligen Barbara, und in einer Rockfalte am üppigen Hinterteil der Heiligen ist ein Schlüssel verborgen. Wir finden die Tür und auch Babsis heiligen Hintern samt aufschlussreichem Inhalt. Als wir endlich durch diese Pforte gleiten, ist schon viel gelungen. Freilich: Würdevoller wird der Abend auch jetzt nicht.

In einem Kämmerchen schälen wir uns aus dem schwarzen Tarnzeug und wechseln in ein anderes Outfit. Und wieder dieser Gedanke: Nie hätte ich mir gedacht, dass es jemals so weit mit mir kommt. Weil ich erhalte von Marlene einen falschen Bart aufgeklebt, und sie tauscht meine elegante Brille gegen ein unsägliches Ding mit Perlmutt-Fassung. Dazu ein Behaarungsergänzungsmittel alias Perücke mit Kräuselhaar, das besser zu den erfreulichsten Körperstellen weiter unten passen würde. Dann flott ins weiße Hemd mit dem Logo des Servierpersonals jener Cateringfirma, die laut Uschi für den feierlichen Anlass engagiert wurde. (Seit dem Treffen in Hammersteins Musiksalon ist auch sie eine Verbündete.)

Marlene bekommt von mir im Gegenzug eine kräftige Bräunung per Creme aufgetragen, dazu ebenfalls eine Brille, und sie muss ihr Haar unter ein weißes Häubchen zwängen, wie es an diesem Abend das gesamte weibliche Servicepersonal trägt. Stichwort ,zwängen': Eine ganz besondere Challenge ist es, Marlene zu hundert Prozent in dem engen Servier-Kostüm zu deponieren, das sie noch unkenntlicher machen soll. Leicht ist das wie gesagt nicht, eher so wie wenn man einen mehrfach überfüllten Koffer unbedingt zukriegen muss. Immer quillt irgendwo noch etwas heraus, was besser keiner sehen soll. Aber mit einem Koffer wäre es leichter, weil auf Marlene kann ich mich ja nicht einfach draufsetzen und fest drücken, würde rein gar nichts nützen, eher Gegenteil. Also wichtig Fingerfertigkeit und etwas Herzenshärte, rundherum alles grausam ins Kostüm schieben und Schmerzensschreie der Schwester kaltblütig überhören. Selber schuld, sie wollte ja heute Abend unbedingt dabei sein, „in welcher Form auch immer". In dieser bedauernswerten Form – oder eher Unform – kann sie nun dabei sein. In Summe Super-Beispiel für olympisches Prinzip „Dabei sein ist alles."

Den Schweißgeruch vom Aufstieg übertünchen wir beide mit Eau de Cologne, und die abgelegten Tarnklamotten schieben wir einfach hinter die Tür. Dort können sie ausdünsten, bis sie irgendwer findet.

Für die nun folgende Projektphase hat uns Uschi Franz die entscheidenden Hinweise gegeben. Plus: Sie hat dem von ihr beauftragten Caterer mitgeteilt, dass zur Verstärkung im Lauf des Abends kurzfristig noch zwei Hilfskräfte vom Veranstalter gestellt werden, nämlich wir. Die Absicht ist, dass Marlene und ich nun im Hintergrund unauffällig mit dem Catering-Team mitmachen und so den Abend und seine Höhepunkte verfolgen können. Denn längst geht es nicht mehr darum, Silvester in Gesellschaft zu verbringen. Sondern es geht um unsere Ehre.

Uschi Franz hat sich auf mein Betreiben kurz vor Weihnachten mit mir getroffen. Sie wollte uns ja unterstützen, um ihren Conny und somit unseren Friedel zu stoppen, aber dazu muss sie Details liefern. Und geliefert hat sie: Zum Beispiel, dass der Doktor als Höhepunkt für die Silvester-Fete einen „Knaller" vorbereitet, und damit ist keine Rakete gemeint. Im Mittelpunkt dieses Knallers soll nämlich offenbar niemand geringerer stehen als Marlene und ich. Laut verbündeter Uschi ist es sein Anliegen, der „Unruhe und den Gerüchten, die in den letzten Wochen gezielt gegen mich verbreitet wurden", zum Jahresausklang ein Ende zu setzen, und dass „über die Beiden, die dahinter stecken" an diesem schönen Abend „endgültig die Wahrheit enthüllt" werden soll. Kein Wunder, dass er uns nicht eingeladen hat. Und kein Wunder, dass nun auch ich höchst gerne bei diesem Fest dabei sein möchte.

Und da kommt uns die hilfreiche Uschi im schmalen Gang entgegen.

„Schlechte Nachrichten", raunt sie uns zu. „Grippewelle beim Caterer, denen sind fünf Leute ausgefallen."

„Und das heißt?"

„Ihr werdet servieren müssen. Es fällt sonst auf, dass ihr weder in der Küche noch im Saal was Sinnvolles tut."

„Wem soll das auffallen?", fragt Marlene.

„Den echten Serviceleuten, denen ihr dann nicht helft, obwohl sie zu wenige sind. Und Conny merkt sowas natürlich ebenso. Außerdem, so perfekt ist eure Verkleidung nun auch wieder nicht."

„Aber je mehr er heute trinkt, desto weniger wird er merken."

„Das härteste, was Conny trinkt, ist Orangensaft."

Kann recht heiter werden, dieser Abend. Wir folgen Uschi zur Küche, wo sie uns unauffällig in den laufenden Schmausebetrieb einschleusen will.

Ein paar Minuten später stelze ich mit einem Tablett voller Rehsülzchen durch Kaiser Friedels Thronsaal, wo inzwischen das gesetzte Essen begonnen hat. Die Sülzchen sehen aus wie Hundefutter, was gut passt, weil die ganze Gesellschaft erinnert mich an ein Rudel sabbernder – aber lassen wir das. Soll den schlammigen Glibber zu Tisch 16 bringen, aber die Nummernschilder auf den Tischen sind winzig, und ich muss mich ohnehin schon sehr darauf konzentrieren, wie ein selbstverständlicher Kellner zu wirken. Als ich mein Ziel endlich entdecke, sitzen rund um den Galatisch Nr. 16 so tolle Sympathieträger wie der schweinsgesichtige „Ingenieur", der wiedergewählte Bürgermeister und der Chefredakteur des Stadtblatts. Alle in bestem Outfit und in bester Feierlaune. Marlene sehe ich wie durch ein umgedrehtes Fernglas irgendwo in der Tiefe der Halle Champagner einschenken. Das an ihrem Tisch dort dürften unter anderem die junge Ehdwiesch Haymerle, Art Director Glatzkopf Hellmuth sowie Melinda und Knut Hammerstein sein. Hoffentlich betatscht der greise Lüstling meine Schwester in ihrem prallen Kostüm nicht. Weil wenn er vor lauter Erregung auch nur einen Hauch zu fest hinlangt, könnte leicht etwas platzen, und dann platzt auch unser Plan. Was ist eigentlich unser Plan? Wir wollen einfach da sein und hautnah miterleben, wenn wir beide Mittelpunkt von Friedels „Knallers" sind. Und wir erwarten uns, endlich einen Hinweis auf Arveds Verbleib zu entdecken.

Das gut zwanzigköpfige Orchester – allein die Musikergagen müssen ein Schweinegeld kosten – stimmt nun eine sehr festliche Musik an. Gut möglich, dass Kronabrenner diese eigens zur Verdauungsförderung schwerer Rehsülzchen komponieren hat lassen. Ein gastro-enterologisches Menuett. Irgendwie habe ich von diesem Mann, seinem Namen und seiner ganzen Erscheinung langsam mehr als genug.

Die Zeit eilt dahin, und beim Abservieren des Suppengangs treffe ich im Vorraum zur Küche auf Uschi Franz. Gute Fügung, denn so kann ich sie informieren:

„Wir brauchen mal eine Pause, weil wir uns etwas umsehen wollen im Haus."

Sie erbleicht. „Ausgeschlossen, das ist viel zu gefährlich. Ihr müsst im Saal bleiben, sonst fliegt ihr auf."

„Aber wir gehen doch niemandem ab, wenn wir mal eine Viertelstunde – "

„Falls irgendjemand Verdacht geschöpft hat, fällt das auf, wenn ausgerechnet ihr beide länger fehlt."

Angesichts der Dimensionen des Raumes wage ich das zu bezweifeln. Wir beide werden uns jedenfalls eine Auszeit nehmen, egal was unsere Verbündete dazu sagt.

Da ertönt im Saal ein lauter Gongschlag, und der Hausherr verkündet dröhnend über Lautsprecher:

„Liebe Freunde, noch zwei Stunden bis Mitternacht. Freut euch auf einen richtigen Knaller!"

Während alle freudig johlen und ans Feuerwerk denken, fährt mir der Schreck ins Gebein, weil knallen soll ja was Anderes. Wir beide. Alle meine Instinkte sagen – nein, brüllen, toben, rasen: „Abhauen, so lange es noch geht!" Aber jetzt ist es zu spät, und wir müssen das durchziehen. Um jeden Preis.

35

Um viertel nach elf ist das Dessert an die schon reichlich angeheiterte Gesellschaft verfüttert, und Marlene und ich verschwinden nacheinander durch die Küche. Am Weg ins Untergeschoß beschwert sie sich:

„Was hat Kronabrenner denen in den Sekt gemischt?"

„Wieso?"

„Alle sind so abartig normal. Elsberg ist tatsächlich mit seiner Rita da. Sie saßen Händchen haltend da, wie das glücklichste Paar auf Erden. Rolf hat seinen Tisch mit Musiker-Anekdoten glänzend unterhalten. Hat anscheinend eine Tournee durch Westeuropa vor. Der Bürgermeister plant das nächste Stadterweiterungsgebiet. Und sogar das Personalwesen aus der Lackfirma sitzt da. Statt Zopfpollunder trägt es heute Fliege und Smoking, immerhin beides beige. Hat sich prächtig mit Louisa Börninger amüsiert und ihr unterm Tischtuch den Oberschenkel gestreichelt."

„Warst du persönlich drunten zur Kontrolle?"

„Nein, aber eine Frau kann die Blicke einer Frau deuten."

„Wart auf den Knaller, wie auch immer der aussieht."

Auf Basis von Lindolfs Insider-Wissen werden wir uns nun die versperrbaren Gästezimmer näher ansehen. Irgendwo auf einer Skala von „Ganz, ganz sicher" (Marlene) bis „Keinesfalls" (ich) hält Friedel dort Arved gefangen, abgemagert bis auf die Knochen, im krassen Gegensatz zur feisten Society, die oben tafelt. Marlene malt sich aus, dass wir aus dem hintersten Zimmer ein schwaches Klopfen orten und von dort den entkräfteten Arved flüstern hören: „Ihr kommt ... zu spät." Sofort werfen wir uns mit den Schultern voran gegen die Tür, die krachend zersplittert. Aus der Staubwolke des dunklen Verlieses wankt uns ein verdreckter, bleicher, dürrer Arved entgegen, unmenschlich stinkend, mit irrem Blick, einer wirren Mähne und in einem Outfit, das jeden Jutesack als Prada-Kollektionsteil erscheinen lässt.

Meine phantasievolle Schwester. Die Realität ist einfallsloser. Alle Zimmer hier sind offen, sauber und leer.

„Zwanzig Minuten bis zwölf. Was machen wir jetzt?"

„Wir sausen rauf. Sonst verpassen wir unseren Knaller."

Ich schicke Marlene vor und betrete zwei Minuten nach ihr den Saal. Lautstärkepegel erinnert inzwischen an Flughafenhalle, wenn wieder mal die Schubsen streiken und deshalb geschätzte zweihunderttausend panische Passagiere am einzigen offenen Schalter umbuchen wollen. Ich muss an einem Tisch etwas Champagner nachfüllen, an anderen ein paar Glas Bier und Cappuccinos servieren. Alles ganz normal.

Vorne an der Stirnwand, wo sich Hausherr Kronabrenner herumtreibt, wird ein Countdown auf Mitternacht an die Wand projiziert. Noch sechs Minuten. Da schau, jetzt steht der Doktor auf, ergreift ein Mikrophon und will gerade beginnen, als irgendein Hausdiener mit einem größeren Sack zu ihm tritt. Sie reden kurz abseits des Mikros.

Dann hustet er dreimal ins Mikrophon, und es wird auch schon ruhig.

„Liebe Freunde! Wir werden gleich auf die Terrasse hinaustreten und das neue Jahr mit einem Feuerwerk begrüßen, wie ihr es noch nicht gesehen habt. Und es wird ein gutes Jahr werden, das verspreche ich euch. Ein sehr gutes Jahr."

Applaus brandet auf.

„Zuvor aber habe ich leider noch eine traurige Nachricht."

Uj, da wird es gleich wieder still. Fragende Blicke im Saal: Was ist geschehen? Ist schon wieder eine erlesene Perserkatze von Haymerles an ihrem Festmahl erstickt, weil die nächste dumme Haushälterin das Backhuhn nicht ausgelöst hat? Hat Friedel den Tratsch in der Klinik satt und geht als Tropenarzt in die Karibik? Oder ist hier schon vor Mitternacht der Champagner ausgegangen? Oh nein, es geht um Wichtigeres, nämlich uns beide:

„Unter uns sind heute Abend nicht nur Freunde. Es gibt hier Menschen, die all das hassen: Unsere Freude, unsere Freundschaft, uns selbst. Sie hassen uns alle!"

Ein Raunen erschüttert den Saal. Manche Dame legt erschrocken die Hand ans perlenglitzernde Dekolletée. Einige Herren müssen rasch etwas trinken, andere verspüren plötzlich genau das gegenteilige Bedürfnis.

„Es sind nicht viele, aber ihr wisst ja: Schon zwei Borkenkäfer genügen, um auf lange Sicht einen ganzen Wald zu zerstören."

Forstbiologische Kenntnisse mangelhaft, aber egal.

„Auch hier hat sich leider heute solches Ungeziefer eingeschlichen. Ist maskiert ins Haus eingedrungen und hat das da hinterlassen."

Und schwupps, zieht er aus dem Sack unsere schwarzen Trainingsanzüge heraus, die wir unten hinter die Tür geschoben haben, und hebt sie angewidert hoch. Die armen Umsitzenden sind zu bedauern, denn wenn das verschwitzte Zeug auch nur annähernd so streng riecht wie vorhin beim Ausziehen, ist im Umkreis von dreißig Metern jede Sekunde eine Qual.

Jetzt donnert seine Stimme wie ein Wolkenbruch auf die verschreckte Gesellschaft runter, und man kann kaum anders als den Atem anhalten:

„Verkleidungen! Tarnanzüge! Vermummungen! Und was wohl noch alles?!"

Und mit Überschlag in die Kopfstimme:

„In meinem Haus! An so einem schönen Tag!"

Kleine Kunstpause, und dann wieder im normalen Modus:

„Diesem Ungeziefer hier möchte ich Eines sagen, und sie sollen jetzt gut zuhören: Ich habe euch zwei nicht eingeladen. Aber egal, denn unsere schöne Feier lassen wir uns nicht nehmen. Unser glückliches Leben lassen wir uns von euch sicher nicht stören. Ihr seid zwei Schädlinge. Und was macht man mit Schädlingen? Man rottet sie aus. Wir werden nun das Feuerwerk genießen. Aber dann, liebe Freude und liebe Feinde, wird abgerechnet und ausgerottet. Wir sehen uns gleich wieder. Ich danke euch allen."

Jetzt bricht ein Gemurmel los, das sich rasch zum Getöse steigert.

Blöderweise hat sich Friedel aber etwas zu sehr erregt, denn der Countdown vorne ist inzwischen bei 20 Sekunden angelangt und zählt weiter runter.

Das wird nun bemerkt, und weil keiner das Feuerwerk versäumen will, springen alle auf. Sie stürmen zu den zwei Flügeltüren zur Terrasse, die jetzt erst von

Dienern in lachhafter Livree und tatsächlich in Zopf-
perücke geöffnet werden.

Viel zu viele Gäste drängen zu den Türen, es gibt ein
sehr unfestliches Gedrücke und Geschiebe, und der vor
Glück hochrot angelaufene Knut Hammerstein kann
mittendrinnen seinen faltigen Händen freien Lauf in alle
Richtungen lassen. Da röhren draußen auch schon die
ersten Raketen los, während die halbe Gesellschaft noch
herinnen ist. Die ganze Szene ist ein kolossaler Reinfall,
macht mir Freude.

Wir vom Personal können nun kurz durchatmen. Ich
schlendere zu Marlene rüber und lass im Vorbeigehen
fallen:

„Hallo, du Borkenkäfer."

Hoppla, sie findet das gar nicht lustig. Unter Tränen
flüstert sie:

„Ganz sicher – der hat Joana und Arved umgebracht.
Und wir sind die nächsten zum Ausrotten. Wir kommen
hier nie wieder raus."

36

Neues Jahr, Minute 32. Alle wieder drinnen.

„Liebe Freunde! Ich möchte euch um Verzeihung
bitten. Ja, richtig gehört: Ich, Dr. Gottfried Konrad Kronabrenner, bitte euch: Vergebt mir. Denn wegen mir haben
sich in den letzten Wochen viele von euch beunruhigt.
Und das tut mir unendlich leid. Aber was ist geschehen?"

Ja, das wüsste ich auch gerne. Ich lehne neben Marlene im offenen Durchgang von der Küche zum Saal.

„Ich verrate euch ein privates Geheimnis. Viele von euch wissen nicht, dass ich neben meiner Aufgabe in der Klinik auch noch ein kleines Werbebüro besitze. Ungewöhnlich, jaja. Aber weil ich keine Kinder habe, war es mir ein Anliegen, als väterlicher Freund für meinen jungen Kollegen Dr. Brömsler ein zweites Standbein aufzubauen. Es ging mir vor allem um ihn und seine Zukunft. Und so haben wir gemeinsam dieses kleine Büro gegründet, als gleichberechtigte Partner."

Marlene flüstert neben mir: „In Watte und Verbandsmull soll er ersticken als Strafe für diese Lügen. 90 % zu 10 %, sehr gleichberechtigt, haha."

Es lügt sich allerdings leichter, wenn man Zuhörer hat wie die Börningerin, Musikus Rolf oder Ing. Schweinsgesicht, die nicht mal ahnen, dass irgendwo im Universum so etwas wie ein Unternehmensregister existiert, wo man die Wahrheit nachlesen könnte. Aber hier glaubt man dem lieben Friedel sowieso alles. Er könnte auch erfolgreich behaupten, dass die Form der Erde in Wahrheit doch irgendwo zwischen Zahnpastatube, Bassklarinette und Mountainbike liegt.

„Im Sommer ist dann leider eine unserer Mitarbeiterinnen im Werbebüro schwer erkrankt. Sie hat es noch in die Klink geschafft, aber Kollege Brömsler und ich konnten sie dort nicht mehr retten. Ihr habt vielleicht davon gehört. Sie hieß Joana und war ein brillanter Kopf. Nun ist sie leider nicht mehr unter uns", hier bricht seine Stimme und er braucht ein Taschentuch für seine Tränen. Totenstille im Saal.

„Ich bitte, dass sich alle für eine Gedenkminute an Joana erheben und im andächtigen Schweigen verweilen."

Tatsächlich stehen alle auf und neigen die Häupter. Es wirkt wie eine bösartige Karikatur auf eine religiöse Zeremonie. Nicht zuletzt, weil zu diesem Zeitpunkt viele nicht mehr gerade stehen können und wie Bäume im Herbststurm wanken, obwohl sie sich an den Tischkanten festkrallen.

Marlene neben mir ist zu Recht am Durchdrehen.

„Wie kann er es wagen?"

„Ich danke euch im Namen von Joana. Ehre sei ihrem Andenken. Bitte nehmt Platz."

Sie plumpsen wieder auf ihre Sitze.

„Bald nach diesem traurigen Tag ist mein Freund, Kollege und Partner Brömsler verschwunden. Ich will da keinesfalls Zusammenhänge herstellen. Aber vielleicht war ihm der Druck nach dieser tragischen Operation doch zu groß. Er hat mir damals im OP vermutlich nach bestem Wissen assistiert, aber es war nicht genug … kann es sein, dass er deshalb meinte, er müsse weg? Ist es ein Schuldbekenntnis? Schlechtes Gewissen? Nur er selbst weiß es. Ein wenig fürchte ich aber, dass ich mich all die Jahre in ihm getäuscht habe. Dabei hat er immer so vertrauenswürdig gewirkt, selbst als er mich nach dieser Operation unter Tränen um Vergebung und Stillschweigen angefleht hat."

Marlenes Erregung sinkt dadurch nicht gerade ab.

„Nie und nimmer hat Arved unter Tränen gefleht. Der Alte unterstellt ihm, dass er Joana am Gewissen hat!"

Sie sollte zumindest froh sein, dass er nicht auch noch eine Gedenkminute für Arved befiehlt.

„Leider hat die tragische Operation und das Verschwinden von Freund Brömsler zwei Hobbydetektive auf den Plan gerufen. Ja, ihr lacht darüber, aber es ist gar nicht zum Lachen. Manche meiner lieben Freunde hier haben Besuch bekommen von einem Mann und einer Frau, die sich als harmloses Geschwisterpaar ausgegeben haben. Sie traten zuerst einzeln, dann immer öfter gemeinsam auf und machten enormen Druck. Unser lieber Wolfgang von Elsberg weiß, wovon ich rede. Ebenso die Mitarbeiter in meinem kleinen Werbebüro, oder auch viele Gäste der verschiedenen Feste, die wir alle so gerne besuchen. Immer ging es um dasselbe: Diesem bösen Kronabrenner muss etwas nachgewiesen werden, denn dieser böse Kronabrenner ist schuld an allem!"

Die Empörung unter den Gästen ist mit Händen greifbar. Einer aus der Menge ruft schwerzüngig: „So ein Hundgebiffer!" – was, ach so, Ungeziefer war gemeint.

„Ich wurde dann durch eine hinterlistige Lüge zu einem Kreuzverhör in den Unterschlupf der beiden Gauner gelockt, und ich habe mich gutgläubig sogar darauf eingelassen. Alles Böse wurde mir unterstellt: Erpressung, Entführung, Druck auf Mitarbeiter, Bewirken von beruflichem Ruin, medizinische Kunstfehler, Fahrlässigkeit bis hin zum vorsätzlichen Mord."

„Da hat er sein Sündenregister ja schön zusammengefasst", zischelt es aus dem prallen Servierkostüm neben mir. „Nur Polygamie und dass er zuhause Uschi Franz prügelt, das fehlt in seiner Liste."

„Bloß schade, dass es ihm bei uns daheim nicht gefallen hat."

Kronabrenner kostet den unbezahlbaren Moment weiter aus, kann ich irgendwie auch verstehen.

„Ihr schüttelt den Kopf, ich weiß. Aber diese Vorwürfe musste ich wochenlang erdulden und war ganz machtlos dagegen! Nur wegen den beiden Verrückten! Freunde, sogar in meinem Privatleben, in meinen intimsten Angelegenheiten wurde gewühlt. Kein Wort will ich darüber verlieren, außer eines: Pfui!"

Schon wieder Applaus. Langsam werden auch meine Knie weich, wenn ich mir ausmale, wie man uns hier in dieser Nacht noch lynchen wird.

„Ganz klar: Das Ziel der beiden Verrückten ist es, mich zu ruinieren. Kronabrenner muss weg! Und auch alle, die zu mir halten. Aber da müsste man diesen ganzen Saal ausrotten, ja unsere ganze Stadt!"

Da hält es nur mehr wenige Leute auf den Sitzen. Sie gehören Kronabrenner, also die Sitze, aber ein Stück weit auch die Leute. Er genießt die torkelnden Standing ovations der betrunkenen Menge.

„Ich danke euch, danke, danke. – Aber das Schlimmste kommt erst. Denn dieses verrückte Geschwisterpaar verfolgt mich nicht nur. Sie haben mich in den letzten Jahren auch um Unsummen betrogen."

Wie bitte?

„Ich habe von dem scheußlichen Verbrechen erst nach dem Tod der Joana erfahren. Sie hat in meinem eigenen kleinen Werbebüro einem unserer größten Kunden jahrelang viel zu hohe Honorare verrechnet. Und dieser Kunde hat brav alles bezahlt. Wer aber hat das ganze ergaunerte Geld am Ende bekommen, was glaubt ihr wer? Genau die Frau, die bei diesem Kunden alle überhöhten Rechnungen mit Firmengeld bezahlt hat! Es ist alles an sie privat zurückgeflossen. Und diese Betrügerin ist Teil des Duos, das sich zum Richter über mich erheben will! Ist eine größere Frechheit vorstellbar?"

Im allgemeinen Kopfschütteln springt der Geschäftsführer der Lackfirma auf und brüllt hinaus:

„Das war doch die ... die mit dieser ... mit der Kommunikation! Die habe ich vor Kurzem raus – ge – schmissen!"

Und sein beiges Personalwesen nickt heftig dazu, während wieder die meisten Gäste befriedigt klatschen.

Fest drücke ich Marlenes eiskalte Hand. Friedel lügt Vollgas, denn in Wahrheit hat sie ja nur die Hälfte der überhöhten Honorare bekommen, der Rest flog immer mit Joana über den Teich und kam nicht mehr zurück.

Friedel sorgt für Ruhe.

„Und noch Eines, aber dazu gebe ich das Wort an unseren Freund Bauer von Elsberg."

Dieser steht vorne auf (Halstuch im Piet-Mondrian-Design, recht schick) und setzt fort:

„Nicht nur gegen unseren Freund und Gastgeber, auch gegen mich sind die Wogen hoch gegangen. Sogar ein anonymer Leserbrief ist im Tageskurier erschienen, der mich schlimmster Vergehen bezichtigt. Zur Krönung soll ich sogar eine depressive Journalistin in den Freitod getrieben haben!"

Naja, in dem Leserbrief standen auch noch ein paar andere Details, aber darauf geht er natürlich nicht ein. Typisch elsbergisch ist jedenfalls die Dummheit, alle nochmals an die brisanten Reime zu erinnern, die meisten hatten sie sicher schon vergessen.

„Natürlich war mir vom ersten Moment an klar, wer der Verfasser – oder besser: Die Verfasserin – des Machwerks ist. Und ich habe sie die Folgen spüren lassen."

Oh ja, was das Spüren betrifft, kann ich ihm nur zustimmen.

Immobilien-Wolfi setzt süßlich fort:

„Aber jetzt will ich, dass aus all dem etwas Gutes wird. Und darum, liebe Freunde, stifte ich im neuen Jahr einen Preis. Den Else-Meer-Gedächtnispreis für engagierten Journalismus, den ich persönlich heute in einem Jahr überreichen werde. Und seid sicher: Dieser Preis wird von mir sehr großzügig dotiert."

Wie Pawlow'sche Hunde klatschen die Gäste, auch wenn wohl keiner kapiert, was dieser Preis nun mit den beiden Böslingen zu tun hat, von denen Kronabrenner gerade vorhin gesprochen hat.

Hausherr K. übernimmt wieder das Mikrophon.

„Und jetzt zu unseren zwei Feinden, und das ist das Wichtigste: Diese beiden Verrückten sind wie gesagt heute Abend hier unter uns. Ich habe sie nicht eingeladen. Sie haben sich in Tarngewand eingeschlichen und haben auch jetzt jedes Wort genau gehört. Sie werden sich natürlich nicht von selber zeigen, dazu sind sie zu feige. Aber das macht nichts. Denn ich zeige sie euch jetzt. Seht hier die übelsten Halunken, die unsere Stadt zu bieten hat, und macht mit ihnen, was ihr wollt!"

Und er zeigt mit ausgetrecktem Arm direkt auf uns im Durchgang zur Küche.

Im selben Moment fühlen wir uns von einigen Security-Kerlen von hinten kräftig angedrückt und werden wie zwei Dekorations-Stücke in den Saal hineingeschoben. Alle starren uns atemlos an. Da stellt sich uns Uschi Franz beruhigend lächelnd in den Weg. Ah, sie ist ein Engel, das As im Ärmel. Unsere Verbündete wird die Sache jetzt zum Guten wenden.

Aber was macht sie denn da?

Sie fegt uns schneller, als wir auch nur „Leber-knödelsuppendosenöffner" sagen können, Bart, Perücke, Brillen und Häubchen herunter. Aua, wenn die im OP auch so grob ist, wäre perfekte Rechtschreibung wohl doch mehr als gerechter Ausgleich.

Gerade als jetzt das Raunen im Saal zu einem Orkan anschwillt und Marlene sicher gleich umkippen wird, überdröhnt plötzlich eine Stimme aus den Lautsprechern alles andere. Mir fällt nach dem ersten Wort spontan ein blitzblauer Anzug und ein strahlendes Lächeln ein.

Denn Lindolf Matlschweiger ist da, hat vorne irgendwie das Mikrophon an sich gebracht und trompetet in den Saal:

„Meine Damen und Herren, erleben Sie jetzt das Comeback von Doktor Arved Brömsler!"

Die ganze Aufmerksamkeit dreht sich sofort weg von uns, hin zu Lindolf, den zwar außer Elsberg hier kaum wer kennt, aber alle gehört haben.

Uschi Franz lässt bleich vor Schreck unsere Sachen fallen. Es ist auf einmal recht still.

Dort vorne bei der Terrassentür erscheint nun tatsächlich – „Arved!!", kreischt Markene schrill.

Sein erstaunter Blick wandert über die erstarrte Gesellschaft und entdeckt dann meine Schwester.

In das Mikro, das ihm Lindolf hinhält, stammelt er ganz verdattert mit seiner blonden Bubenstimme, deren Klang ich fast schon vergessen hatte:

„Marlene, was – was machst du denn bloß hier?"

37

Doktorspiele haben keinen guten Ruf, ist auch richtig so. Aber eine Stunde Aufklärung mit Dr. Arved Brömsler ist etwas Anderes, etwas Unvergessliches. Wir sitzen nämlich am Abend des Neujahrstags zusammen – Marlene und ich, Arved und Lindolf – und klären uns gegenseitig über einige Zusammenhänge auf. Es tut so gut, sich unter Freunden zu wissen. Und vor allem aus dem schlecht geschnittenen Kellner-Outfit raus zu sein. Ich bin stolz auf meine Schwester. Schon auch, weil keine einzige Naht an ihrem Kostüm geplatzt ist in der denkwürdigen Silvesternacht am Berg, aber vor allem, weil wir auf ihr Drängen hin das Ding gemeinsam durchgezogen haben. Sie ist echt Spitze.

Allerdings hat sie verlangt, dass ich die Ergebnisse dieses Vierer-Gesprächs „viel knackiger" als die bisherige „recht langweilige" Schilderung aufbereiten soll, ohne Dialoge und Abschweifungen, die laut ihr „nicht handlungstreibend" sind. Weitere Vorgabe: Der Abschluss muss wesentlich professioneller gestaltet sein.

Also gut, unter dem Einfluss meines PR-Drachens hier also die wichtigsten FAQ zu den jüngsten Ereignissen und ihren Hintergründen. Talking points stellt Marlene auf Anfrage gerne zusätzlich zur Verfügung, bis zum Ende ihrer Arbeitslosigkeit allerdings nur gegen Vorauszahlung.

Wie hat alles angefangen?
Die Gründung der Agentur GKK durch Arved und Friedel war einem launigen Beisammensein zu verdanken. Die beiden Ärzte sprachen bei einer Spitals-Betriebs-

feier im Scherz davon, den stressigen Job an den Nagel zu hängen und etwas ganz Anderes zu versuchen. Etwas, wo es nicht um Leben und Tod ging, aber um gutes Geld. Daraus wurde rasch ernst, nachdem Kronabrenner sich von seinem Freund Elsberg die Zusage holte, als guter Kunde der Agentur vom Start weg Aufträge zu geben. Weil Kronabrenner den Art Director Hellmuth als Patienten kannte, lud er ihn ein, ihm eine Agentur aufzubauen und zu führen. Ein paar Jahre lang lief das für die beiden Eigentümer überraschend gut. Elsberg zahlte immer mehr, und gelegentliche Zuwendungen und Ermahnungen an Medien wie das Stadtblatt sorgten dafür, dass das Berichtsklima für den Konzern freundlich blieb. Als Anerkennung stellte Elsberg dem Doktor auf dem ererbten Weinberg ein protziges Anwesen zu günstigen, langfristigen Pacht-Konditionen hin. Joanas Einstieg in die Agentur änderte zunächst nichts, ebenso wie die Liebesaffäre von Kronabrenner mit der Journalistin Else Meer. Doch dann begann ausgerechnet diese mit ihren Recherchen über Elsbergs katastrophalen Bau in Südafrika. Über ihre Freundschaft mit Else erfuhr nun auch Joana, was ihr Lieblings-Kunde auswärts so an fragwürdigen Projekten trieb. Elsberg wiederum bekam von den Recherchen Wind und erwartete nun das „übliche Vorgehen" seitens seiner Agentur. Kronabrenner saß jetzt aber zwischen Else und Elsberg und widersetzte sich diesmal dem „üblichen Vorgehen" – wenn auch nur vorübergehend.

Was geschah wirklich bei Joanas Operation und wieso?
Ob sich Kronabrenner damals wirklich völlig ununabsichtlich oder doch un-ununabsichtlich veroperiert

hat, sprich bloß fahrlässig – beweisen können wir es nicht, aber wir tippen auf das erstere. Eingeklemmt zwischen Elsberg und Else fürchtete er, dass Else ihrer Freundin Joana alles über ihn und Elsberg erzählen würde. (Wobei dann hätte er eher Else, aber die war ja seine.) Und er hatte noch Uschi Franz am Hals, die nichts von seiner Affäre mit Else erfahren sollte. Er erfuhr von der Aussprache zwischen Joana und Else und auch, dass Joana eine Unterredung mit Elsberg allein, unter vier Augen vorhatte („EFB fertig machen") – mit unabsehbaren Folgen für die Agentur. Waren das dann auch für ihn zu viele kreisende Teller in der Luft? Joana nur aus der Agentur zu drängen hätte nichts genützt – andere Agenturen hätten sie liebend gerne aufgenommen. Als dann kurzfristig für diese Woche die Operation angesetzt wurde, muss ihm das als glückliche Fügung erschienen sein, und er drängte sich dafür vor. Arved kam es zwar merkwürdig vor, aber Verdacht schöpfte er keinen. Und Schwester Uschi war sowieso immer auf Friedels Seite, selbst wenn er Joana mit Kreissäge und Presslufthammer operiert hätte.

Warum war Arved Brömsler verschwunden, und wo steckte er bloß die ganze Zeit?

Nach der Operation war Arved durcheinander. Er hatte Kronabrenners Fehler bemerkt, war aber auch selbst nicht gerade in Höchstform gewesen. Kronabrenner nutzte dies aus, verstärkte Arveds Selbstzweifel und malte ein düsteres Panorama von Staatsanwalt und negativen Medienberichten, endlosen Prozessen und Entlassung aus der Klinik – und dem Ende der Agentur-Partnerschaft. Und er bot ihm an, eine Zeitlang unterzutauchen. Schließlich war Arved dankbar, ein Zimmer-chen im Haus am Weinberg bewohnen zu dürfen, quasi eine Auszeit. Nicht zuletzt auch, weil ihm das ewige Hin und Her zwischen Agnieszka und Marlene schön lang-sam zu viel wurde. Was Kronabrenner fürs neue Jahr mit Arved vorhatte, wissen wir nicht.

Wieso tauchte Arved dann bei der Feier auf?

Er selbst sagt, dass er oft Schlafmittel nahm, weil es immer wieder Gesellschaften im Haus gab, die er ja keinesfalls aufsuchen durfte. Um halb eins in dieser Silvesternacht hat ihn dann lautes Klopfen an der Tür geweckt, und ein ihm unbekannter Strahlemann mit Ortskenntnissen hat ihn aufgefordert, sofort mit rauf-zukommen. „Kronabrenner schickt mich", hat Lindolf zu ihm gesagt, haha, die gleiche Lüge, die ich damals ihm gegenüber bei Elsberg verwendet habe. Verwirrt und aus dem Schlaf gerissen stolperte er hinauf und erlebte den Höhepunkt des „Knallers" live mit.

Was hat Arved mit „Achte auf die Leberecht" wirklich gemeint?

Das Untertauch-Angebot Kronabrenners ist ihm natürlich schon etwas komisch vorgekommen, aber an-gesichts der strengen Untersuchung in der Klinik hat er es angenommen, der Wirrkopf. Kronabrenner redete ihm wie gesagt kräftig eine Mitschuld an Joanas Tod ein. Von den Querelen rund um die kritischen Recherchen hatte Arved von Joana nebenbei gehört, als sie noch Ende des Sommers zu viert mit Marlene und Gerd Henzke im Theater waren. Und so dachte er, dass er Marlene mit dem Hinweis auf Else Meer-Leberecht (kurz vor seinem geplanten Verschwinden) zumindest einen Ansatzpunkt zum Nachdenken gibt. Dass die Journalistin sich dummerweise kurz danach scheiden lässt, dann wieder bloß Meer heißt und schließlich aus dem Leben scheidet, konnte er natürlich nicht ahnen. Der Hinweis war dadurch wertlos – und wurde bei Marlene erst durch den Leber-Laser-Artikel in der Zeitung bei Börningers wieder aktiviert.

Wo ist dieser Artikel über die Leber-Laser-Gravur erschienen, wegen dem sich Marlene bei Börningers verschluckt hat?
In der Frankfurter Allgemeinen Zeitung, online nachzulesen unter:
https://www.faz.net/aktuell/gesellschaft/kriminalitaet/chirurg-hinterlaesst-bei-operationen-initialen-auf-organen-15340058.html

Wieso hat uns Uschi Franz zuerst geholfen und dann hintergangen?
Sie hat uns von Anfang an hintergangen. Denn alle ihre – großteils richtigen – Hinweise und Hilfen haben darauf abgezielt, uns am Silvesterabend raufzulocken und uns in Absprache mit ihrem Conny vor versammelter Gesellschaft bloßzustellen. Ganz gezielt für unsere Anlockung war auch zum Beispiel ihr zwischen den Zeilen im Musiksalon ausgesprochener Hinweis, dass sie wüsste, wo Arved geblieben sei (was ja auch zutraf). Kronabrenners Affäre mit Else Meer hat sie natürlich schwer getroffen, und was sie dann mit uns angestellt hat, war Teil ihres Rückeroberungsgefechts. Ob Krona-

brenner sie wirklich prügelt, wissen wir nicht. Interessiert uns inzwischen auch nicht mehr.

Wer hat Arveds Auto ausgerechnet auf Joanas Parkplatz geparkt, bevor Marlene es an sich nahm?
Er selbst, nachdem er am Morgen seines Einzugs bei Kronabrenner zum Schein von daheim Richtung Klinik aufgebrochen war. Vor der Klinik wollte er nicht einmal zufällig gesehen werden, und parken bei Kronabrenner oben schied natürlich aus. Ihm fiel dann die Agentur ein – und er dachte, dass das vielleicht auch ein Hinweis wäre. Nachdem ich deshalb erst zu GKK marschiert bin und dort die ersten Infos bekommen habe, die alles in Gnag gesetzt haben, lag er da nicht so falsch.

Was steckt hinter Else Meers Freitod?
Wir denken: Das pure Entsetzen über die Entscheidung ihres Liebhabers Kronabrenner, lieber den mörderischen Elsberg-Konzern zu unterstützen als sie selbst. Und das ebenso pure Entsetzen über ihre Erkenntnis, dass er ihre Freundin Joana weitgehend ununabsichtlich ins Jenseits operiert hatte, was wir ja vermuten.

Wo können sich Journalisten für den „Else-Meer-Gedächtnispreis für engagierten Journalismus" bewerben, den Bauer von Elsberg in der Silvesternacht angekündigt hat?
In der Konzernzentrale des Elsberg-Imperiums liegen dafür unten am Empfang tatsächlich Bewerbungsformulare auf. Aber Achtung: Keinesfalls mit den ebenfalls dort aufliegenden Bettel-Anträgen an den BVE Charity Fund verwechseln, weil die werden immer ungelesen entsorgt.

Warum bin ich zuversichtlich, dass die High Society und auch die nützliche Bevölkerung dieser Stadt sehr bald die Wahrheit erfahren werden?

Weil ich alles mit Lindolf Matlschweiger und seinem Chefredakteur-Bruder Gerolf arrangiert habe: Ab morgen erscheint dieser Bericht als Fortsetzungsgeschichte in 37 Kapiteln im Tageskurier.

Dessenthalben.